묵향 15
외전-다크 레이디
다크의 무림 귀환

묵향 15
외전-다크 레이디

초판 1쇄 발행일 · 2007년 06월 22일
초판 3쇄 발행일 · 2015년 01월 30일

지은이 · 전동조
펴낸이 · 유용열
기   획 · 김병준
편   집 · 마지현, 김민태
펴낸곳 · 도서출판 스카이미디어

주소 · 서울시 동대문구 용두동 234-35번지 대명빌딩 201호
전화 · (02)922-7466
팩스 · (02)924-4633
E-mail · skymedia62@hanmail.net
출판등록 · 제6-711호

Copyright ⓒ 전동조 2015

값 9,000원

ISBN · 978-89-92133-20-3 04810
ISBN · 978-89-92133-00-5 (세트)

※ 온라인상의 불법 복제물의 유포나 공유는 저작자의 재산권을 침해하는
   중대한 범죄 행위로 관련법에 의거해 처벌 대상이 됩니다.
※ 작가와의 협의에 의하여 인지는 생략합니다.
※ 잘못된 책은 본사나 구입하신 서점에서 교환해 드립니다.

DARK STORY SERIES II

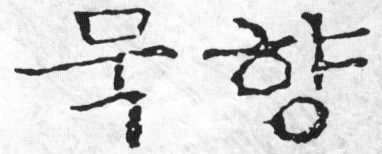
외전-다크 레이디

전동조 장편 판타지 소설

15
다크의 무림 귀환

차례
다크의 무림 귀환

철 좀 들어라, 아르티어스! ·············· 7
코린트에 감도는 전운 ················· 32
극악한 정신 교육 이후 ················ 43
알카사스의 긴급 원로 회의 ············ 53
아비규환이 된 케락스 ················· 63
나도 여자라구요! ····················· 73
눈물의 부자 상봉 ····················· 88
대마왕 크로네티오의 집착 ············ 107
차라리 전쟁터로 보내 줘! ············ 125
어제의 동지는 오늘의 적 ············· 143
말 한마디에 얻은 미란 ··············· 169
드래곤 사냥 용병단 출격 ············· 196

차례
다크의 무림 귀환

성질 더러운 아르티어스 ················202
엘프 최강의 전사 카렐 ················212
드래곤과 드라군의 차이 ················227
신탁의 영웅은 누구? ················241
밝혀지는 마왕의 정체 ················249
대륙 동맹군의 결성 ················262
최후의 전쟁 ················269
신의 검을 뽑아 든 성기사단 ················277
아르티엔, 마왕과 대 격돌 ················286
그 후, 2년 뒤 ················312
숨겨진 뒷이야기 ················322

철 좀 들어라, 아르티어스!

크루마의 외딴 시골에 있는 한 작은 술집에는 초저녁임에도 불구하고 시끌벅적했다. 겨울철 농한기도 아니어서 아직 술꾼들이 모여들기에는 이른 시간이었지만, 이렇듯 소란스러운 데는 다 이유가 있었다. 왜냐하면 이 초라한 술집에 다크 폰 치레아 대공 일행이 죽치고 앉아 있었던 것이다.

"어이! 여기 술 가져와."

팔시온이 술을 더 가져오라 주문하자, 미카엘도 자신의 잔을 단숨에 쭈욱 비운 후 '쾅' 소리가 나도록 잔을 내려놓으며 호쾌하게 외쳤다.

"야! 감질나게 잔으로 가져오지 말고 아예 술통째로 들고 와!"

미카엘이 큰 소리로 술을 통째로 가져오라고 시키자 다크는 잠시 의아한 듯 쳐다보았다. 미카엘은 술을 좋아하기는 했지만 그렇게 많이 마시는 편은 아니었던 것이다. 팔시온 일행은 비록 구출되기는 했지만, 감옥에 갇혀 있을 때 워낙 호되게 고문을 당해서 그런지 그 악몽 같은 기억들을 술로 잊어버리고 싶었던 것이다. 그들을 잠시 바라보고 있던 다크는 충분히 그들의 심정을 공감한다는 듯 고개를 끄덕였다.

"맥주는 배만 부르고 취하지도 않는데 좀 더 센 걸로 마시는 건 어때?"

"오! 그거 좋은 생각이다."

팔시온이 좋아라 찬성하자, 다크는 점원을 향해 외쳤다.

"이런 맹물 같은 맥주 말고, 좀 더 화끈한 것 없어?"

다크의 말을 들은 점원은 어이가 없는지 가만히 그녀를 쳐다봤다. 콩알만 한 계집애가 우락부락한 남자들 사이에 끼어 초저녁부터 맥주를 벌컥벌컥 마시더니 이젠 눈에 뵈는 것이 없는지 더 화끈한 술을 달라고 하다니. 게다가 반말을 찍찍 내갈기는 버르장머리하고는. 어이가 없다는 듯 잠시 다크를 쳐다보던 점원은 한쪽 구석에서 포도주를 홀짝이고 있는 아르티엔에게 시선을 돌렸다.

'하! 꼬맹이가 잘도 마신다. 내가 아무리 이 짓을 해야 먹고산다고 해도 저런 애들한테까지 술을 팔아야 하나?'

점원은 문득 계집애들의 부모가 불쌍하게 생각되었다. 만일 저 계집애들이 자기 딸들이었다면 아마 보는 즉시 다리몽둥이를 분질러놨을 테니까 말이다. '어디 머리에 피도 안 마른 계집애들이 초저녁부터 술타령을 해? 벌써부터 이렇게 자신의 인생을 망치며 살아야겠느냐!'라며 준엄하게 훈계를 해야겠다고 생각하는 점원이었다.

하지만, 점원은 더 이상 잡생각을 할 수가 없었다. 그 소녀의 옆에 앉아 있는 우람한 덩치의 사내가 험악하게 인상을 긁으며 큰 소리로 외쳤던 것이다.

"야! 술 가져오란 말 안 들려?"

"예? 아, 예 손님."

이때 아르티어스가 개운한 표정으로 쓱 들어오더니 자리에 앉아 포도주를 한 잔 쭈욱 들이켠 뒤 통쾌하게 외쳤다.

"자, 모두들 고생 많았을 텐데, 한잔 쭉 마시고 훌훌 털어 버려. 오늘 내가 한턱 크게 쓰지."

식당에 들어올 때만 해도 아르티어스의 표정이 뭔가 찜찜한 듯했었는데, 그가 이렇듯 활기차게 바뀐 것을 보고 미카엘은 팔시온에게 익살스러운 표정으로 속삭였다.

"변비가 있으신 모양이군. 화장실 다녀온 후에 표정이 완전히 바뀌신 걸 보면 말이야."

평상시라면 절대 이런 말을 할 미카엘이 아니었다. 악몽과도 같았던 크루마 감옥에서의 처절한 고문에서 벗어나, 오랜만에 긴장감이 풀린 상태에서 급하게 마신 술 탓이었을 것이다. 그 말을 듣자 팔시온은 배꼽을 잡고 웃었다. 다크를 제외한 딴 사람들의 입장에서 봤을 때, 아르티어스는 결코 대하기 쉬운 상대가 아니었다. 아르티어스가 깐깐한 성격에 유난히 깔끔을 떠는 드래곤이라는 것을 그들은 잘 알고 있었다. 하지만 미카엘이 묘한 표정을 지으며 변비 어쩌구저쩌구하자 평상시 그의 근엄한 행동과 화장실에 앉아 온갖 인상을 쓰고 있는 아르티어스의 모습이 겹치면서 치밀어 오르는 웃음을 도저히 참을 수가 없었던 것이다.

"우하하하하핫!"

한동안 배꼽이 빠지라고 웃어 대던 팔시온은 이윽고 정신을 차렸는지 나직하게 속삭였다.

"음! 꽤 덩어리가 컸던 모양이지? 표정이 환하게 밝아진 걸 보면 말이야?"

미카엘과 팔시온이 키득거리며 이야기하자 아르티어스의 인상이 확 구겨졌다. 작은 목소리로 이야기한다고 생각하겠지만 술에 취한 그들의 목소리는 주변에 있는 사람들에게 들릴 만큼 상당히 컸다. 또한 아무리 작은 소리라 하더라도 신의 영역에 도달해 있는 드래곤의 귀는 그들의 대화를 낱낱이 들을 수 있을 만큼 예민했다. 하지만 아르티어스는 화를 낼 수 없었다. 오랜만에 만난 아들 녀석과 즐겁게 먹고 마시고 있는 화기애애한 술자리가 아닌가? 아르티어스는 부들부들 떨리는 주먹을 그러쥐며 다크에게 환한 웃음을 억지로 보냈다.

'저놈의 시키들이 간뎅이가 부었나? 아주 죽으려고 발악을 하는군. 하루 날 잡아서 확실히 손 좀 봐 줘야지.'

팔시온의 말에 조마조마한 마음으로 아르티어스를 훔쳐보고 있던 미디아는 그가 그다지 기분 나쁘지 않은 듯 환하게 웃자, 먹고 있던 돼지 뼈다귀를 팔시온에게 휙 던지며 소리를 꽥 질렀다.

"이 자식들은 꼭 뭐 먹고 있을 때 지저분한 소리 하고 있어. 그리고 변비가 얼마나 고통스러운 줄 알아? 아무리 드래곤이라 하더라도 그 고통은 쉽게 참을 수 있는 게 아냐. 그런데 히히덕거리며 웃다니, 아주 나쁜 놈들이야. 그렇죠, 아르티어스 어르신?"

마치 '나 잘했죠' 라는 표정으로 자신을 바라보며 배시시 웃는 미디아를 보고 아르티어스의 눈가에 굵은 핏줄이 꿈틀거리며 일어섰다. 참자고 이를 악물었지만 도저히 더 이상 참을 수 없다는 듯 아르티어스의 주먹이 불끈 쥐어지는 순간이었다.

쾅!

이때 요란한 소리와 함께 술집의 문짝이 부서져 날아갔다. 모두들 무슨 일인가하여 그쪽으로 시선을 돌리자 잡티 하나 없는 황금빛 머리카락을 길게 기른 사내가 씩씩거리며 들어왔다. 그 사내는 미청년이라는 찬사가 아깝지 않을 정도로 아름답게 생겼지만, 그 얼굴과는 어울리지 않게 엄청난 근육질의 몸을 가지고 있었다.

"무, 무슨 일이십니까?"

사내는 단 한마디의 대꾸도 없이 자신을 막아서는 점원의 멱살을 잡아 가볍게 술집 한쪽 구석에 집어 던진 후 좌우를 두리번거렸다. 찾고자 하는 사람을 찾았는지 순간 그의 눈빛이 번쩍였다. 그는 다크 일행이 앉아 있는 술자리로 험악한 인상으로 다가왔다.

"이런 빌어먹을 자식! 감히 허락도 받지 않고 내 집 한 귀퉁이를 가루로 만들어? 그렇게도 죽고 싶냐?"

다크 일행은 감히 아르티어스에게 저딴 소리를 지껄인 사내를 보며 어이없어했다. 에인션트에 근접하는 아르티어스에게 죽고 싶냐고 협박을 하다니……. 저 사내는 아르티어스가 드래곤이라는 것을 알고도 저런 소리를 하는 것인지? 팔시온 일행은 자신들이 방금 지옥의 문턱까지 들어갔다 나온 것도 모르고 히죽히죽 웃으며 심심하던 차에 잘됐다는 듯 좋아했다. 그들은 천천히 술을 마시며 아르티어스가 저 사내를 어떻게 박살 낼지 호기심 어린 눈으로 바라봤다.

하지만 일행들의 기대와는 달리, 아르티어스는 빙그레 웃으며 유들유들하게 대꾸했다. 그의 어투로 보아 결코 마음이 상했다거나 화가 난 것 같지는 않았다.

"여어! 너 오랜만이다. 그동안 잘 있었냐?"

그 황금빛 머리카락의 젊은이는 아르티어스가 유들유들하게 대꾸하자 더 화가 치밀어 오르는지 이빨을 뿌득뿌득 갈며 소리쳤다.

"말 돌리지 마! 왜 내 집 한쪽을 작살냈냐구?"

"지금 무슨 말을 하는지 모르겠군. 오랜만에 만나 반갑기는 하지만 내가 뭘 어쨌다고 이 난리야. 성질 돋우지 말고 이리 와서 술이나 마시자."

아르티어스는 찔리는 것이 있었기에 차마 화를 내지는 못하고, 그렇다고 자신이 한 일이 모두에게 알려지는 것도 바라지 않았기에 난감하기만 했다. 그래서 계속 무슨 말이냐는 표정으로 시침을 뚝 떼기로 했다. 하지만 썩 유쾌한 기분은 아니었다. 금발의 사내는 기가 막힌다는 듯 말까지 더듬어가며 말했다.

"이, 이 자식이, 이제는 발뺌까지? 파괴된 흔적만 봐도 누가 그랬는지 뻔하잖아. 진짜 너 죽을래?"

금발의 사내가 치밀어 오르는 화를 더 이상 못 참겠다는 듯 주먹을 움켜지고 악을 쓰자 아르티어스는 더 이상 발뺌한다는 것이 불가능하다는 것을 깨달았다. 각 드래곤의 브레스는 특유의 정령력을 가지고 있다. 골드 드래곤스의 브레스는 '바람'의 기운을 가지고 있기에 파괴된 폐허를 보면 강대한 폭풍이 쓸고 지나간 듯한 흔적이 남는다. 그리고 현존하는 골드 드래곤들 중에서 브로마네스보다 강한 드래곤은 많지만, 그의 영토에 아무 말 없이 브레스를 뿜을 만큼 몰염치하면서도 간댕이가 부은 드래곤은 아르티어스 외에는 없었다.

어쩔 수 없다는 듯 아르티어스는 솔직하게 시인했다. 하지만 잘못을 용서해 달라는 표정은 그 어디에서도 찾아볼 수 없었다.

"아아, 그래그래, 내가 그랬어. 네가 전에 그 밑쪽이 너무 시끄럽다고 투덜거렸잖아. 마침 나도 볼일이 있어서 그곳에 간 김에, 너 대신 그놈들 보고 앞으로 조용히 살라고 적당히 타일러 준 거야. 짜식이, 내가 수고해 줬으면 고마워하기는커녕 보자마자 성질을 내고 있어. 잔말 말고 이리 와서 같이 술이나 마시자. 오늘은 기분 좋은 날이거든. 히히히."

"뭐야? 그딴 변명으로 얼렁뚱땅 내가 넘어갈 것 같아? 적당히 타일렀다는 것이 완전 폐허냐? 그리고 허락 없이 남의 영토에 침입했다면, 목숨으로 그 대가를 치러야 한다는 율법은 알고 있겠지?"

큰 소리로 악을 쓰듯 말하던 금발 사내의 목소리가 점차 차갑게 바뀌자 주위에 싸늘한 살기가 감돌았다. 아르티어스는 순간 당황했다. 그까짓 도시 하나 날려 보낸 걸 가지고 이렇게 난리를 치다니, 저 자식이 약을 먹었나? 평소 금발 사내의 성격을 잘 알고 있는 그로서는 어이가 없었다. 이러다 다크가 눈치라도 채는 날이면 자신의 체면이 뭐가 되겠는가. 아르티어스는 난감한 표정으로 대답했다.

"야아, 빨갱이. 너하고 나 사이에 무슨 얼어 죽을 율법……."

말을 하던 아르티어스는 다크가 갑자기 벌떡 일어서자, 눈이 화등잔만 해져서 그쪽으로 시선을 돌렸다. 조금 전과 달리 아들의 눈빛이 완전히 바뀌어 있다는 것을 직감적으로 느꼈기 때문이다. 지금까지의 경험으로 보아 저런 식으로 눈빛이 회까닥 돈 아들놈은 반드시 상상할 수 없는 사고를 치고는 했기 때문이다. 아르티어스는 다급하게 다크를 진정시키려고 했지만, 벌써 그녀는 브로마네스의 바로 앞까지 다가가 버린 상태였다.

"이건 또 뭐야? 너 죽고……."

하지만 브로마네스의 말은 더 이상 이어지지 않았다. 브로마네스는 드래곤으로 태어난 이래 처음으로 왠지 모를 생명의 위협을 느꼈던 것이다. 본능적으로 브로마네스는 즉시 뒤로 몸을 날렸다. 그와 동시에 황금빛 광채가 브로마네스가 방금 전까지 서 있던 곳의 목 언저리 부분으로 통과했다. 무섭도록 빠른 쾌검이었다.

"허억, 이, 이게 뭐야."

다크는 그렇지 않아도 뭔가 화끈하게 화풀이를 할 만한 대상을 찾고 있었다. 과거의 기억을 되찾고 난 뒤에 느껴지는 낯설기만 한 께름칙한 감정에 도무지 마음이 편하지 않았기 때문이다. 아무리 술을 마셔도 마음이 정리가 되지 않자 이럴 때는 아무 생각 없이 뭔가에 몰두할 수 있으면 좋을 것 같다는 생각에 크루마로 온 것이다. 빚을 갚는다는 좋은 명분도 있었기에 크루마의 수도에서 화끈한 한판을 벌이려 했던 것이다. 하지만 기대를 가지고 찾아갔던 미네르바는 아무런 반항도 하지 않았다. '죽이려면 죽여라' 하는 식으로 반항도 하지 않는 그녀를 상대로 뭘 할 수 있겠는가? 그 때문에 마음이 더욱 언짢아진 다크는 술로 마음을 달래고 있었다.

그런데 궁하면 통한다고 제물이 될 놈이 제 발로 찾아온 것이다. 아르티어스와 주고받는 말을 들어 보니 상대는 드래곤임에 틀림없었다. 더군다나 아르티어스가 난감해하는 표정을 보니 금발 사내는 상당히 강한 놈인 것 같았다. 그렇다면 모든 것을 잊고 속 시원하게 한판 싸울 수 있을 것 같아서 덤벼든 것이다. 다크는 이렇게 해서라도 지금의 혼란스러운 감정에서 벗어나고 싶었다.

금발 사내 브로마네스로서는 식은땀이 흐르는 순간이었다. 상대의 검은 그 속도도 엄청났지만, 자신의 몸 주위를 감싸고 있던 보이지 않는 마법 방어막을 간단하게 찢어 버릴 정도로 그 위력 또한 엄청났기 때문이다.

"흥!"

다크는 콧방귀를 뀌며 상대와의 거리를 좁히면서 연속 공격을 퍼부었다.

브로마네스는 물밀듯 흘러드는 다크의 공격을 정신없이 피하며 뒤로 물러섰다. 하지만 아무리 강력한 드래곤이라고 하지만 피하는 것에도 한계가 있다. 어디에서 날아올지 모를 정도로 해괴한 움직임을 보이는 상대의 쾌검을 감만으로 피하는 것은 분명 무리가 있었다. 조금이라도 실수하면 목이 날아가는 것이다.

계속 상대의 목만을 공격하던 다크의 움직임이 돌연 멈췄다. 뒤에서 아르티어스가 그녀의 뒷덜미를 붙잡았던 것이다.

"놔요. 저런 헛소리를 지껄여 대는 놈은 모가지를 잘라 버려야 해요!"

순간적으로 기선을 제압당하고 정신없이 몰렸던 브로마네스는 다크의 공격이 한순간 멈추자 그때서야 마법을 사용할 여유를 얻을 수 있었다. 브로마네스의 양손이 영롱한 푸른빛을 뿜어내기 시작했다. 브로마네스도 검을 차고 있기는 하지만, 자신에게 난생 처음으로 생명의 위협을 준 강력한 검객을 상대로 검으로 드잡이를 할 마음은 전혀 없었다. 그렇기에 처음부터 마법으로 승부하려는 것이다.

일단 최소한의 준비가 갖춰지자 어느 정도 마음의 안정을 되찾은 브로마네스가 다크를 향해 으르렁거렸다.

"감히 내 목을 자르겠다고 까불다니. 우선 네년의 건방진 혓바닥부터 뽑아 버린 후 네 소원대로 모가지를 잘라 주마."

아르티어스는 서로를 노려보고 있는 그 둘의 중간에 급히 끼어들며 외쳤다.

"모두들 진정해. 브로마네스, 자네는 농담도 자리를 봐 가면서 해야지. 그리고 너도 이 아비의 얼굴을 봐서 좀 참거라."

브로마네스는 콧방귀를 뀌며 투덜거렸다.

"흥! 자리를 봐 가면서라니? 내가 호비트 계집 따위가 무서워서 할 말을 못할 줄 알았나?"

아르티어스는 한심스럽다는 표정으로 연신 뒤쪽을 향해 눈짓을 해 대며 말했다.

"이 아이가 아니라 저 뒤에 말이야."

"뒤?"

브로마네스의 시선이 아르티어스의 눈짓을 따라 뒤쪽에 앉아 있는 인물들 쪽으로 향했다. 슬그머니 탁자 밑쪽으로 보이지 않게 검을 그러쥐고는 여차하면 뛰어들 태세를 갖추고 앉아 있는 호비트 세 마리……. 그리고 형편없이 약한 마나의 기운이 느껴지는 나약한 호비트 마법사 한 마리. 그러다가 브로마네스의 시선은 특이한 기운이 느껴지는 호비트 소녀에게서 멈췄다. 아주 미약하지만 드래곤의 기운이 느껴지는 존재. 하지만 브로마네스가 지닌 그 엄청난 능력으로도 소녀가 가진 능력을 읽어 낼 수 없었다.

멀뚱히 소녀를 쳐다보다 브로마네스는 호기심 어린 눈동자를 빛내며 저 소녀가 누구냐고 묻는 듯 아르티어스를 쳐다봤다.

〈아버지야.〉

순간, 자신만만하던 브로마네스의 얼굴이 갑자기 경악감으로 물들며 입이 떡 벌어졌다. 그때였다. 얌전히 앉아 포도주를 연신 홀짝이던 소녀가 한마디 한 것은.

"오랜만이로구나. 이리 와서 한잔하지 않겠느냐?"

브로마네스는 감히 그 말을 거역하지 못하고 똥 씹은 표정으로 엉거주춤 다가와서 자리에 앉았다. 브레스를 날린 놈이 아르티어스라는 것을 알자 마침 심심하던 참에 잘됐다 싶어 달려온 건데 아르티엔이 있을 줄이야. 하여튼 저놈하고 어울려서 뒤끝이 좋았던 적이 한 번도 없었다는 것을 잘 알면서도 내가 왜 여기까지 찾아왔을까, 통곡하고 싶어지는 브로마네스였다.

"어, 어르신께서도 안녕하셨습니까?"

브로마네스는 아르티엔의 앞에만 서면 주눅이 드는지 속마음과는 달리 깍듯하게 인사를 건넸다. 그만큼 아르티엔이란 이름이 주는 위력은 엄청난 것이었다.

"나야, 저 말썽꾸러기만 조용히 있다면 안녕하지."

아르티어스는 아르티엔의 괜한 트집에 발끈해서 맞받았다.

"누가 그렇게 말썽을 부렸다고 그래요?"

"훗, 그럼 내가 이 자리에서 네 녀석들 어렸을 때 한 해괴한 짓거리들을 나열해 볼까? 검술이랍시고 조금 배우자마자 둘이서 어울려 다니며 호비트를 쥐 잡듯이 잡지 않나, 건방지다고 헤즐링들을 쥐어패 가지고 허구한 날 이웃 드래곤들에게 사과하러 다닌 것을 생각하면… 으이구, 속 터져!"

직격탄을 맞은 아르티어스의 입은 조개마냥 꽉 다물어져 버렸다. 저 노친네한테서 이 이상 이야기가 더 흘러나오면 자신의 모든 과거가 아들은 물론이고, 저쪽에 앉아 있는 호비트들에게까지 알려질 것이 아닌가? 그리고 두고두고 자신의 얘기를 하며 술안주로 씹을 것이 분명했다. 어쩌면 전 대륙에까지 소문이 퍼질 수도 있는 노릇이 아닌가? 무슨 일이 있더라도 그것만은 막아야 했다.

"에이, 어릴 때는 그러면서 크는 거잖아요, 뭐."

"너는 닥치고 있어!"

아르티엔은 고개를 설레설레 흔들다가 포도주를 신경질적으로 벌컥 들이켰다. 하여간 이놈들만 만나면 지병인 두통이 도지는 듯했다. 사실 그 두통도 따지고 보면 이놈들 때문에 생긴 병이 아닌가? 아르티엔은 브로마네스를 쏘아보며 으르렁거렸다.

"그래, 요즘도 이 녀석하고 어울려 다니며 말썽을 부리는 모양이구나. 이제 네 녀석도 슬슬 철들 때가 되지 않았느냐? 에인션트가 다 되어 가는 놈들이 나잇값도 못하고, 쯧쯧."

"……."

아르티엔에게 말대답을 하면 자신만 손해라고 속으로 되뇌며 브로마네스는 떨떠름한 표정으로 포도주를 마시기 시작했다. 괜히 말대꾸 한번 잘못하면 몇 시간이고 잔소리를 들을 위험성이 있다는 것을 오랜 경험을 통해 잘 알고 있었기 때문이다.

"어쭈? 이제는 아예 대답도 하기 싫다 이거냐?"

브로마네스는 화들짝 놀라며 급히 변명했다.

"그건 아닙니다, 어르신. 저도 요즘 바쁘다구요. 오늘은 저 녀석이 근처에 온 것 같아서 얼굴이나 볼 겸 나왔을 뿐입니다."

"그으래?"

아르티엔은 고개를 갸웃거리며 생각을 하다가 궁금하다는 듯 물었다.

"바쁘다고? 또 무슨 못된 궁리를 하고 있기에 바쁜 거냐? 네놈들 말썽 피운 것을 뒤치다꺼리하는 것도 이제는 지겹다, 지겨워. 에잉! 쯧쯧."

브로마네스는 두 손까지 내저으며 변명을 늘어놨다.

"절대로 아닙니다, 어르신. 저도 개과천선했다구요. 과거를 훌훌 털어 버리는 의미에서 이사까지 했다니까요."

"이사라고? 아! 그렇군. 네 녀석의 집은 코린트 쪽에 있었지 않았냐?"

"예, 그랬지요. 어르신도 이사를 해 보셔서 아시겠지만 이사하면 어디 할 일이 한두 가지입니까? 솜씨 있는 드워프도 잡아와야 하고, 집단장하는 것 감독도 해야 하고……. 그래서 할 일이 많았단 말입니다. 아참, 이런이런, 내 정신 좀 봐. 오랜만에 친구 녀석이 왔기에 그냥 잠시 얼굴이나 볼까 해서 왔었는데……. 헤헤, 저는 이만 가 봐야겠습니다. 할 일이 태산같이 쌓여 있거든요."

헤픈 웃음을 흘리며 브로마네스는 꼬리를 말고 도망가려고 했다. 하지만 그것을 그냥 놔둘 아르티엔이 아니었다.

"이제 살 날도 얼마 남지 않은 나를 두고 겨우 얼굴 한 번 보인 다음 집단장한다고 도망치겠다 이거냐? 지금 헤어지면 언제 다시 만날지 기약하기도 힘든데 말이야. 그렇다고 네 녀석이 꼬박꼬박 인사를 올 놈은 절대로 아니고."

"결코 그렇지 않습니다요. 집단장이 끝나고 나면 찾아뵙고 새 마음 새 뜻으로 인사를 드릴 작정이었다구요."

아르티엔은 아르티어스를 향해 시선을 돌리며 의심스럽다는 어조로 물었다.

"저 녀석이 언제 이사했지?"

'사실대로 말하면 죽을 줄 알아' 하는 브로마네스의 위협을 귓등으로 흘려들으며 아르티어스는 사실대로 말했다. 브로마네스가 언제 이사했는지는 수소문해 보면 금방 알 수 있을 테고, 거짓말했다가 들통 나면 자기만 시달릴 것이 뻔하기 때문이다.

"한 6년쯤 되었습니다, 아버지."

아르티엔은 그럴 줄 알았다는 듯 이죽거렸다. 이놈들한테 한두 번 당해 봤는가?

"6년이라고? 그렇다면 집단장이 끝나고도 남았을 텐데? 아니면 진짜로 게을러빠진 드워프들을 잡아왔던지……. 하지만 네놈은 드워프들이 태업을 하도록 그냥 놔둘 녀석도 아니잖느냐? 감히 누굴 속이려고 들어."

브로마네스는 식은땀을 흘리며 변명했다.

"그게 말입니다. 1차 공사는 끝났습니다만, 아무리 생각해도 뭔가가 허전하더라 이거죠. 그래서 몇 달 전부터 다시금 2차 공사를 하고 있기에…, 에헤헤헤."

브로마네스는 어색한 웃음을 흘리며 타개책을 궁리하기 시작했다. 드래곤이라는 족속 자체가 워낙 두뇌 회전이 빠르지 않은가? 그는 곧이어 그 방법을 찾아낼 수 있었다.

"아참, 어르신께 드린다고 준비해 둔 것이 있는데요. 집단장이 끝난 후 찾아뵙고 드리려고 했었는데, 마침 잘되었네요."

브로마네스는 속으로 피눈물을 흘리며 자신의 레어에 놔뒀던 포도주 한 상자를 술집으로 공간 이동시켰다. 희뿌연 빛이 번쩍하자 브로마네스의 손바닥 위에는 고급스러워 보이는 포도주 한 상자가 들려 있었다. 브로마네스는 그것을 아르티엔의 앞에다가 놓으며 호기롭게 말했다. 하지만 결코 속마음까지 호기로울 수 없었던 그의 미소는 약간 어색해 보였다.

"제가 어르신을 얼마나 흠모하는지 잘 아시고 계시잖습니까? 제 아버지가 일찍 돌아가셨기에, 아르티어스가 얼마나 부러웠는지 말도 못합니다. 그래서 어르신을 뵈면 꼭 제 아버지를 보는 것 같았죠. 저희들이 아무리 나쁜 짓을 해도 그 깊은 도량과 사랑으로 감싸 주시지 않으셨습니까? 어르신의 아들도 아닌 저에게 잘되라고 그렇게 훈계를 아끼시지 않으셨죠. 그때 제가 얼마나 감동을 받았는지 말로 표현할 수도 없었습니다. 이제는 어르신의 말씀대로 제대로 한번 열심히 살아 보겠다고 노력 중입니다. 오죽하면 새 집까지 구했겠습니까."

브로마네스는 입에 침도 안 바르고 한참 아부를 해 댄 후에 아르티어스 쪽으로 시선을 돌리며 말했다. 아르티엔에게 가장 잘 통하는 무기는 무력 따위가 아닌 아부라는 것을 오랜 경험을 통해 잘 알고 있었기 때문이다. 철저한 아부만이 살 길이었고, 이 궁지에서 벗어날 수 있는 유일한 해결책이었다.

"이 녀석아, 돌아가신 후에 후회하지 말고 살아 계실 때 효도해라. 나처럼 후회하지 말고 말이야."

아르티엔은 기특하다는 듯 고개를 끄덕이며 말했다.
"호오, 네가 이제야 철이 좀 든 모양이구나. 그런데 아르티어스는 언제 철이 들는지…, 쯧쯧."
아르티어스는 아르티엔 몰래 브로마네스를 향해 주먹을 쥐어 보였다.
〈너 죽을래? 왜 나를 걸고넘어져?〉
브로마네스는 시치미를 뚝 떼고 간절한 어조로 주절거렸다.
"저도 아르티어스를 보면 언제나 걱정입니다. 저 녀석을 볼 때마다 충고를 하지만 어디 제 말을 들어야 말이죠. 그렇다고 두들겨 팰 수도 없고……. 참, 이건 어르신을 생각하며 다음에 뵈면 꼭 선물하겠다고 준비해 둔 겁니다. 입맛에 맞으실지……."
고풍스러운 문양이 아로새겨진 포도주 상자를 슬쩍 아르티엔 앞으로 밀어놓으며 브로마네스는 서둘러서 말을 이었다.
"저는 너무 바빠서 이만 실례해야겠습니다. 그럼 이만……."
브로마네스는 행여 아르티엔이 자신을 잡을까 봐 재빨리 공간이동해 버렸다.
포도주를 엄청 좋아하는 아르티엔은 일단 포도주 상자부터 재빨리 열어젖혔다. 선물이 마음에 안 들면 브로마네스를 다시 잡아오는 것쯤이야 식은 죽 먹기이기에 그가 허둥지둥 도망친 것에는 별로 신경도 안 썼다. 아르티엔은 아홉 병의 포도주들 중에서 한 병을 꺼내 들며 놀라서 말했다.
"아니, 이거 로얄 크루나 아냐? 이 귀한 술을 한 상자씩이나?"
아르티엔은 아르티어스를 흘겨보며 한탄조로 주절거렸다.
"이놈아, 브로마네스를 좀 본받아라. 어릴 때는 말썽만 부리는가 싶었는데, 지금은 저렇게 의젓해지지 않았냐? 으이구, 내 팔자야."
 아르티어스는 기가 막힌다는 듯 아르티엔을 바라봤지만, 감히 대꾸는 하지 못했다. 아르티어스는 로얄 크루나 한 상자를 보는 그 순간, 대충 어떻게 된 것인지 눈치 챌 수 있었다. 아마도 6년쯤 전에 브로마네스가 이사했을 때, 레어를 방문하게 된 아르티어스와 나눠 먹으라고 미네르바가 브로마네스에게 건네줬을 것이다. 아르티어스가 포도주를 좋아한다는 것을 미네르바도 잘 알고 있었으니까. 그때 아르티어스가 브로마네스의 레어를 방문하는 조건으로 받은 것이 포도주 한 상자가 아니었던가? 하지만 그놈은 그 술이 아주 좋은 것이라는 것을 한눈에 알아보고 자기 혼자 처먹으려고 꽁꽁 숨겨 놓았을 것이다. 그런 후 그놈은 차마 한 모금 마시는 것도 아까워서 소중히 보관하다가 이번에 다급한 김에 아르티엔에게 넘긴 것이다. 하긴 나도 그놈의 술이 아무리 좋아도 안 먹고 말지. 아버지한테 한 2박 3일 정도 잔소리 듣는 것보다는 그것이 훨씬 나을 테니…….
 아르티어스는 한 잔 마셔 보지도 못하고 소중히 모셔 뒀던 로얄 크루나를 포기한 브로마네스가 불쌍하게 생각되었다. 하지만 도망치는 것까지는 충분히 이해할 수 있지만, 왜 자기를 걸고넘어진다는 말인가? 도저히 이것만은 용서할 수 없었다. 그래서 아르티어스는 심술 가득한 어조로 이죽거렸다.
 "혹시 그거 가짜 아닐까요? 내가 저놈을 잘 아는데요, 이렇게 좋은 술을 상자째로 줄 놈은 절대로 아니거든요."
 아르티엔은 황당하다는 듯 되물었다.
 "뭐라고?"

"혹시 술에 뭔가 탔을지도 몰라요. 그놈 수법을 제가 잘 알거든요. 자기가 못 먹는 것에는 꼭 뭔 짓을 하거든요. 못 먹는 감 찔러나 보자는 못된 심보를 가진 놈이죠."

아르티엔은 아르티어스의 뒤통수를 후려치며 으르렁거렸다.

"짜식이, 착한 브로마네스를 헐뜯고 있어."

"틀림없다니까요. 그런 의미에서 제가 아버님을 대신해서 시음해 보겠습니다."

자신의 말이 맞다는 듯 열변을 토하며 은근슬쩍 포도주병으로 손을 뻗는 아르티어스. 그런 그를 아르티엔은 가소롭다는 듯 바라보며 말했다.

"속 보인다, 이 녀석아. 한잔하고 싶으면 그렇다고 말하지 딴청은……."

왠지 아르티엔의 어조는 상당히 부드러웠다. 오랜만의 바깥나들이에서 만난 아들은 과거와 달리 아주 믿음직스러웠다. 아들의 진정한 마법 실력이 자신의 기대 이상이라는 것을 확인한 후, 아르티엔은 아주 기분이 좋았던 것이다. 그리고 그 계기를 만들어 준 손자인지 손녀인지 헷갈리는 호비트 또한 싫지 않았다. 그 직선적인 성격이 아무리 봐도 낯설지 않았던 것이다.

"제 말이 맞다니까요. 어이! 포도주잔 두 개 가져와!"

아르티어스가 은근슬쩍 자신도 한입 걸치기 위해 점원에게 외쳤다. 그러자 옆에 앉아 있던 팔시온이 은근슬쩍 다크에게 말했다.

"로얄 크루나? 우리도 같이 마셔 볼까? 아주 좋은 술인 것 같은데……."

그러자 옆에 있던 얼큰하게 취한 미카엘이 점원에게 외쳤다.

"이봐! 여기 인원만큼 잔 더 가져와!"

비교적 술에 취하지 않은 상태인 미디아는 이 둘을 조마조마한 심정으로 바라보고 있었다. 하지만 로얄 크루나가 어떤 술인가? 크루마의 황실을 위해 제조된 최고급의 포도주. 아무리 많은 돈을 주고도 살 수 없는 대륙 최고의 술이 아닌가? 그렇기에 로얄 크루나라는 이름이 던져 주는 매력은 대단한 것이었다.

미디아는 이리저리 눈치를 보다가 슬쩍 다크를 팔고 넘어졌다. 아무리 무서운 아르티어스라고 해도 다크 앞에서는 고양이 앞의 쥐라는 것을 그녀는 잘 알고 있었기 때문이다.

"이봐 다크, 우리도 함께 마시는 게 어때?"

미디아의 말에 다크는 아무 생각 없이 대답했다.

"그러지 뭐. 이봐, 빨리 잔 가져와."

아르티어스는 팔시온 등을 향해 사나운 눈빛을 보내고 있다가 갑자기 다크가 찬성하고 나오자 눈초리를 내렸다. 저놈들이 아무리 버릇없이 나온다고 해도 아들을 방패막이로 쓴 이상 지금은 참을 수밖에 없었다. 하지만 아르티어스의 가슴속에는 어떤 일이 있더라도 저놈들을 반드시 손봐 놓겠다는 결심이 확고해지고 있었다.

그로부터 세 시간 뒤. 다크와 팔시온 일행은 모두들 술에 취해 정신이 없는 상황이었지만, 두 드래곤은 차분히 술잔을 기울이고 있었다. 분위기는 상당히 화기애애한 상태였다. 하지만 아르티어스는 뭐가 불만인지 팔시온 일행들을 째려보고 있었다.

'저 쉐이들이! 나는 한 모금 마시는 것도 아까워서 입술만 적시고 있는데, 아예 쏟아 부어라, 부어! 술을 음미할 줄도 모르는 저런 무식한 것들에게 이런 고급술은 돼지 목에 진주야, 진주.'

얼큰하게 술에 취한 다크는 한 잔 쭉 들이켠 후 로얄 크루나를 다시 한 잔 따라서 아르티어스에게 권했다.

"아빠는 왜 안 드세요? 자, 한 잔 쭉 들이켜세요."

'에구구구, 내 아들이지만 왜 이렇게 술 먹는 모습도 이쁜지. 술도 정말 화통하게 잘 마신다니까, 히히. 하지만 저 무식한 것들은 미친 듯이 퍼먹는 거지, 저게 마시는 거야?'

술잔을 받아 쭈욱 들이켠 아르티어스는 다크가 예뻐 못 견디겠다는 듯 바라보다가 문득 이상하다는 듯이 물었다.

"그런데 얘야, 왜 할아버지에게는 권하지 않는 거냐? 지금껏 옆에서 가만히 보니까 할아버지한테는 말도 안 하고 술도 안 권하는데 왜 그러느냐? 좀 어색한 것 같아서 보기에 안 좋구나."

"아뇨."

다크는 혀 꼬부라진 어조로 대답했다.

"그게…, 도저히 할아버지라는 생각이 안 들어서 말이죠. 아빠도 생각해 봐요. 저게 할아버지의 모습이냐구요."

아르티엔의 현재 모습은 이제 겨우 열댓 살 정도 되어 보이는 귀여운 소녀의 모습이었다. 확실히 그런 모습을 하고 있는 아르티엔을 보고 할아버지라고 부르기에는 무리가 있었다. 물론 드래곤처럼 취향에 따라 겉모습을 자주 바꾸는 종족이라면 으레 그렇거니 하고 넘어갈 수 있는 문제였지만, 다크로서는 이런 일은 처음 당해 보는 것이다. 그렇기에 상대를 어떻게 대해야 할지 갈팡질팡할 수밖에 없었고, 약간 당황스러운 김에 그냥 무시해 버리고 있었던 것이다.

"흐음, 그러니까 내 겉모습이 마음에 안 든다는 말이구나."

"아뇨, 그건 아니구요. 그러니까 뭐랄까…, 전혀 할아버지 같다는 느낌이 안 든다는 거죠. 할아버지라면 할아버지다워야 하는 것 아니겠습니까?"

아르티엔은 고개를 끄덕이며 말했다.

"듣고 보니 그 말도 일리가 있군. 그렇다면 어떻게 생겨야 할아버지라는 거냐? 네가 생각하고 있는 이상형을 한번 말해 봐라."

"으음, 글쎄요. 일단 위엄이 있어야죠. 자연스럽게 풍겨 나오는 연장자의 느낌, 그리고 모든 것을 다 받아 줄 것 같은 푸근한 느낌, 거기에 모든 것을 다 알고 있는 듯한 노련미가 있으면 더욱 좋죠. 주름도 조금 있으면 좋구요. 그리고 세월에 퇴색해 가는 오랜 상처의 흔적도 하나쯤 있으면 좋죠. 적당히 긴 수염, 그리고……."

술에 취해 정신없이 횡설수설하고 있는 다크의 눈빛이 점차 꿈꾸는 듯 몽롱하게 변해 갔다. 그가 중얼거리는 할아버지의 이상형은 바로 사부 유백의 모습이었다. 그가 살아온 기나긴 인생에서 자신에게 아낌없이 정을 줬고, 또 모든 것을 믿고 기댈 수 있는 유일한 사람이었다.

그리고 자신이 상승의 경지로 들어갈 수 있도록 도와줬던, 가장 존경해 마지않는 유일한 인물이었다. 물론 아르티어스도 자신에게 아낌없이 정을 주고 있었지만, 그는 워낙 젊은 용모를 하고 있었기에 이상적인 할아버지의 상이 될 수 없었다.

술에 취해 횡설수설하는 상황이었기에 아르티엔으로서는 다크가 말하는 할아버지의 인상이 어떤 것인지 알 도리가 없었다. 연장자의 느낌? 푸근함? 노련미와 적당히 긴 수염 등등……. 이건 완전히 주관적인 해석이 아닌가? 좀 더 객관적으로 파악할 수 있는 자료가 아르티엔에게는 필요했다. 그렇기에 아르티엔은 슬며시 주문을 외웠다. 그러자 곧 유백의 모습을 떠올리며 이리저리 주절대고 있는 다크의 머리 위로 하나의 영상이 떠올랐다.

'오호라, 바로 저 모습을 가져다가 저렇게 횡설수설하고 있는 것이로군.'

역시 백 번 설명을 듣는 것보다는 한 번 보는 것이 이해하기 쉽지 않은가. 아르티엔은 슬며시 미소 지으면서 말했다.

"좋아, 내 겉모습이 마음에 들지 않는다면 바꿔 주지. 어쨌든 유희를 즐기기로 한 이상 그 정도의 서비스는 해 줘야 하겠지."

말을 마친 아르티엔의 모습이 슬그머니 바뀌었다. 뭔가 빛이 확 뿜어 나온 후 그 빛이 사라지고 나니까 바뀌었더라하는 그런 식이 아니라, 키 작은 소녀의 몸집이 점점 자라나고, 팽팽하던 피부가 약간 쭈글쭈글해지며 주름도 몇 겹 생겼다. 그리고 곧이어 수염이 눈에 보일 정도로 쑥쑥 자라기 시작했다. 커다랗던 소녀의 눈망울은 옆으로 길게 찢어지면서 평범한 크기로 돌아갔고, 오똑하던 코는 약간 낮아지면서 옆으로 슬쩍 퍼져 버렸다. 그리고 새하얗던 피부는 문어처럼 급격히 변색하기 시작하더니 황갈색으로 바뀌었다. 변신에는 1분 정도 걸렸는데, 처음에 모습이 바뀌기 시작했을 때 매우 신기한 듯 바라보며 입을 쩍 벌리고 바라보던 다크의 표정이 변신이 완료되자 급격히 어두워졌다. 그리고 이윽고 눈물이 한 방울 떨어졌다. 곧이어 입술까지 부들부들 떨리는 것을 보면, 그녀가 얼마나 격동하고 있는지 알 수 있었다.

"사, 사부."

물론 다크도 상대가 유백이 아니라 아르티엔이라는 것을 잘 알고 있었다. 현실 감각이 없어질 정도로까지 취한 것은 아니었기 때문이다. 하지만 그토록 보고 싶었던 사람의 모습이 눈앞에 나타난 것이다. 임종을 지켜보지도 못했고, 또 임종을 도와 드리지도 못한 것이 얼마나 후회스러웠던가. 다크는 술까지 취한 상태였기에 마음이 더욱 혼란스러워졌다.

사실 아르티엔의 도움으로 모든 기억을 되찾았을 때부터 그는 혼란을 느끼고 있었다. 자신이 여태껏 살아온 삶을 한꺼번에 되돌아보며 느꼈던 혼란, 후회 등등. 그가 평범한 삶을 살아오지 않았기에 그것이 더욱 심했는지도 모른다. 정신적으로 몹시 지쳐 있던 그에게 유백의 모습이 나타난 것이다. 유백은 그가 최초로 인간의 정을 느꼈고, 믿고 기댈 수 있는 유일한 사람이었다. 물론 그의 눈앞에 있는 유백이 아르티엔이라는 것을 잘 안다. 하지만 다크로서는 가짜라도 좋았다. 그저 모든 것을 이해한다는 듯, 그리고 그의 삶이 잘못된 것이 아니라는 듯, 부드럽게 미소를 보내 주는 것만으로도 만족할 수 있을 것 같았다.

"사, 사부……."

다크의 눈에서 두 줄기 눈물이 흘러내리기 시작했다. 아르티엔은 부드럽게 미소 지으며 말했다.

"많이 힘들었나 보구나."

아르티엔은 가볍게 그녀의 등을 토닥거렸다. 아르티엔으로서는 유희로서의 할아버지 역을 했을 뿐이지만, 그것을 받아들이는 다크는 그렇지 않았다. 그토록 보고 싶었던 사부가, 다시는 보지 못할 거라고 생각했던 사람이 자신을 위로해 주고 있는 것이다.

"보고 싶었어요, 흑흑."

급기야 다크가 벅차오르는 감정을 이기지 못하고 아르티엔의 품에 안기어 오열하자, 아르티어스는 처음에는 어이없는 듯 바라보다가 곧이어 잔뜩 독 오른 독사마냥 표정이 표독스럽게 변했다. 아들놈이 언제 자신에게 저런 나약한 모습을 보인 적이 있었던가? 생각할수록 열 받는 일이었다. 어떻게 겉모습 하나 바꾼 것을 가지고 저렇게까지 대접이 바뀔 수 있다는 말인가?

"아버지는 왜 애를 울리고 그래요?"

아르티어스가 심통 궂은 어조로 아르티엔에게 항의하는 가운데, 옆에 앉아 있던 놈들이 그의 분통을 더욱 터뜨리게 하는 것이었다.

"휘익! 너무 감동적이야."

팔시온과 미카엘이 술김에 휘파람까지 불어 대며 난리를 치는 가운데, 미디아도 두 손을 가슴에 대며 중얼거렸다. 아무리 겉모습이 우락부락한 무사라고 해도 그녀 역시 여자인 것이다.

"왠지 가슴이 찡한 것 같아."

한참을 오열하던 다크의 울음소리가 점차 잦아지는 듯하더니, 갑자기 아르티엔이 축 늘어져 있는 다크를 안고 일어섰다.

"너무 감정이 격해지는 것 같아서 내가 마법으로 재웠다. 얘는 내가 데려다가 눕힐 테니까 너희들은 좀 더 마시다가 오거라."

아르티엔은 다크를 안고 나가는 와중에도 마지막 남아 있던 로얄 크루나를 품속에 집어넣는 것만은 잊지 않았다. 아르티엔이 다크를 안고 2층으로 올라가는 모습을 지켜보며 아르티어스는 이를 뿌드득 갈았다. 저 영감탱이의 노회한 술수에 아들을 뺏길 것 같다는 불안감이 아주 진하게 들었던 것이다. 이때 옆에서 팔시온이 혀 꼬부라진 목소리로 아르티어스를 향해 주절거렸다.

"어, 어~르신, 꺼억! 술이 없는뎁쇼."

"뭣이! 이 새끼들이!"

코린트에 감도는 전운

　드넓은 초원과 야트막한 산으로 이뤄져 있는 아름다운 프루니아에서 수많은 사람들이 말을 달리며 사냥을 즐기고 있었다. 오랜 옛날에는 사냥 대회라는 행사 자체가 각자의 기마술과 궁술을 다른 사람들에게 자랑할 수 있는 기회였고, 국가가 지닌 세력을 타국에 과시할 수 있는 무대였다. 또한 많은 사람들이 어울려서 하나의 목표를 향해 돌진해 들어감으로써 어떤 의미에서는 군사 훈련의 목적까지 띠고 있었다.
　하지만 점차적으로 검술이 발전함에 따라 기사들의 능력이 다른 사람들을 압도할 정도로 비약적으로 향상되고, 또 그들에게 타이탄이라는 마법 병기가 주어진 후부터 사냥 대회의 성격은 많이 변질되었다. 군사 훈련의 목적보다는 귀족들의 친목 도모의 장소로 바뀐 것이다.

크루마의 황실 사냥터에서 벌어진 이번 사냥 대회도 여태껏 있어 왔던 그것과 크게 다르지 않았다. 귀족들 간의 친목 도모는 물론이고 미란을 흡수 통합한 후 더욱 강대해진 국력을 대외적으로 과시라도 하는 듯, 크루마의 모든 귀족들이 참여하여 크루마 제국 역사상 최대 규모로 개최되었다. 경호의 임무보다는 귀족들이 사냥감들을 비교적 사냥하기 쉽도록 몰아주는 임무를 더욱 중시하게 된 1개 사단급의 병사들이 폭넓게 포진하여 귀족들을 향해 사냥감들을 몰아주면서 사냥 대회는 시작되었다.

잡털 하나 없는 흰 말을 타고서 사냥 장면을 유심히 바라보고 있는 백발이 성성한 노인. 바로 그가 현재 크루마의 63대 황제인 알카파이네 드 크루마였다. 한 귀족 젊은이가 한껏 폼을 잡고서 활시위를 당겼다가 놓자, 화살은 사슴의 엉덩이 부근에 명중했다. 상처 입은 사슴은 길게 울부짖으며 더욱 빨리 달리기 시작했다. 그것을 보며 황제는 혀를 끌끌 찼다. 황제 또한 사냥을 즐겼기에 젊은이의 미숙한 행동이 마음에 들지 않았던 것이다.

황제의 뒤에 서 있던 늙은 기사가 황제의 마음을 짐작하고서 나직하게 말했다.

"이렇게 구경만 하실 것이 아니라 폐하께옵서도 사냥에 참가하시는 것이 어떻겠사옵니까?"

황제는 자신도 참가할까하는 마음이 솟구쳤지만, 곧이어 그 욕구를 너털웃음으로 억눌렀다.

"허허헛, 아닐세. 짐은 여기에 있는 것이 좋아. 뒤늦게 끼어들어봐야 괜스레 욕만 듣게 된다는 것을 짐이 모를 줄 아는가? 모두들 짐이 더 많은 짐승을 사냥할 수 있도록 해 주기 위해 각별히 배려

할 것이고, 또 짐보다 더 많은 짐승을 사냥하지 않도록 모두들 조심하지 않겠는가? 오랜만에 여는 대규모 사냥 대회인데, 괜히 모두의 흥을 깰 이유가 없지."

바로 이때, 마법사 한 명이 뒤쪽에 마련되어 있는 임시 마법진으로 공간 이동해 왔다. 그는 초조한 듯한 표정으로 주변을 두리번거렸다. 곧이어 그는 찾으려던 사람을 발견했는지 황급히 달리기 시작했다. 그가 찾은 사람은 황제의 뒤편에 서 있었기에 마법 따위를 사용하여 접근할 수 없었다. 만약 그런 식으로 접근하려고 들었다가는 황제의 뒤편에 서 있는 기사들에게 암살자로 간주되어 즉각 목이 달아난다는 사실을 잘 알고 있었기 때문이다.

"멈추어라."

곧이어 기사 한 명이 검의 손잡이를 움켜쥔 채 그의 앞을 가로막으며 외쳤다. 마법사는 황급히 기사의 명령에 따라 멈춰서며 말했다.

"엘프리안에서 온 긴급 전문입니다. 국무대신 각하를 긴급히 뵙기를 청합니다."

"가 보시오."

그곳은 황제로부터 1백 걸음도 채 되지 않은 위치였기에 마법사는 국무대신 얼스웨이 후작을 향해 초조한 마음을 억누르며 천천히 걸어갔다. 그리고 그의 뒤에는 방금 전의 그 기사가 검을 뽑을 만반의 준비를 갖춘 상태로 두 걸음 뒤에서 뒤따르기 시작했다. 얼스웨이 후작만 있다면 모르겠지만, 황제가 바로 근처에 있었기에 만일의 사태에 대비하여 취해지는 조치였다.

마법사는 얼스웨이 후작의 앞에 이르자 예법에 따라 인사를 건냈다.

"무슨 일이냐?"

"엘프리안에서 도착한 긴급 전문입니다, 각하."

마법사는 자신의 품속에 넣어 온 전문을 아주 천천히 꺼내어 건넸다. 황제 근처에서 품속에 넣었던 손을 급히 뽑기라도 한다면, 뒤에 서 있는 기사는 그 행위를 단도 같은 흉기를 던질 준비를 하는 것으로 간주하여 즉시 목이 날아가 버릴 우려가 있는 것이다. 국무대신인 지크니아 엘 얼스웨이 후작은 그것을 받아서 읽기 시작한 지 얼마 지나지 않아 경악에 찬 표정으로 변했고, 손까지 부들부들 떨기 시작했다. 얼스웨이 후작은 황제를 향해 천천히 걸어간 후 땅바닥에 엎드리며 통렬한 어조로 외쳤다.

"폐하, 큰일이 벌어졌사옵니다."

황제는 마상에서 아래를 내려다보며 근엄한 어조로 물었다.

"무슨 일인가? 얼스웨이 경."

"엘프리안이 파괴되었다는 긴급 보고이옵니다."

황제는 그다지 심각성을 느끼지 않는 듯 시큰둥한 어조로 물었다.

"엘프리안이 파괴되었다고?"

"예, 폐하. 갑자기 골드 드래곤이 나타나서 엘프리안을 폐허로 만들었다고 하옵니다."

황제는 의심스럽다는 듯 말했다. 아무리 황실의 주요 인물들이 이곳에 다 와 있다고 하지만, 수도에는 만일의 사태를 대비하여 미네르바가 기사단을 이끌고 남아 있지 않은가?

"그럴 리가……. 그렇다면 켄타로아 경은 무엇을 하고 있었다는 말인가? 아무리 드래곤이라고 해도 이유 없이 엘프리안을 파괴할 리는 없을 텐데…….”

"어쨌건 사실인 듯하옵니다. 그러니 빨리 궁으로 귀환하시어 전체적인 피해의 정도를 파악하고, 그 대책을 마련하는 것이 시급한 일인 듯하옵니다.”

"허허, 대체 무슨 말을 하는 것인지 모르겠군. 어쨌든 돌아가세.”

"그렇다면 사냥을 중지시킬까요?”

"아니, 놔두게나. 괜히 저들의 흥을 깰 이유는 없지. 또 사냥 대회를 중지한다고 해서 상황이 바뀌지는 않을 테니까.”

"옛, 폐하.”

일단 여름 궁전으로 돌아간 황제는 모든 보고를 종합하여 정확한 현재의 상황을 파악하기 시작했다. 그리고 곧이어 황제는 엘프리안이 파괴된 것이 사실이라는 것을 알 수 있었다. 크루마의 수뇌부들이 지켜보는 가운데, 마법사는 엘프리안으로부터 전송된 영상을 마법으로 보여 줬다. 거대한 골드 드래곤의 브레스 한 방에 엘프리안이 완전히 가루가 되어 흩날리는 것을 보며 사방에서 신음 소리가 터져 나왔다. 그리고 황제는 그것을 본 순간 자신이 아버지로부터 이어받아 평생을 가꿔 왔던 수도가 하루아침에 가루가 된 것을 실감할 수 있었고, 그 충격으로 쓰러지고 말았다.

황제가 쓰러지고 나자 국무대신 얼스웨이 후작은 급히 의회 의장인 어스무스 엘 그랜딜 공작에게 그것을 보고했다. 후속 조치를 독단으로 처리하기에는 사안이 너무 컸기 때문이다. 그린레이크 공작의 행방이 묘연했기에, 그랜딜 공작은 그를 대신해서 원로원을 소집함과 동시에 황태자를 소환하라는 명령을 내렸다. 얼스웨이 후작이 주치의의 소견에 따르면 황제의 건강 상태가 매우 위독하다는 보고를 했기 때문이다.

로체스터 공작은 엘프리안이 파괴되었다는 급보를 받자마자 황제를 배알했다. 황제와 그사이에 어떤 말이 오갔는지는 알 수 없지만, 그는 황제를 알현하고 나오자마자 긴급히 대책 회의를 소집했다. 그런데 한 가지 특이한 점은 군의 총사령관인 로체스터 공작이 평상시에 소집하는 것은 기사단의 수뇌부나 각 군의 사단장급들인 데 반해, 이번에 소집한 사람들은 모두 다 내정을 담당하는 관료들이라는 점이 달랐다.

"내가 경들을 소집한 것은 국가의 존망이 걸린 중대한 사안이 발생했기 때문이오."

갑자기 로체스터 공작이 그들을 회의에 불러내어 국가의 존망이 걸렸다는 둥 뜬금없는 말로 서두를 장식하자 모두들 웅성거리기 시작했다. 로체스터 공작은 손을 들어 조용히 시킨 후 말했다.

"일단 본국에 어떤 위험이 발생하고 있는지에 대해서 정보부장인 베르딘 후작의 보고부터 들어 본 후에 회의를 시작하기로 하겠소."

지명을 받은 베르딘 후작은 인사를 한 후 설명을 시작했다.

"여러분들은 치레아 공국의 다크 폰 치레아 대공을 잘 알고 계실 것입니다."

베르딘은 회의에 참석한 사람들이 잠시 생각할 여유를 준 후 말을 이었다.

"일의 발단은 그녀의 실종에서부터 시작되었습니다. 여러분들도 아시다시피 제2차 제국 전쟁 당시 본국의 최대 숙적인 그녀로 인해 우리는 엄청난 피해를 입었고, 자칫 전쟁 패배라는 한계 상황에까지 치달을 뻔했습니다. 하지만 크라레스 전력의 핵인 그녀가 전쟁이 한창 진행되던 와중에 갑자기 실종되었기 때문에 본국은 손쉽게 승리를 거둘 수 있었습니다. 하지만 문제는 그녀가 실종됨에 따라 엄청난 존재가 움직이기 시작했다는 데 있습니다. 정보부에서 치밀하게 조사한 결과, 그녀는 골드 드래곤과 상당한 친분 관계를 유지하고 있었던 것으로 밝혀졌습니다. 물론 그 판단에 가장 큰 단서를 제공한 것이 크루마 제국의 수도 엘프리안의 파괴였습니다."

가만히 듣고 있던 국무대신이 콧수염을 쓰다듬으며 질문을 던졌다.

"엘프리안의 소멸에 대해서는 나도 겨우 한 시간 전에 보고를 받았다. 그런데 어떻게 그것과 그녀가 연관이 있다는 것인가?"

"예, 정보부에서 각 채널을 동원, 철저히 정보를 분석해 본 결과 치레아 대공이 실종될 당시 마지막 흔적이 크루마의 엘프리안까지 연결되어 있었습니다. 그녀는 크루마의 수도 엘프리안에서 실종되었다는 것이지요. 골드 드래곤은 그녀의 실종에 크루마가 관계했다고 생각한 모양입니다. 엘프리안을 가루로 만들었으니까요. 그런데 문제는 그렇다고 해서 드래곤의 분노가 풀렸느냐 하는 것입니다. 그녀가 나타나지 않는 한 드래곤의 파괴 행각은 계속될 게 분명하다는 것이 정보부의 분석입니다."

"그러니까 자네 말의 요점이 뭔가? 다음 대상이 본국이 될 수도 있다는 것인가?"

"예, 그렇사옵니다, 국무대신 전하. 그녀가 실종될 때까지 크라레스의 가장 강력한 적국은 우리 코린트였습니다. 그런 만큼 드래곤으로서는 그녀가 실종된 것에 대해서 본국에 혐의를 둘 가능성이 지대하지 않겠습니까?"

국무대신은 가만히 고개를 끄덕이더니 중얼거렸다.

"그러니까 골드 드래곤이 그녀의 실종에 대한 책임을 물으러 다음 파괴 대상으로 케락스를 선택할 가능성이 짙다는 말이군."

"예, 그렇사옵니다, 국무대신 전하. 그런데 문제는 골드 드래곤이 본국에 언제 올지 전혀 짐작할 수 없다는 것이옵니다. 어쩌면 지금 이 순간 케락스 상공에 그 모습을 드러낼 가능성까지도 있사옵니다."

베르딘 후작의 말이 끝나자 로체스터 공작이 말을 이었다.

"그렇기에 경들을 긴급히 소집한 것이오. 이미 폐하의 윤허는 떨어졌소. 국무대신은 최우선 순위에 따라 황족 및 주요 시설을 긴급히 시외로 대피시키도록 하시오."

"그건 현실적으로 어렵습니다, 로체스터 공작. 아무리 긴급 사항이라고 해도 확인되지도 않은 정보를 믿고 대피 작업을 진행시킬 수도 없을뿐더러, 그 많은 시설 및 재화들을 어떻게 단시일 내에 시외로 대피시킨다는 말입니까?"

국무대신이 곤란하다는 어조로 말하자 로체스터 공작은 화가 나서 외쳤다.

"그렇기에 폐하의 칙명이라고 하지 않았는가! 지금 당장 철수 작업을 시작하란 말이다. 수도 방위 사령부에는 내가 이미 명령을 내려 놨으니까 원하는 만큼 병력을 지원받을 수 있을 것이다. 내일 아침까지 무슨 일이 있더라도 타이탄 생산 시설을 몽땅 다 시외로 옮기도록 해라."

"하지만 그렇게 대대적으로 밤중에 인원을 동원한다면 시민들이 눈치 챌 것입니다. 그렇다면 엄청난 혼란이……."

"닥쳐라. 그런 것도 내가 생각하지 않은 줄 아는가? 하지만 지금의 비상 상황에서는 어쩔 수 없는 일, 시민들의 혼란은 감수해야 한다. 전에 코린티아시가 파괴되었을 때, 타이탄 생산 시설의 파괴로 인해 본국이 얼마나 막대한 타격을 받았었는가? 그것을 완전히 복구하는 데 3년이라는 세월이 걸렸다. 그런 악몽을 또다시 되풀이할 수는 없다."

로체스터 공작은 회의장에 모여 있는 모든 관료들을 한 차례 둘러본 후 서슬 퍼런 어조로 외쳤다.

"누누이 강조하지만 국가의 존망이 걸린 일이다. 모두 최선을 다해서 시간을 단축시켜라. 만약 게으름을 피우는 자가 있다면 내 직접 반역죄로 처단하겠다. 그리고 철수 작업에 방해가 되는 것은 그 어떤 것이라도 파괴해도 무방하다."

로체스터의 강압적인 자세에 국무대신은 어쩔 수가 없다는 듯 고개를 내저었다. 내정을 담당하는 수장이 저럴 정도니 그 밑의 관료들은 더 이상 말할 것도 없었다. 더 이상 토를 다는 사람도 없었기에 로체스터 공작의 일방적인 지시로 회의는 끝났다.

회의를 마친 후 로체스터 공작은 자신의 집무실로 향하던 도중 베르딘 후작에게 질문을 던졌다.

"치레아 대공에 대한 벼룩의 보고는 없었나?"

"아직 없사옵니다, 전하. 크라레인시로 일행을 이끌고 갔다는 것 외에는 없는 것으로 보아, 엘프리안을 파괴한 후 치레아가 아닌 다른 곳으로 이동한 것으로 판단되옵니다."

"그래? 그렇다면 그녀의 위치를 파악할 수 있는 다른 방법은 없나?"

"현재로서는 없사옵니다. 일반적인 마법사가 그들을 이끈다면 모르겠사오나 상대는 드래곤이옵니다. 도저히 첩자들의 능력으로는 추격 자체가 불가능하옵니다."

로체스터 공작은 이해할 수 없다는 듯 말했다.

"제임스는 분명히 치레아 대공이 미네르바를 용서해 주었다고 하지 않았는가? 그런데 왜 갑자기 드래곤이 엘프리안을 파괴했는지 도무지 이유를 알 수 없어. 경은 혹시 짚이는 것이 있나?"

"……."

베르딘의 대답을 기대한 것은 아니었는지 잠시 후 로체스터 공작이 말을 이었다.

"크루마의 첩자들에게 연락하여 그 당시의 상황에 대해 좀 더 확실하게 알아 보라고 하게. 드래곤이 왜 엘프리안을 파괴했는지 그 이유를 알아 보라는 말이야."

"옛, 전하."

급히 자리를 뜨려는 베르딘 후작의 뒤통수를 향해 로체스터 공작이 말했다.

"아아, 그리고……."

"무엇이옵니까? 전하."

"용병대장으로부터 연락은 없는가? 그때 연락이 끊어진 이후 새로운 연락이 들어온 게 없는가 이 말일세."

"아직 없사옵니다."

"경은 크라레스에 침투해 있는 첩자들에게 연락해서 통신이 끊어진 지점을 최대한 빨리 상세히 조사해서 보고하라고 이르게."

"옛, 전하."

"가 보게나."

베르딘 후작을 보낸 후 자신의 집무실을 향해 걸어가는 로체스터의 마음은 무척 무거웠다. 오래전 세 명의 친구들과 함께 했을 때, 그때는 정말 아무것도 무서운 것이 없었다. 그들이 한창 활동하던 그때의 코린트는 대륙 최강의 힘을 자랑했었다. 키에리가 모든 것을 지시했고, 또 그들은 그 지시를 따라서 아무리 불가능해 보이는 일이라도 해내고야 말았다. 하지만 세월이 지나며 친구들이 하나 둘 자신의 곁에서 떠나고 혼자 남게 되자 로체스터는 너무 외로웠다.

"이 친구야, 지금 자네가 필요해. 나 혼자 코린트를 짊어지려니 너무 힘들군."

집무실에 앉아 고개를 숙인 그의 얼굴에 깊은 수심이 어려 있다.

극악한 정신 교육 이후

"아아함, 잘 자긴 한 것 같은데 머리가 깨질 듯 아프네."

다크는 힘껏 기지개를 켜고 침대에서 일어났다. 그리고는 주위를 두리번거렸다.

"내가 어떻게 침대까지 와서 자고 있지? 젠장, 어제 술을 너무 많이 마시……."

다크는 잠시 어제의 일을 생각해 보다 뭔가를 떠올렸는지 안색이 창백해지며 닭살이 마구 돋기 시작했다. 아무리 겉모습은 여자애라고 하지만 실제로는 고령의 남자인 것이다. 그런데 그런 그녀가 털이 뿌숭뿌숭 난 사내에게 안겨서 펑펑 울다니. 이거야 정말 소름끼치는 일이 아닌가? 하지만 그것은 자신이 술김에 행한 일이었다. 꼭 따진다면 다크의 잘못이었다. 그러나 그녀의 생각은 조금 달랐다. 그런 원인을 제공한 놈이 전부 다 잘못한 것이 아닌가? 자신의 잘못은 하나도 없는 것이다. 분노를 아르티엔에게로 돌리며 어제의 실수를 자위하려고 하는 다크였다.

"이 영감탱이, 가만 안 둔다. 변신할 대상이 따로 있지. 감히 사부님의 모습으로 변신을 해? 껍질을 홀랑 벗겨놓을 테닷!"

다크가 씩씩거리며 1층 식당에 도착했을 때, 일행들은 모두 다 식사 중이었다. 한쪽 탁자에 팔시온 일행이 고개를 푹 숙인 채 식사를 하고 있었고, 또 다른 탁자에는 드래곤 일가가 앉아서 느긋하게 식사 중인 것이 보였다. 다크는 팔시온 패거리 쪽으로는 눈길 한 번 주지 않은 채 곧장 드래곤들이 앉아 있는 식탁으로 씩씩거리며 다가갔다.

아르티엔은 다크가 다가오는 것을 보고, 따뜻한 미소를 지으며 말했다.

"얘야, 잘 잤느냐? 어제 보니까 너무 피곤한 것 같더구나. 몸 생각도 해야지."

다크는 아르티엔의 얼굴을 홀린 듯 바라보며 얼떨결에 대답했다.

"예? 예. 사…, 아니 예, 그래요."

"우리들은 이미 식사를 끝냈으니까 너도 빨리 식사를 하거라. 아무리 전날 술을 많이 먹었다고 하더라도 아침을 거르면 안 되지."

따뜻한 말 한마디를 남기고, 아르티엔은 다크에게 걱정스런 시선을 보내고 있는 아르티어스를 끌고 2층으로 올라가 버렸다. 뭔가에 홀린 듯이 아르티엔을 바라보고 있던 다크는 아르티엔의 모습이 사라지고 나자 정신을 차렸다. 그녀는 주먹으로 탁자를 쾅 소리가 나도록 내리치며 신경질적으로 외쳤다.

"이런 빌어먹을! 내가 왜 이러지?"

그녀는 투덜거리며 팔시온 일행이 앉아 있는 탁자로 걸어갔다.

"닮아도 너무 닮았단 말이야. 어떻게 그렇게 부드러운 미소까지 똑같지?"

고개를 설레설레 내저으며 중얼거리던 다크는 점원에게 외쳤다.

"이봐, 주문받아!"

순간 점원은 인상을 팍 쓰며 다크를 노려봤다. 아무리 손님이라고 하지만 꼬맹이의 말투가 너무 시건방졌기 때문이다. 하지만 어쩔 수 있겠는가? 손님은 왕이니까.

"아, 예."

다크도 당연히 점원의 인상이 일그러졌다가 억지로 펴지는 모습을 봤다. '내가 누군데 저게 감히…' 하는 생각이 들었지만, 다크는 일단 참고 넘어가기로 했다. 안 그래도 마음이 싱숭생숭한데 점원 따위와 드잡이하기도 귀찮았던 것이다.

"이봐, 채소 수프에다가 고춧가루를 듬뿍 뿌려서 얼큰하게 해 가지고 와. 그리고 소시지하고 빵도 적당히 가져와."

고향의 요리를 어떤 식으로 만드는지 몰랐던 다크는 자신이 알고 있는 고향의 얼큰한 맛을 내려면 고춧가루 외에는 없다는 것밖에 알지 못했다. 그 외의 복잡한 향신료에 대해서는 거의 무지했고, 또 알고 있다고 해도 이곳에 그런 것이 있을지도 의문이었다. 그렇기에 고춧가루를 듬뿍 넣으라는 주문을 한 것이다.

"예? 수프에 고춧가루라니요? 후추가 아닙니까?"

"임마! 후추 뿌려서 얼큰한 맛이 나오냐? 잔말 말고 시키는 대로 가져와."

점원은 뭔가 맞받아치려다가 그녀의 옆에 앉아 있는 미카엘의 거대한 등을 힐끔 바라보고는 '내가 참아야지' 하는 생각이 들었는지 낮은 목소리로 궁시렁거리며 주방으로 돌아섰다.

"젠장! 내 점원 생활 십수 년에 저딴 주문은 처음 받아 보네."

다크는 앞에 앉아서 고개를 푹 숙이고 수프를 떠먹고 있는 팔시온을 향해 말을 걸었다.

"야, 내가 언제 그렇게 취했었냐? 한창 마시던 것까지는 생각이 나는데, 이상하게 그다음에는 기억이…… 어? 너 얼굴이 왜 그래? 푸하하핫!"

팔시온이 고개를 들어 자신을 바라보자 폭소를 터뜨릴 수밖에 없었다. 평상시에도 조금 험악한 인상이 드는 팔시온의 얼굴이었는데, 이제는 아예 괴물이 되어 있었기 때문이다. 얼굴 전체가 울긋불긋 푸르뎅뎅했고, 오른쪽 콧구멍은 휴지 조각을 쑤셔 넣었기에 불룩 솟아올라 있었다. 팔시온이 쪽팔린다는 듯 다시금 고개를 푹 숙이자, 다크는 옆에 앉아 있는 미카엘을 쿡 찌르며 말을 건넸다.

"이봐, 어떻게 된 거야?"

다크는 역시 고개를 푹 숙이고 있는 미카엘의 얼굴을 자세히 보기 위해 탁자에 얼굴이 닿을 정도로 고개를 숙였다.

"너도 그러네. 어제 나 빼놓고 너희들끼리 패싸움이라도 한 거야?"

미카엘은 도저히 다크의 시선을 피할 수 없다는 것을 알고 고개를 들었다. 미카엘의 준수한 얼굴도 역시 떡이 되어 있었다. 미카엘은 뺨이 통통 부어서는 입 안이 다 헐었는지 불분명한 발음으로 웅얼거렸다.

"흑흑, 나가이 고기하시 기조기 이러 꼬으 다하다니. 마야 아버이가 보셔다며 기저하셔을 거야.(나같이 고귀하신 귀족이 이런 꼴을 당하다니. 만약 아버지가 보셨다면 기절하셨을 거야.) 어허허 헝."

미카엘은 너무나도 분하고 원통했는지 그 큰 덩치에 어울리지 않게 닭똥 같은 눈물을 뚝뚝 흘리고 있었다. 다크는 미카엘이 도저히 대답을 할 만한 정신 상태가 아니라는 것을 깨닫고 비교적 느긋한 성격인 가스톤을 향해 말을 건넸다.

"이봐, 가스톤. 어떻게 된 거야? 말을 해야 알 거 아냐?"

고개를 드는 가스톤의 얼굴은 그래도 비교적 깨끗했다. 물론 그것은 미카엘이나 팔시온 등과 비교했을 때의 얘기지 결코 상태가 양호하다는 말은 아니었다.

"어떻게 된 거야?"

"네가 2층으로 올라간 후에 아르티어스 어르신이 버릇이 없다고 우리들을 밖으로 불러냈거든."

"그래서?"

"밤새도록 훈계를 들었지."

"그런데 모두들 얼굴이 왜 그래?"

"조금만 움직이거나 말대답을 하면 정신 상태가 글러먹었다고 엄청 두들겨 맞았거든. 나는 저놈들보다는 그래도 머리가 잘 돌아가잖냐. 끽 소리 않고 있었기에 비교적 덜 맞았지, 히히힛"

빙긋 미소 짓는 가스톤의 가지런한 치아의 한 군데가 비어 있었다. 히히덕거리고 있는 가스톤이 얄미웠던지 그 앞에서 억지로 식사를 하고 있던 미디아가 화난 어조로 외쳤다. 그녀의 얼굴 또한 떡이 되어 있기는 마찬가지였다. 그래도 명색이 여자인데 어떻게 저렇게까지 무자비하게 두들겨 팰 수 있단 말인가? 팔시온하고 나란히 세워 놓으면 거의 분간이 안 될 정도로 둘의 얼굴은 닮아 있었다.

"그에, 너 자나다.(그래, 너 잘났다.) 그리고 저 시추이느 뭐 저어케 시이 나서 처머냐?(그리고 저 식충이는 뭘 저렇게 신이 나서 처먹냐?)"

빵을 수프에 적셔 와구와구 입속에 밀어 넣고 있던 팔시온은 고개를 쓱 들더니 손가락으로 왼쪽 콧구멍을 막고 콧김을 확 뿜었다. 쿵하는 소리와 함께 오른쪽 콧구멍을 막고 있던 피에 절은 휴지 조각이 탁자 밑으로 날아갔다.

"쿵! 때리면 맞아야지 별수 있냐? 그리고 나는 살아 있다는 것을 신께 감사한다구. 누가 드래곤에게 그렇게 쥐어 터지고 살아남았다는 거 들은 적 있어? 그 정도면 많이 봐준 거라고 봐야지."

팔시온의 말에 미디아는 기가 막힌다는 듯 멍하니 그를 바라봤다. 팔시온이 여태껏 이렇게 자포자기한 모습을 보인 적이 언제 또 있었던가? 그런 것을 보면 확실히 팔시온의 적응력은 이곳에 있는 누구보다도 뛰어난 모양이다.

다크는 이런 동료들을 보고 기가 막힐 수밖에 없었다. 자신의 동료라는 것을 잘 알면서 어떻게 이렇게까지 두들겨 팰 수 있단 말인가? 저 나약한 애들을 두들겨 팰 데가 어디 있다고, 저런 상태로 만들었단 말인가? 다크가 열이 더 받았던 것은 이들을 감옥에서 겨우 구해 와서 풀어 준 것인데, 해방감을 채 느껴 보기도 전에 저렇게까지 무자비한 만행을 저지르다니.

"이런 주책바가지 드래곤이?"

다크는 화가 머리끝까지 났다. 동료들을 이렇게 만들어 놓은 아르티어스에게도 화가 났지만, 가만히 생각해 보니 유백의 모습으로 변해 있는 아르티엔은 정말 가만히 놔둘 수 없을 정도로 자신의 성질을 건드리고 있었다.

어떻게 아르티엔이 유백의 모습을 알고 있다는 말인가? 만약 아르티엔이 중원에라도 가 봤다면 이해할 수 있겠지만, 그것도 아니었다. 그렇다면 결론은 뭔가 마법을 사용하여 자신의 기억을 훔쳐봤다는 말밖에 안 되지 않는가? 자신이 기억하기 싫은 부분까지도 자신의 동의도 받지 않고 훔쳐봤다는 사실이 그녀를 더욱 기분 나쁘게 했던 것이다. 어찌 보면 이건 자존심의 문제일 수도 있었다.

다크는 발을 쿵쾅거리며 2층으로 올라가 방문을 벌컥 열었다. 갑자기 문이 벌컥 열리며 다크가 씩씩거리며 들어서자 방 안에 앉아 있던 아르티엔과 아르티어스가 그녀 쪽으로 일제히 시선을 돌렸다. 다크를 빤히 바라보고 있던 아르티엔이 궁금하다는 듯 물었다.

"식사는 안 하고 왜 올라왔느냐? 끼니를 거르면 속 버린단다."

아르티엔의 자상한 말을 듣자 다크는 일순 할 말을 잊어버렸다. 머릿속이 텅 비는 것 같았기 때문이다. 분명 유백으로 변신한 아르티엔의 모습임을 알고 있었다.

하지만 그것은 어디까지나 이성일 뿐이고, 그녀를 휘감고 도는 감정은 그게 아니었다. 그리운 모습에다가 자상한 말까지 곁들이자, 그 한 마디 한 마디가 공허했던 그녀의 마음을 따뜻하게 어루만져 주었던 것이다. 그 모든 것이 다크로서는 당혹스러웠다.

"아니, 저⋯⋯."

"음식이 입에 안 맞느냐? 그럼 먹고 싶은 것을 말해 보렴. 손자를 위해서 내가 그 정도는 해 줄 수 있다, 허허헛."

"아니, 저⋯ 으이구. 그게 아니구요. 저⋯ 차라도 한잔 드시겠어요?"

버벅거리던 다크는 결국에는 마음에도 없는 소리를 토해 내고 말았다. 속으로는 이게 아니라고 생각하면서.

"그러자꾸나. 아침에는 차를 잘 안 마시지만, 손자가 마시자는데 거절할 수가 없지. 안 그러냐? 아르티어스야."

"그럼요, 아버지. 헤헤헤, 나도 한 잔 부탁하자."

"예? 예⋯⋯. 그럼 가 보겠습니다."

조용히 문을 닫고 밖으로 나온 다크는 어이가 없는지 허허 웃으며 중얼거렸다.

"도대체 내가 어떻게 된 거지? 제길! 닮아도 너무 닮았단 말이야."

도저히 제어가 잘 안 되고 있는 자신을 향해 투덜거리며 식당으로 내려가자, 이미 그곳에는 주문해 놨던 식사가 준비되어 있었다. 그녀는 점원을 불러서 2층에 차 두 잔을 가져다줄 것을 부탁한 후 수프를 먹기 시작했다. 얼큰한 수프가 뱃속으로 들어가자 속이 확 풀리면서, 옛날 중원에서 먹던 해장국이 떠오르는 것이었다.

"크, 이 맛이야. 속이 확 풀리는군. 역시 술을 마신 다음 날은 얼큰한 국물이 최고지."

그리운 얼굴에, 그리운 목소리, 그리고 그리운 맛까지. 다크의 얼굴에 잔잔한 미소가 어리고 있었다.

이때, 다크가 주문한 음식을 과연 인간이 먹을 수 있는지 살펴보고 있던 점원이 어이가 없다는 듯 중얼거렸다.

"저런 것도 음식이라고 먹는 년이 있는 걸 보면 과연 세상은 요지경이야."

순간 다크의 눈썹이 꿈틀했다. 오랜만에 느껴보는 행복한 기분을 저따위 점원 녀석이 망치다니. 정말 참을 수가 없었다. 다크가 벌떡 일어서는 것을 보고 옆에 앉아서 음식을 와구와구 먹고 있던 팔시온이 궁금한 듯 물었다. 입속에 음식이 가득 들어 있었던 탓에 그 발음조차 불분명했다.

"야, 왜 그애?(왜 그래?)"

"아니, 저 녀석이 어제부터 내가 마음에 안 드는 모양인데 말이야. 방금 전에도 뭐라고 이죽거리잖아."

다크의 말이 채 끝나기도 전에 팔시온이 반색을 하며 벌떡 일어섰다. 그는 입속에 잔뜩 들어 있던 음식물을 바닥에 퉤 뱉어 버린 후 유쾌한 듯 말했다.

"그래? 잘됐다. 네가 나설 것까지 있냐? 내가 해 줄게. 거기서 지켜만 보라구."

팔시온이 팔을 걷어붙이고 점원을 향해 걸어가는 것을 보고, 가스톤이 벌떡 일어서면서 외쳤다.

"야, 나도 같이 하자."

다크는 40대 중반이나 되는 비쩍 마른 가스톤까지 희색이 만연해서 일어서는 것을 보며 어이가 없어서 멍하니 바라봤다. 평상시 침착하게 혈기왕성한 팔시온이나 미카엘을 뒤에서 밀어주던 형같이 자상했던 가스톤마저 저런 상태로 만든 것을 보면 어젯밤의 정

극악한 정신 교육 이후

신 교육이 대단하기는 대단했던 모양이라고 생각하는 다크였다.

다크가 자신을 노려보며 신경질적으로 일어서는 것을 볼 때까지만 해도 점원의 표정은 가소롭다는 듯 여유 만만했었다. 하지만 갑자기 험상궂게 생긴 큰 덩치의 사내가 일어서서 자신에게 다가오자 그의 얼굴에서 핏기가 싹 가셨다. 그는 재빨리 주방 쪽으로 달아났다. 그리고 그 뒤를 따라 먹이를 놓칠세라 달려 들어가는 팔시온과 가스톤.

곧이어 주방을 완전히 때려 부수는 듯 요란한 소리가 들려왔다. 그리고 돼지 멱따는 듯한 비명 소리 또한 식당 안을 가득 메웠다. 거기에다가 간간이 약간 카랑카랑한 가스톤의 목소리가 들려왔다. 평상시와는 달리 엄청난 독기를 머금은 듯했다.

"죽어! 죽어! 죽엇"

주위에서 식사를 하고 있던 몇몇 손님들의 안색이 창백하게 질리더니 슬금슬금 식당 밖으로 도망치기 시작했다.

잠시 후 팔시온과 가스톤이 개운한 듯한 표정으로 두 손을 탈탈 털면서 걸어 나왔다. 그것을 보며 미카엘과 미디어가 원통하다는 듯 탁자를 치며 분해했다.

"제자, 내가 가서야 하는 거데.(젠장, 내가 갔어야 하는 건데.)"

"저 녀서드은 이러 때마 도자이 재사다 마이야.(저 녀석들은 이런 때만 동작이 잽싸단 말이야.)"

이것을 보며 다크는 아연한 표정을 지을 수밖에 없었다. 도대체 어제저녁에 아르티어스에게 어떤 교육을 받았길래, 저들이 저렇게까지 변할 수 있단 말인가? 너무나도 궁금한 다크였다.

알카사스의 긴급 원로 회의

　프루니아는 크루마 제국의 북부에 있는 고원 지대다. 그렇기에 여름에 비교적 시원하다는 지형적 특성을 가지고 있었다. 이에 크루마 황실에서는 그곳에 여름 궁전을 제법 근사하게 만들어 놓았다. 여름 궁전 앞에 거대한 인공 호수까지 만들어서 황족들이 수영이나 뱃놀이를 할 수 있을 만큼 대륙에서 손꼽히는 호화로운 궁전이었다.
　여름 궁전의 후원에 위치한 대규모 영구 이동 마법진들. 황제가 이곳에 행차할 때 거의 1개 사단급에 가까운 호위 병력과 수많은 시종들이나 고관대작들이 함께 움직이기에 그 마법진의 규모는 엄청난 것이었다. 그런 거대한 마법진들 중의 하나에서 빛이 번쩍 하더니 40대 초반 정도로 보이는 사내가 나타났다. 호위병은커녕 동행조차 없이 혼자 나타난 사내를 보고 마법진 주위에 경비를 서고 있던 병사들은 호기심 어린 시선을 던졌다. 그런데 이때, 마법진 주위에 한 시간 전부터 부동자세로 꼿꼿하게 서 있던 기사가 날렵하게 움직이기 시작했다. 그는 최대한의 예의를 갖춰 그 사내에게 인사했다.
"어서 오시옵소서, 황태자 전하."
"무슨 일인가?"
"예, 의회 의장이신 어스무스 엘 그랜딜 공작께서 황태자 전하를 기다리고 계시옵니다. 이쪽으로 가시옵소서."
"알겠다, 안내하라."

"갑자기 나를 소환한 이유가 뭔가? 그랜딜 경."
의회 의장인 어스무스 엘 그랜딜 공작은 침착한 눈빛을 하고 있는 40대의 사내를 자부심 어린 눈길로 바라봤다. 황태자를 마법사로 교육시킨 것은 그린레이크 공작을 비롯한 원로원이 군부를 밀어내고 이뤄 낸 최고의 성과였다.
총사령관인 미네르바의 권력이 더욱 강대해지는 것을 막기 위해 그들은 황태자에게 손을 썼다. 일단 황태자의 교육을 담당하는 쪽이 다음 세대 크루마의 권력을 장악하게 될 것은 당연한 진리였다.
그렇기에 미네르바를 우두머리로 하는 군부는 황태자를 기사로서 교육시켜야 한다고 주장했고, 그린레이크를 우두머리로 하는 궁정 대신들 및 마법사들은 그를 마법사로서 교육해야 한다고 주장했다. 서로 간에 치열한 신경전이 오갔고 결국은 그린레이크가 승리했다. 군사 쪽이 아닌 궁정 안에서 벌어지는 각종 크고 작은 일을 관장하는 것에 있어서는 그린레이크 쪽이 우위를 점하고 있었기 때문이다.

"예, 폐하께옵서 갑자기 쓰러지셨기 때문입니다. 황실 주치의와 신관들은 아무래도 오늘 저녁이 고비가 되지 않을까 추측하고 있습니다."

"뭣이? 도대체 병명은 뭔가? 궁 안에는 수많은 마법사들과 신관들이 있을 텐데, 어찌 치료를 할 수 없다는 말이냐?"

"그것이 정신적인 부분이기에 손을 쓸 여지가 없었습니다. 너무나도 큰 충격을 받으셨기에……."

황태자는 의아하다는 듯 되물었다. 요 근래 인근의 제국들이 몬스터들의 침공에 시달리고 있지만, 오히려 크루마에는 여태껏 있어 왔던 몬스터들마저도 모습을 감춘 상태였다. 그렇기에 크루마는 평온하기만 했다. 그리고 그 어떤 전쟁에 대한 소문도 없는 상태였기에 황제가 충격을 받았다는 것을 납득할 수 없었던 것이다.

"충격이라고?"

"예, 엘프리안이 골드 드래곤에게 파괴되는 영상을 보신 후 그렇게 되셨습니다."

황태자는 그랜딜 공작의 말에 경악을 금치 못했다.

"뭣이? 엘프리안이 파괴되었다고? 그게 언제 있었던 일인가?"

"예, 어제 오후에 있었던 일입니다. 시민들의 혼란을 막기 위해 아직까지는 엘프리안이 파괴되었다는 사실이 퍼지지 못하게 막고 있습니다."

황태자는 이해할 수 없다는 듯 물었다.

"골드 드래곤이 왜 엘프리안을 공격했단 말인가? 드래곤은 이쪽에서 건드리지 않는 한 평화를 지키는 종족이라고 마법 학교에서 배웠다. 그것이 거짓이라는 말인가?"

"황태자 전하께서 배우신 것이 맞습니다. 그래서 저도 그 부분을 세밀하게 조사하고 있는 중입니다. 어쩌면… 아직 확실한 것은 아니지만 엘프리안의 소멸에 켄타로아 공작이 관여된 듯합니다."

"아니, 켄타로아 공작이… 왜?"

"그것은 아직 잘 모르겠습니다. 하지만 엘프리안에서 돌아온 기사들과 마법사들을 심문해 본 결과 켄타로아 공작은 골드 드래곤이 엘프리안을 공격할 것이라는 사실을 이미 알고 있었다는 것을 알아냈습니다. 타이탄 생산 공장의 인부 및 주요 장비들을 시외로 급히 대피시켰고, 갖가지 명목을 붙여 수도에 주둔 중이던 군대 및 기사단도 시외로 빼돌렸습니다. 어쩌면 이번에 벌어진 대규모 사냥 대회도 황족과 귀족들을 대피시키기 위해 꾸민 계략일 가능성까지 제기되고 있습니다."

"으음……. 알겠다. 일단 이 모든 것은 비밀리에 처리하되, 경이 책임지고 철저히 진상을 파악하도록 하라."

"옛, 전하."

"폐하께서는 지금 어디에 계시느냐?"

"후원에 있는 침실에 계십니다. 아무래도 그쪽이 조용하니까 말입니다."

"잘했다. 수도까지 파괴된 마당에 폐하께서 쓰러지셨다는 소문이 퍼진다면 좋을 게 없겠지. 나는 폐하께 가 볼 테니 뒷일은 경이 알아서 처리해 주기 바라네."

"옛, 전하."

알카사스의 왕궁 지하 4층에 마련된 비밀회의실. 이곳은 튼튼한 강철과 벽돌로 이루어진 매우 튼튼한 건물임에도 불구하고 방의 외곽에는 다섯 겹의 마법 방어막까지 쳐져 있어서, 사실상 이 안에 거주하는 한 타살당할 염려는 거의 없었다. 그리고 이곳은 알카사스의 최고 권력 기관이라고 할 수 있는 원로원이 회의실로 애용하는 장소였다.

"모두들 바쁠 텐데 한 명도 빠짐없이 회의에 참석해 주어 고맙소."

회의에 참석한 노인들을 쭉 훑어본 의장이 말을 이었다.

"그대들과 몇 가지 토의할 것이 있어서 회의를 소집하게 되었소. 먼저, 정보에 의하면 크루마의 수도 엘프리안이 골드 드래곤에게 파괴되었다고 하오."

의장의 말에 그곳에 모여 있던 모든 원로원 노인들이 경악한 어조로 외쳤다.

"오오, 그것이 사실입니까? 의장님."

"유감스럽게도 사실이오. 몬스터들이 날뛰는 마당에 드래곤까지 가세해서 크루마 같은 거대 제국의 수도를 파괴했다는 것은 대단히 의미심장한 일이라고 할 수 있소."

"그렇다면 최근 몬스터들이 갑자기 인간들이 그들의 적이라도 되는 양, 군대 규모의 조직력을 갖춰서 공격을 가해 오고 있지 않습니까? 그런 상황에서 드래곤까지 엘프리안을 공격했다면, 혹시나 몬스터들의 뒤에 바로 그 드래곤이 있는 것은 아닐까요? 그렇게밖에는 생각할 수 없지 않습니까? 의장님."

의장은 고개를 끄덕였다.

"내가 우려하는 것도 바로 그것일세. 바로 그 때문에 원로원을 소집한 것이야. 혹시 그 드래곤이 몬스터들을 사주하여 인간을 공격하게 만든 것이 아닐까하는 생각이 든단 말이야. 드래곤이 뒤에 있다면 여태까지 이해할 수 없었던 몬스터들의 집단 난동도 간단하게 설명이 가능하지. 안 그런가?"

드래곤이 배후에 있는 것으로 지목되자 그곳에 앉아 있던 원로들은 당혹한 듯 저마다 쑤군거리기 시작했다. 그리고 그들 중의 일부는 공포에 질려 얼굴빛이 하얗게 질리고 있었다. 그들도 드래곤의 실체를 본 적은 단 한 번도 없었지만, 그 파괴력이 어떤 것인지 수많은 서적을 통해 익히 알고 있었기 때문이다.

"이 일의 진상을 정확히 밝히고 넘어가야만 합니다. 만약 그것이 사실이라면, 시급히 그에 따른 대책을 세워야 하기 때문입니다. 엘프리안 정도 되는, 방어 마법진으로 싸여 있는 거대 도시를 브레스 한 방으로 초토화시킬 정도라면 최소한 웜급을 상회하는 드래곤일 가능성이 큽니다."

"고대로부터 내려오는 드래곤에 대한 자료가 잘못된 것이 아니라면 웜급이 아니라 에인션트급일 가능성이 클 것입니다. 브레스의 힘이 강하기로 이름나 있는 레드 드래곤이나 실버 드래곤이라면 웜급일 가능성도 있겠지만, 골드 드래곤이라면 에인션트는 되어야 하지 않겠습니까?"

의장은 손을 들어 일단 조용히 시킨 후 말을 이었다.

"나도 자네들의 의견에 찬성하네. 그리고 자네들도 알고 있겠지만, 에인션트급 드래곤이 이 사건을 일으켰다면 거의 진압이 불가능하다는 것도 사실이야. 일단 가장 시급한 일은 그 드래곤이 엘프리안을 공격한 이유를 밝혀내는 것이야. 그리고 이렇다 할 아무런 이유가 없는데도 엘프리안을 공격했다면 그 드래곤이 몬스터들을 조종했을 가능성이 아주 크다고 봐야 하겠지."

의장은 원로들을 쭉 둘러본 후 말을 이었다.

"그리고 전선에서 들어오는 보고도 썩 만족스럽지 못한 것이 사실일세. 벨리아드, 자네가 좀 설명해 주겠나?"

"예."

의장의 지시를 받은 벨리아드는 침중한 어조로 말했다.

"몬스터들의 집단 난동에 본국은 거의 대부분의 전력을 투입하고 있지만, 썩 좋은 결과를 얻지 못하고 있는 것이 사실입니다. 요근래에는 근위 기사단을 제외한 4개 기사단 모두를 투입했지만, 전선에서 이렇다 할 우위를 점하지 못하고 있는 형편입니다. 그렇기에 저희 정보부에서는 모든 가능성을 종합해 본 결과 한 가지 방법을 도출해 낼 수 있었습니다."

모두들 자신을 바라보는 가운데 벨리아드는 헛기침을 한 번 하고는 말을 이었다.

"그것은 바로 용병 기사들을 대규모로 모집하는 것입니다."

그 말이 끝나자마자 원로들은 벌집을 쑤셔놓은 듯 웅성거리기 시작했다. 이때 원로들 중의 한 명이 벌떡 일어서서 차분한 어조로 주위를 조용히 시켰다. 그는 바로 알카사스의 대외 업무를 담당하고 있는 카스피아였다.

"자자, 조용히들 하시오."

그런 다음 그는 의장과 벨리아드를 번갈아 바라보며 말했다.

"용병 기사를 모집하는 것에는 이의가 없습니다. 하지만 지금 어디서 용병 기사를 뽑는다는 말입니까? 아르곤 제국이 대규모로 용병 기사들을 흡수했고, 또 제2차 제국 전쟁 때 코린트도 대규모로 모집했습니다. 그리고 지금은 사방에서 몬스터들이 날뛰고 있습니다. 이런 상황에서 무슨 방법으로 우수한 용병 기사를 모집한다는 말입니까? 쓰레기 같은 것들을 모집하려고 해도 웃돈을 얹어 줘야 할 겁니다. 그런 만큼 다른 방법을 생각해 내는 것이 좋지 않겠습니까?"

카스피아의 말이 끝나자마자 벨리아드는 실례되지 않게 정중한 어조로 반론을 펼쳤다.

"카스피아 경의 말씀이 맞습니다. 하지만 저는 결코 동쪽 대륙에서 용병 기사들을 모집하자는 것이 아닙니다."

그 말을 듣고 모두들 웅성거리는 가운데, 벨리아드는 손을 들어 모두를 조용히 시킨 후 말을 이었다.

"자자, 모두들 조용히 들어 주십시오. 카스피아 경께서 말씀하신 대로 요 근래 계속되는 전쟁과 군비 증강으로 인해 실력 있는 용병 기사를 동쪽 대륙에서 모집하는 것은 사실상 불가능합니다. 하지만 이 세계에 동쪽 대륙만이 존재하는 것은 아니지 않습니까? 제가 직접 서쪽 대륙에 가 본 적은 없지만, 약간씩 흘러 들어오는 정보들을 바탕으로 대략적으로나마 그곳의 사정을 파악할 수는 있었습니다. 혹시 여러분들 중에서 아시는 분도 계실지 모르겠지만, '크로우(Crow)' 라는 용병단을 들어 보신 적이 있습니까? 저희들은 그들을 포섭하려고 계획하고 있습니다."

그의 말에 원로들 중의 한 명이 낮은 어조로 질문을 던졌다.

"혹시 전쟁터를 떠도는 그 피에 젖은 까마귀들이라는 전설적인 용병단을 말하는 것인가?"

"예, 맞습니다."

벨리아드가 수긍하자 여기저기에서 감탄사가 터져 나왔다. 그만큼 그들은 철의 장막을 치고 있는 타이렌 제국을 통과할 정도로 엄청난 소문을 몰고 다니는 존재들이었던 것이다.

"오오, 바로 그 전설적인 용병단 말인가?"

"나도 숫자는 많지 않지만 서쪽 대륙 최강의 용병단이라는 소문을 언젠가 들은 기억이 있소."

하지만 카스피아는 비꼬는 듯한 어조로 벨리아드에게 말했다.

"크로우 용병단이 막강하다는 것은 나도 소문을 통해 알고 있네. 하지만 그들을 고용하려면 막대한 자금이 필요할 걸세. 좋아, 뭐 돈 문제는 제쳐 두고라도, 자네는 어떻게 서쪽 대륙에 가서 그들과 접촉한다는 말인가? 서방으로 가는 관문은 타이렌 제국이 꽉 틀어막고 있네. 그들은 동방과 서방의 무역을 아주 장기적으로 독점하기 위해, 양쪽의 교류를 철저히 막고 있어.

자네는 어떤지 모르겠지만 나는 오래전에 타이렌 제국에 가 본 적이 있네. 타이렌 제국 동쪽에는 작은 구획이 하나 있지. 나는 줄곧 거기에만 있다가 돌아왔다네. 그곳에서 오랫동안 생활한 사람에게 물으니까 동방에서 온 사람들은 그곳에서만 생활할 수 있다고 하더군. 그렇다면 서방에서 온 사람들도 그것은 마찬가지가 아니겠나?

거기에다가 그놈들은 공간 이동 마법을 왜곡하는 괴상한 마법까지 개발해 내지 않았나? 거대한 마법 탑을 건설하고, 그곳에서부터 괴이한 힘을 방출하여 공간 이동 마법을 왜곡하도록 조작해 놨기에 설혹 저쪽의 좌표를 알고 있다고 해도 공간 이동이 불가능하다는 것은 자네도 잘 알고 있을 걸세.

타이렌 제국은 그런 식으로 양쪽을 완전히 분리시켜 놓고, 그사이에서 철저하게 단물을 빨아먹고 있지. 이런 상황에서는 절대로 서방으로 가서 크로우 용병단과 교섭을 한다는 것 자체가 불가능하다는 말일세. 혹시 타이렌 제국을 멸망이라도 시킨다면 모르겠지만 말이야."

"꼭 서방으로 가야만 그들과 교섭할 수 있는 것은 아닙니다."

벨리아드는 주위를 쓱 둘러본 후 말을 이었다.

"물론 타이렌 제국이 철저하게 막고 있기에 서방으로 직접 들어가서 교섭할 수는 없습니다. 하지만 그것을 타이렌에 의뢰하면 어떨까요? 넉넉하게 수수료를 지급한다면 그들도 적극적으로 협력할 것이 분명합니다. 정보부에서는 만약 크로우 용병단만 끌어들일 수 있다면, 전세를 완전히 뒤집어엎을 수 있을 것이라고 분석하고 있습니다."

의장은 주위를 쭉 둘러본 후 말했다.

"혹시 반대하는 사람 있나?"

아무도 대답이 없자 의장은 벨리아드에게 말했다.

"벨리아드, 자네는 즉시 타이렌 제국으로 가게. 자네가 제안한 것이니만큼, 자네가 맡는 것이 좋지 않겠나?"

"예, 의장님."

아비규환이 된 케락스

"이봐!"

아르티어스의 지명을 받은 팔시온은 화들짝 놀라며 자리에서 벌떡 일어섰다. 너무 놀란 탓인지 대답조차 못하고 버벅거리며 서 있었다. 그것을 보고 아르티어스는 못마땅한 듯 혀를 차며 말했다.

"쯧쯧, 어른이 부르면 대답을 해야 할 것 아냐? 아직 교육이 좀 덜 된 것 같아."

교육이라는 말에 팔시온은 진저리를 치며 즉시 대답했다.

"으그그극! 아, 아닙니다요, 어르신. 왜 그, 그러십니까?"

"우리 아들 못 봤어?"

"저, 정원으로 나가던데요."

"그래?"

아르티어스가 정원에 나갔을 때, 다크는 나무 위에 앉아 있었다.

상당히 높은 나무 위였기에 아르티어스는 기겁을 했다. 물론 거기서 떨어진다고 해도 별 탈이 없으리라는 것을 알면서도 아르티어스의 눈에 보이는 다크는 가냘픈 소녀이기 때문이다. 하지만 몇 걸음 가지도 않아서 아르티어스는 발걸음을 멈췄다.

다크는 높직한 나무 위에 앉아서 어딘가를 하염없이 바라보고 있었다. 그녀가 바라보고 있는 곳은 바로 아르티엔이 기거하고 있는 방이었다. 그녀는 아르티어스가 자신을 바라보고 있는 것도 눈치 채지 못할 정도로 정신없이 방 안을 들여다보고 있었다. 그녀에게 아르티엔의 사소한 움직임 하나하나가 오래전에 봤던 사부의 모습을 떠올리게 했다. 그리고 그것은 그녀에게 푸근함과 함께 아련한 향수를 불러일으키게 했다.

"정말 사부가 환생한 게 아닐까? 어쩌면 표정 하나하나가 똑같지?"

뭔가에 홀린 듯 중얼거리던 다크는 거칠게 머리를 흔든 후 투덜거렸다.

"젠장! 내 기억을 훔쳐봤을 테니 똑같은 것은 당연하겠지. 하, 하지만……. 빌어먹을! 근데도 보면 볼수록 왠지 마음이 편하단 말이야. 에이, 기분은 좀 그렇지만 사부의 얼굴을 볼 수 있으니 내가 참고 말지 뭐."

다크는 다시금 시선을 여관 쪽으로 옮겨 아르티엔을 멍하니 훔쳐봤다. 점차 시간이 지나면서 그곳에 아르티엔은 사라지고 유백과의 추억만이 남아 있었다. 다크의 눈은 조금씩 젖어 들었다. 저렇게 인자한 사부와 마지막을 함께하지 못했다니…….

"사부님… 부디 용서해 주세요."

다크의 말을 엿듣고 있던 아르티어스는 모든 것을 이해할 수 있었다. 그러나 자신의 너무나도 사랑하는 아들이 더 이상 자신을 바라보고 있지 않다는 것. 그것도 자신의 아버지를 홀린 듯이 바라보고 있다는 것을 깨달은 그 순간 아르티어스 어르신의 눈에 불똥이 튀었다. 만약 상대가 아르티엔만 아니었다면 갈가리 찢어 버렸을지도 몰랐다. 하지만 상대는 자신의 아버지였다. 그것도 도저히 힘으로는 어떻게 할 수도 없는 존재인⋯⋯.

'어떻게 이럴 수가 있다는 말인가? 아무리 호비트의 지능이 드래곤에 비해 떨어진다고 하지만 겉모습의 조그마한 변화가 이렇게까지 영향을 주다니⋯⋯. 아버지가 깨물어 주고 싶을 정도로 귀여운 모습일 때는 통명스럽게 대하더니 저 밥맛 떨어지는 모습으로 변하자, 그다음부터 아예 정신을 차리지 못하고 있으니⋯⋯.'

아르티어스는 위기감을 느꼈다. 더 이상 가만히 놔뒀다가는 저 심술궂은 아버지에게 사랑하는 아들을 빼앗기게 될지도 모른다. 무슨 짓을 해서라도 저 둘을 떼어 놔야만 했다. 아르티어스는 다크의 관심을 다른 곳으로 돌리기 위한 방법을 찾기 위해 머리를 쥐어짜기 시작했다.

"애야, 뭐 하고 있냐?"

다크는 화들짝 놀라며 시선을 아래쪽으로 돌렸다. 아르티어스가 밑에 있는 것을 보고 그녀는 가볍게 몸을 날렸다. 사뿐히 땅에 내려선 그녀는 통명스럽게 대답했다.

"그러는 아빠는 여기서 뭐 해요?"

"네가 보고 싶어서 나왔지. 나하고 산책이라도 할래? 너하고 산책해 본 게 언제인지 이제는 기억도 안 난다. 제발, 응?"

"산책하고 싶으시면 혼자 하시라니까요. 저는 바쁘다구요."

"바쁘다고? 으으으……."

매몰차게 자신의 제의를 거절하는 다크를 보자, 아르티어스의 가슴은 찢어지는 것 같았다. 어떻게 이럴 수가……. 잠시 안타까운 눈으로 다크를 바라보던 아르티어스는 생각해 뒀던 회심의 카드를 내밀었다.

"참, 바쁘겠구나. 이제는 코린트에 가야 할 테니까 말이야. 안 그래?"

"코린트요? 코린트에는 왜요?"

"아, 그거야 너를 잡아 뒀던 놈들이 코린트 놈들이었잖아. 불같은 네 성격에 그 얄미운 놈들을 그냥 놔두지는 않겠지? 안 그래?"

"글쎄요……."

아르티어스는 다크가 미적거리는 듯 대답하자, 선수를 치듯 재빨리 대화를 마무리 지었다.

"네가 코린트에 갈 거니까 그 애들한테 떠날 준비를 하라고 일러 뒀다. 그러니까 너도 빨리 준비하거라. 그러고 보니 너하고 예전에 함께 여행하던 기억이 나는구나. 그때는 둘이서만 단란하게 다녔기에 참 즐거웠었는데, 이제는 일행이 많아서 그런지 영 기분이 안 나지 않니? 그러지 말고 우리 둘이서만 갈까? 코린트 따위야 나 혼자서도 충분하지."

"그럴 필요……."

다크가 어이가 없다는 듯한 표정을 짓고 있음을 눈치 챈 아르티어스는 재빨리 말을 이었다.

"빨리 가자. 모두 준비를 해 놨을 테니까 너도 준비하거라."

아르티어스는 다크가 무슨 말을 꺼내기도 전에 총총히 여관으로 돌아가 버렸다.

"도대체가 무슨 말을 하는 건지……."

다크는 투덜거리면서 아르티어스를 따라 여관으로 들어갔다. 아르티어스는 다크가 곧바로 자신을 뒤따라 들어오자 기겁을 했다. 설마 곧바로 따라 들어올 거라고는 예상하지 못했던 것이다. 그는 자신의 거짓말이 탄로 날까 봐 식탁에 앉아서 계란으로 얼굴을 문지르며 한담을 나누고 있던 팔시온 일행들을 향해 소리를 질렀다.

"이봐! 준비는 끝났어? 이 새끼들 봐라. 떠날 준비하라고 한 게 언제인데 여기서 계란 마사지나 하고 앉아 있다니. 교육을 좀 더 시키든가 해야지, 원. 역시 호비트란 족속들은 쥐 패야 말을 듣는다니까."

아르티어스의 말이 채 끝나기도 전에 팔시온 일행은 화들짝 놀라 일어서며 말했다. 처음에는 아르티어스가 무슨 말을 하는지 몰라 어리둥절했지만, 곧 은근히 자신들을 향해 흔들고 있는 아르티어스의 주먹을 보고 본능적으로 그가 무슨 대답을 원하는지 알 수 있었던 것이다.

"옛, 준비는 벌써 끝났습니다."

사실 팔시온 일행이 곧바로 대답할 수 있었던 것은, 가져온 짐이 없었으니 준비할 것도 없었기 때문이다.

그들이 케락스로 공간 이동한 것은 그로부터 몇 분 뒤였다. 다크 일행은 케락스 시내로 들어가다가 눈이 휘둥그레졌다. 수많은 인파들이 마차에 짐을 싣고, 혹은 짐을 이고 지고 이동하고 있었다.

거기에 아이들의 울부짖는 소리까지 섞여서 아비규환을 방불케 하고 있었다.

"이, 이게 뭐야?"

쏟아져 나오는 수많은 인파에 당황한 아르티어스를 보며 다크가 이죽거렸다.

"아빠, 혹시 잘못 온 거 아니에요?"

며칠 전에 다크를 찾기 위해 케락스로 공간 이동한 적이 있었던 아르티어스는 그때의 좌표를 기억하고 있었고, 바로 그리로 공간 이동한 것이다. 불과 며칠밖에 시간이 지나지 않았는데, 그때와 너무나도 상황이 다르자 아르티어스는 자신이 좌표를 잘못 기억하고 있는 것이 아닌가하는 의구심마저 들었다.

왜냐하면 코린트에서 전쟁이 터졌다는 소리는 들어 본 적이 없었던 것이다. 이 수많은 인파들이 피난이라도 가는 듯 크고 작은 짐을 허리에 지거나 들고, 부대끼고 있는 모습은 확실히 전쟁터가 바로 옆이라는 듯한 인상을 주고 있었다.

아르티어스는 재빨리 자신의 품속에서 책자를 꺼내어 찾아봤다. 하지만 그곳에 기록된 좌표는 자신이 알고 있는 것과 하나도 다르지 않았다.

"이상하네. 여기가 분명한데?"

이들의 대화를 듣고 있던 팔시온이 겁에 질려 밀려가고 있는 사람들 중에서 한 명을 붙들고 말을 건넸다.

"무슨 일입니까?"

그 사람은 팔을 뿌리치려다가 팔시온의 떡이 되어 있는 험상궂은 얼굴을 보는 순간 순순히 말해 주었다. 그는 팔시온과 오랫동안 대화하고 싶지 않은지 빠른 어조로 말했다.

"당신들도 살고 싶으면 빨리 도망가쇼."

대충 말하고 도망치려는 그를 팔시온은 우악스럽게 잡고 다시금 질문을 던졌다. 상대의 대답이 도저히 이해되지 않았기 때문이다.

"어디 전쟁이라도 터졌습니까? 아니면 몬스터라도 쳐들어온답니까?"

"케락스시가 곧 박살 난다고 해요."

"케락스시가 박살 난다구요? 아니, 갑자기 왜 케락스시가 파괴된다는 말입니까? 코린트의 기사단은 대륙 최강이라고 들었는데, 누가 감히 케락스를 파괴한다는 말입니까?"

그 사람은 말을 하고 있을 시간도 아깝다는 듯 알아듣기 힘들 정도로 빨리 떠들었다.

"사악한 드래곤이 케락스시를 박살 내려고 온다는 소문이 파다하게 퍼졌소. 어제 밤새도록 중요 시설을 시외로 대피시킨 것을 보면 뻔하지 않겠소? 병사들이 시내에 쫙 깔려서 헛소문을 퍼뜨리는 사람들을 잡아다가 공개 처형까지 하고 있지만, 대낮에도 수많은 짐을 시외로 실어 나르고 있는 것을 보면 뻔하지 않소? 자, 그만 나도 가 봐야겠으니 놔 주시오."

사내는 말이 끝나기도 전에 팔시온의 팔을 뿌리치며 서둘러서 피난 행렬에 합류해 버렸다. 팔시온은 사내의 말뜻을 이해하느라 잠시 멍한 상태였지만, 곧이어 대략적으로나마 이해할 수 있었다. 그만큼 상대의 말은 팔시온이 알아듣기 힘들 만큼 빠른 속도로 쏟아져 나왔다.

"큰일 났는데요. 케락스 시내에는 다음에 들어가시는 게 좋을 것 같은데요, 어르신."

"왜?"

"엄청 사악한 드래곤이 케락스시를 가루로 만들겠다고 선언했답니다. 지금 들어가 봐야 좋은 꼴 못 볼 것 같은데요."

"뭐? 드래곤이라고?"

아르티어스가 시큰둥하게 물어 오자, 팔시온은 얼른 머리를 굴렸다. 사악한 드래곤이 날아온다는 시내로 들어가기는 싫었던 것이다. 아르티어스도 드래곤이기는 했지만, 사실 그가 얼마나 강한 드래곤인지 팔시온은 알지 못했다. 아르티어스가 현신한 모습을 본 적도 없었고, 오랜 기간 인간의 모습을 한 아르티어스와 어울리다 보니 그가 절대자인 드래곤이라는 사실을 가끔 잊어버리는 경우까지 있었다. 그렇기에 그는 사악한 드래곤이 아르티어스보다 강한 드래곤이라고 생각했다. 그렇다면 대답은 뻔하지 않은가? 살고 싶으면 빨리 여기를 벗어나야 한다.

"어르신, 미쳐 날뛰는 드래곤이랍니다. 자고로 미친놈한테는 약이 없다고 하지 않습니까? 게다가 덩치도 엄청 클 뿐 아니라 성질도 더럽다고 하던데요. 케락스시를 박살 낸다고 호언하는 것을 보면 정말 대단히 강한 드래곤인 모양이에요. 빨리 도망가죠, 예?"

아르티어스는 궁금하다는 듯 중얼거렸다.

"대체 어떤 자식인데 케락스를 부수겠다고 하는 거지? 나 같은 놈이 또 있었나?"

그것을 보며 아르티엔이 한심스럽다는 듯 혀를 차며 말했다.

"쯧쯧, 멍청한 녀석. 이런 것도 아들이라고 두었다니. 바로 너를 말하는 거잖아."

"예? 덩치 크고 성질 더럽게 생기고 미쳐 날뛰는 드래곤이라잖아요. 나같이 몸매 좋고, 성질 좋고, 비교적 정상적인 사고방식을 지닌 드래곤과 비교하시다니요. 에이! 어떤 자식인지는 모르겠지만, 하는 꼴을 들어 보니 우리 드래곤 종족의 수치야, 수치."

아르티엔은 골치가 아픈 듯 머리를 감싸 안으며 중얼거렸다.

"아이고, 머리야. 네가 얼마 전에 무슨 짓을 했는지 벌써 까먹은 게냐?"

"그거하고 이거하고 무슨 상관이에요?"

맹한 표정으로 대답하는 아르티어스. 하지만 곧이어 뭔가 떠오른 듯 분노한 표정으로 외쳤다.

"아니, 그럼 이 자식들이 잘못을 반성할 생각은 안 하고 튀고 있는 겁니까?"

아르티어스는 피난 행렬을 손가락으로 가리키며 입에 거품을 물고 외쳤다.

"이런, 쳐 죽일 놈들! 어르신이 훈계를 하러 온다는 말을 들었으면, 푸짐한 선물을 준비해서 아부할 생각은 하지 않고, 내빼고 있다니!"

다크는 고개를 설레설레 내저으며 아르티어스의 푼수 짓을 보고 있다가, 피난 행렬 쪽으로 가려고 하는 그의 손을 잡으며 짜증스럽게 말했다.

"아빠, 빨리 가자구요. 여기서 이러고 있지 말고. 배 안 고파요?"

한창 분노에 몸을 떨고 있던 아르티어스는 다크가 자신의 손을 꼭 잡자 언제 그랬냐는 듯 함지박만 한 미소를 지어 보이며 고분고분 대답했다.

"그래그래, 가자, 가. 그건 그렇고 여기에 헬 파이어 한 방만 먹이고 가면 안 될까?"

그 말에 아르티엔이 기가 막힌다는 듯 아르티어스의 뒤통수를 갈기며 외쳤다.

"이 자식은 언제 철들려고 이래? 이러니까 너보고 미친 드래곤이라고 그러잖앗!"

"아야야야! 뭐라구요? 그러니까 미친……."

그제야 아르티어스는 팔시온이 하던 얘기가 전체적으로 떠올랐다. 아르티어스는 손짓을 까딱거려 팔시온을 불러들이며 말했다.

"야, 너 이리 와 봐."

"예? 저… 말씀이십니까?"

"그래, 네놈 말이다."

엉거주춤 다가오는 팔시온의 멱살을 그러쥔 후 아르티어스는 으르렁거렸다.

"뭐? 덩치 크고, 성질 더럽게 생기고, 미쳐 날뛰는 드래곤이라고? 네 눈에는 내가 그렇게 보이데? 응?"

그 말에 팔시온의 안색이 파랗게 질렸다. 설마하니 아까 자신이 뻥 튀겨서 얘기한 대상이 아르티어스일 줄이야……. 그 순간 모든 것을 체념하는 팔시온이었다.

'악연도 이런 악연이 있을 수가. 그래, 평탄했던 내 삶에 저 성질 더러운 드래곤을 만난 것 그 자체가 신의 저주였어. 이렇게 허구한 날 쥐어 맞는 삶이 무슨 의미가 있을까?'

팔시온의 두 눈에 닭똥 같은 눈물이 주루루 흘러내렸다.

어머니 왜 저를 낳으셨나요.

나도 여자라구요!

 로체스터 공작의 집무실 문이 부서질 듯 콰당 열리면서 기사 한 명이 새파래진 안색으로 다급하게 외쳤다.
 "저, 전하, 큰일 났사옵니다."
 로체스터 공작은 책상 위에 놓여 있는 수많은 서류 뭉치들을 들여다보다가 귀찮다는 듯 외쳤다. 철수 작업이 진행된 이래 계속된 업무로 인한 스트레스로 인해 그의 신경은 매우 날카로워져 있었던 것이다.
 "또 뭐야?"
 "크, 큰일 났사옵니다. 일전에 찾아왔던 그 드래곤이 다시 왔사옵니다."
 "뭣이?"
 "예전에 동쪽 별궁을 초토화시켰던 그 드래곤 있지 않사옵니까?

그 드래곤이 치레아 대공과 함께 왔사옵니다."

"그래, 지금 그들을 어디로 모셨는가?"

"예, 제1귀빈관으로 모셨사옵니다. 아무것도 모르는 경비병들이 실례를 저질렀던 것 같은데, 그들의 보고를 받고 출동한 근위대 기사들이 그들을 알아볼 수 있어서 운이 좋았사옵니다."

황궁 후원에 있는 제1귀빈관은 여타 다른 귀빈관들과 달리 각국의 황제를 접대하기 위해 건설한 최고의 시설을 자랑하는 곳이었다. 건설 후 30여 년이 흘렀지만, 겨우 10여 명이 들렀다 갔을 정도로 최고의 귀빈만을 모시는 곳이었다.

"그런가? 최대한의 예의를 다해서 극진히 모시라고 지시하라."

"옛!"

이때 옆에서 레티안이 조언을 건넸다.

"전하, 제임스 각하에게 접대를 맡기는 것이 좋을 듯하옵니다."

"왜?"

"제임스 각하는 치레아 대공이 이곳에 있을 때 잘 보살펴 주지 않았사옵니까? 제가 보기에는 상당히 친근한 관계를 유지하려고 노력하시는 것 같았습니다. 그렇기에 그분이 적임자라고 생각하옵니다."

"그거 좋은 생각이야. 빨리 그에게 전해라."

"예, 전하."

한참 철수 작업을 진두지휘하던 제임스는 부하의 보고에 깜짝 놀랐다.

"뭐라고? 그녀가 왔다고?"

"예, 각하. 로체스터 전하께옵서 각하께 그들의 접대를 명하셨사옵니다."
"지금 어디에 계시나?"
"제1귀빈관에 모셨다고 들었사옵니다."
"알겠네. 그녀가, 그녀가 왔단 말이지?"
부하의 보고에 급히 달려가는 제임스의 마음은 마냥 설레기만 했다. 그는 이런 설레임이 자신이 이상적인 기사로서 존경하는 그녀를 만날 수 있게 된다는 기쁨 때문이라고 생각했다.

똑똑…….
작은 노크 소리와 함께 밖에 서 있는 시종이 외치는 소리가 들려왔다.
"제임스 드 발렌시아드 후작 각하께서 치레아 대공 전하를 뵙기를 청하시옵니다."
"들라고 해라."
다크가 대답하자, 조용히 문이 열리며 제임스가 실내로 들어섰다. 실내에는 아르티어스와 다크, 그리고 또 다른 특이한 모습의 사내가 앉아 있었다. 그의 모습을 보아하니 아무래도 서쪽 대륙에서 온 듯, 피부색이 색다른 이민족이었다. 하지만 제임스는 그런 이민족에게까지 신경 쓸 여유가 없었다. 실내로 들어선 제임스의 시선은 곧장 다크에게로 가서 멈추었기 때문이다. 그는 정중하게 인사를 건넸다.
"안녕하셨사옵니까? 대공 전하."
이곳에서 포로 생활을 할 때에 제임스가 상당히 깍듯이 대접해 주었기에 다크는 그에게 비교적 좋은 감정을 가지고 있었다. 그렇기에 다크는 빙긋이 미소를 지으며 짓궂은 음성으로 대답했다.

"그래, 안녕해. 그런데 전에 만났을 때와는 사정이 많이 바뀐 것 같지?"

제임스도 같이 미소를 지으며 대답했다. 상큼한 그녀의 미소에 가슴이 울렁거림을 느끼면서.

"그렇군요."

제임스는 곧장 옆에 앉아 있는 아르티어스를 향해 정중하게 인사를 건넸다.

"위대하신 분을 뵙게 됨을 영광으로 생각합니다. 저는……."

다크가 뭐라고 잘못을 지적하기도 전에 아르티어스가 퉁명스럽게 말했다.

"이봐, 내가 아니라 이분께 먼저 인사를 드려야지. 내 아버지시거든."

아르티어스의 아버지라는 말에 제임스는 경악을 금치 못했다. 하지만 그는 곧 놀란 마음을 애써 감추며 정중하게 아르티엔에게 인사했다.

"몰라 뵈어 실례를 저질렀습니다. 이렇듯 위대하신 분을 뵙게 되어 영광으로 생각합니다. 저는 코린트의 제1근위대를 맡고 있는 제임스 드 발렌시아드라고 합니다."

아르티엔은 제임스를 자세히 살펴보며 고개를 끄덕였다.

"호오, 아주 젊은 것 같은데 대단한 호비트로구먼. 내 제법 오랜 세월을 살았다고 자부하지만 이 정도 인물을 만난 것은 손가락을 꼽을 정도밖에 안 되는 것 같아."

"과찬이십니다, 위대하신 분이시여."

아르티엔이 제임스를 너무 치켜세우는 것 같자, 심통이 난 아르티어스가 이죽거렸다.

"흥! 저 정도가 뭐 대단하다고 그래요. 저런 녀석을 마차에 하나 가득 실어와도 내 아들만 하겠습니까?"

"쯧쯧쯧!!"

아르티엔은 아르티어스의 말이 못마땅한지 혀를 찬 다음, 제임스에게로 시선을 돌리며 말했다.

"너무 신경 쓰지 말게나. 아직 철딱서니가 없어서 그래."

"아니, 저분의 말씀이 맞습니다. 제가 어찌 감히 치레아 대공 전하와 견주겠습니까? 저분은 저희 기사들의 이상형이기에, 저도 대공 전하와 같은 위대한 무인이 되기 위해 노력하고 있습니다."

"허허, 참 겸손한 젊은이로군."

아르티엔의 감탄에 이번에는 아르티어스도 토를 달지 않았다. 왜냐하면 자신의 사랑하는 아들을 치켜세우는 말이었으니까.

"식사 시간이 되었는데 식사 준비를 시킬까요? 아니면 그 전에 간단히 시원하게 마실 거라도 준비할까요."

"오오, 좋아좋아. 우선 포도주를 한잔하기로 하지."

"예, 당장 준비하라고 이르겠습니다."

다크와 드래곤 두 마리가 제임스와 우아한 만남을 가지고 있을 때, 팔시온 일행은 옆방에서 열심히 얼굴에 계란을 문지르고 있었다. 팔시온은 얼굴에 열심히 계란을 문지르다가 벽에다 신경질적으로 던져 버리며 씩씩거렸다.

"젠장! 열심히 문질러서 이제 겨우 멍이 옅어지나 했더니, 팬 데 또 패냐? 전보다 더 심해졌잖앗!"

그런 모습을 어이없다는 듯 바라보고 있던 미디아가 가스톤에게 물었다.

"그건 그렇고, 미카엘 못 봤어?"

"아아, 밖에 나갔어."

"밖에는 왜?"

"여기 도착한 다음에 나보고 혹시 마법으로 멍 자국을 없앨 수 있는지 묻잖아."

"너는 치료 마법은 못 배웠잖아."

"그렇지. 그래서 내가 그렇게 말해 줬거든. 내가 그거 알면 이러고 다니겠느냐고 말이야. 그랬더니 여기 신관을 불러 줄 수 있는지 알아 보러 갔어."

잠시 후 미카엘이 희색이 만연한 얼굴로 돌아와서는 말했다.

"으하하하, 역시 다크와 함께 다니면 편하단 말이야. 한마디만 하면 재까닥 되잖아."

그 말에 팔시온이 발끈해서 외쳤다.

"뭐야? 두 번만 편했다가는 사람 잡겠다. 이제는 다크고 나발이고 징그럽다, 징그러워. 다크 따라다녀서 좋았던 일 있어?"

그 말에 가스톤이 의아하다는 듯 말했다.

"그래도 너희들은 다크 덕분에 무술이라도 배웠잖아. 그녀가 아니었다면 너희들이 언감생심 그래듀에이트를 꿈이라도 꿀 수 있었을 것 같아? 지금은 너희들 모두 다 당당한 그래듀에이트 아니냐."

그 말에 팔시온은 더욱 열 받는다는 듯 외쳤다.

"웃기지 마. 그래듀에이트? 말이 좋아서 그래듀에이트지, 그렇다고 해서 우리가 뭐 변한 거라도 있어?"

"변한 거 있지. 대륙을 떠돌던 말단 용병에서 이제는 타이탄까지 지급받은 치레아 기사단의 품위 있는 기사잖아."

"기사? 허구한 날 쥐어 터지는 게 기사냐? 처음에 그 녀석 만났을 때, 그때 알아봤어야 했어. 멍청하게 그때 눈치 못 채고 함께 다니다가 우리가 얼마나 고생했냐? 그놈의 드래곤 하트인지 뭔지 찾으러 다닌다고 목숨 걸고 블루 드래곤까지 만나러 쫓아갔었지.

그뿐이냐? 토지에르에게 납치당해서 몇 날 며칠을 고문당했지. 그리고 이번에는 크루마에도 잡혀가서 죽을 고생을 했는데…, 뭐? 품위 있는 기사? 웃기고 있어. 내 얼굴을 보고 그딴 소리가 나오냐?"

확실히 팔시온의 얼굴은 처참했다. 전날 밤 교육이라는 명목으로 떡이 된 것도 모자라서, 미친 드래곤이라는 말 한마디로 인해 오크조차도 고개를 돌릴 정도로 비참하게 변해 있는 상태였다.

"그래도 다크를 원망하기는 좀 그렇잖아. 다크는 그래도 우리에게 얼마나 잘 대해 줬냐?"

"젠장! 내가 다크 때문에 그래? 그 망할 드래곤 때문이잖아. 그런데 왜 우리가 드래곤하고 함께 다니다가 이 꼴을 당해야 하는 거야?"

"하긴…, 그 말이 맞아. 그런데 생각하면 참 신기하지? 남들은 평생을 가도 구경 한 번 하기 힘들다는 드래곤하고 우리는 맨날 같이 부대끼며 살고 있으니까 말이야."

똑똑똑…….

방금 전까지 주고받던 말이 있었기에 모두는 당황해서 서로의 얼굴을 바라봤다. 혹시나 밖에 있는 사람이 아르티어스라면? 하지만 곧이어 그들은 그럴 리가 없다는 것에 무언중 의견일치를 봤다. 그것은 결코 노크 따위를 할 아르티어스가 아니라는 것에 생각이 미쳤기 때문이다. 하지만 왠지 놀란 가슴은 진정되지 않았다.

"누, 누구요?"

그러자 밖에서 상큼한 목소리가 들려왔다.

"부탁하신 신관이 도착했습니다."

그 말에 미카엘은 다급히 문을 열어젖혔다. 그곳에 시녀와 함께 서 있는 신관의 모습이 보였다. 너무나도 젊고 잘생긴 신관을 미심쩍다는 듯 바라보며 미카엘이 물었다.

"혹시 수련생은 아니시죠?"

"허헛, 안심하시지요. 저는 아레스 신전의 대신관인 브레드 에스타리아고 합니다. 제가 너무 젊게 보여서 불안하신 모양인데, 원래 실력 있는 신관일수록 뛰어난 신성 마법으로 젊음을 유지하여 신께 봉사하는 것입니다."

대신관이라니! 아무리 신전에 수천 골드를 싸들고 간다고 해도 대신관으로부터 직접 치료를 받는다는 것은 불가능했다. 그만큼 대신관이라는 직책은 교단 측의 입장에서 봤을 때 지고하신 신분을 지닌 인물이었던 것이다

"그, 그렇습니까? 자, 이쪽으로……."

"예, 그러죠. 얼굴이 상당히 많이 다치셨네요. 그럼 곧바로 치료를……."

대신관은 곧바로 미카엘을 치료하려고 생각했었다. 하지만 실내

로 들어서자 그의 눈이 휘둥그레졌다. 문을 열어 준 사람은 실내에 있는 사람들 중에서 그래도 상태가 양호한 편이었던 것이다. 특히나 저쪽에서 계란으로 얼굴을 문지르고 있는 두 사람의 얼굴은 차마 보기조차 안타까울 정도였다. 대신관은 네 사람 중에서 가장 상태가 안 좋다고 생각되는 떡대 좋은 사내에게로 다가가서 말했다.

"혹시 몸에도 상처를 입으셨습니까?"

팔시온이 연신 계란으로 얼굴을 문지르며 고개를 끄덕이는 것을 보고, 대신관은 말했다.

"그렇다면 옷을 좀 벗으셔야겠는데요. 전체적으로 얼마나 심한 상처를 입었는지 확실하게 알아야 어떻게 치료를 하는 것이 좋을지 판단할 수 있을 것 같습니다. 그리고 포션을 사용하려면 아무래도 벗으시는 편이 좋을 것 같습니다."

팔시온이 머뭇거리자 대신관은 빙그레 웃으며 다시 말했다.

"허허, 다 같은 남자들 아닙니까? 그리고 저분들도 상태가 안 좋으신 것 같은데, 빨리 치료하는 것이 좋지 않겠습니까?"

그러자 옆에서 미디아가 더 이상 참을 수 없다는 듯 외쳤다.

"나는 여자라구요."

대신관은 놀랍다는 듯 그녀를 다시 한 번 바라봤다. 울퉁불퉁 잘 단련된 근육질로 이루어진 육체의 탓도 있었지만, 얼굴이 원체 망가진 탓에 차마 여자라고는 감히 상상도 하지 못했던 것이다.

"죄송합니다, 너무 얼굴을 심하게 다치셔서 설마……."

대신관은 황급히 말을 멈추고 자신의 실수를 만회하려는 듯 재빨리 말을 돌렸다.

"그렇다면 무녀를 한 명 불러드리겠습니다. 옆방에서 따로 치료를 받으시는 것이 좋겠군요."

미디아는 옆방으로 가며 흐느끼기 시작했다.

"흑흑, 내가 미인은 아니지만 그래도 전에는 봐줄 만한 얼굴이라고 다들 그랬는데……. 지금 내 꼴이 이게 뭐야, 흑흑."

대신관은 미디아가 나간 후 한숨을 푹 내쉰 다음 팔시온을 진찰하기 시작했다. 팔시온이 옷을 벗자, 온몸의 상처가 적나라하게 드러났다. 마치 뱀이 기어가는 듯한 검상을 비롯한 수많은 크고 작은 상처도 있었지만, 신관의 눈살을 찌푸리게 한 것은 그런 과거의 상처가 아니었다. 그의 몸은 온통 푸르죽죽한 멍으로 뒤덮여 있었다.

"허어, 놀랍군."

대신관은 감탄사를 연발하며 말했다.

"과연 기사님들의 몸은 다르신 것 같군요. 보통 사람이 이 정도로 두들겨 맞았다면 벌써 관을 짜야 할 겁니다. 도대체 누가 이렇게 무자비한 짓을 한 겁니까? 아주 교묘하게도 상대는 기사님이 견딜 수 있는 체력의 한계를 정확히 알고 있는 듯합니다. 정말 대단한 사람이군요."

옆에서 말을 듣고 있던 가스통과 미카엘은 새삼 진저리를 치며 그 처절했던 밤을 떠올렸다. 하지만 특히나 아르티어스에게 가장 많은 교육을 받았던 팔시온은 뿌드득 이를 갈았다. 이래도 맞고 저래도 맞을 바에는 차라리 속 시원하게 개겨나 보겠다고 결심하게 된 것이다.

"나도 과거에는 쾌남 팔시온으로 불린 사람이라구. 그런데 내가 왜 허구한 날 그딴 도마뱀 눈치까지 보면서 맞고 살아야 하냐 이거야. 나도 이제 더 이상은 못 참아. 두고 보자구. 사나이가 한 번 죽지 두 번 죽냐?"

 과연 제1귀빈관의 대접은 특별한 것이었다. 식탁 옆에서 다섯 명의 악사들이 부드러운 음악을 연주하고 있었고, 거대한 탁자 위에는 수많은 종류의 음식들이 놓여 있었다. 평상시에 상류층의 물을 먹은 듯 행동해 왔던 미카엘마저도 눈이 휘둥그레질 만큼 진귀한 음식들이었다. 그리고 각자의 앞에 놓여 있는 식기들마저도 모두 금은세공품들로, 드워프가 세공한 듯 예술품이라고 불러도 무방할 정도로 아름다웠다.
 제임스는 모두가 자리에 앉은 것을 확인한 뒤, 정중한 어조로 말했다.
 "차린 것은 없지만 많이 드시기 바랍니다."
 말을 마친 제임스는 한군데에 모여서 서 있던 시종들을 향해 가볍게 고개를 끄덕였다. 그러자 그들은 일제히 움직여 식사 시중을 들기 시작했다. 귀빈들이 손짓으로 먹고 싶은 음식을 가리키면 시종들은 그 음식을 작은 접시에 담아서 가져왔다. 그 작은 접시는 각자의 앞에 놓여 있던 순금 접시 위에 놓여졌다. 이때 한쪽 귀퉁이에서 투덜거리는 소리가 들려왔다. 신관의 치료를 받아서 얼굴의 부기가 많이 가라앉은 팔시온이었다. 그는 입 안 가득히 음식을 우물거리며 말했다.
 "젠장! 이거 감질나서 먹겠나. 가져오려면 좀 많이나 갖다 주지. 한 입 털어 넣으면 없잖아. 안 그래? 미카엘."
 그 말에 미카엘은 들은 척도 않고 고개를 푹 숙인 채 낮은 목소리로 웅얼거리고 있었다.

"젠장! 치료나 끝난 후에 먹으러 오라고 하지. 하필이면 내가 치료받을 차례가 되니까 밥 먹으러 오래."

팔시온은 미카엘이 아무런 대답도 없이 고개를 푹 숙인 채 뭔가 중얼거리고 있자 의아하게 생각했다. 평상시에는 귀족물을 먹은 듯 갖은 폼을 다 잡았던 그였다. 미카엘에게 지금처럼 자신을 과시할 좋은 기회가 있겠는가? 마치 오랫동안 이런 생활을 했던 것처럼 우아한 폼을 잡으며 음식을 먹을 것이고, 또 자신들에게 이런 것은 이렇게 먹는 거라고 으스대고 있을 것 아닌가?

그런데 왜 저렇게 주위를 한 번씩 힐끔거리며 고개를 푹 숙이고 있을까? 이리저리 궁리해 본 팔시온은 한 가지 결론에 도달할 수 있었다.

"야, 미카엘! 너답지 않게 왜 그래? 귀족물 먹었다고 거짓말한 게 들통 나서 그러는 거야? 짜식! 그렇게 의기소침하지 말고 나처럼 편하게 먹어. 뭐, 우리가 언제 주변 신경 쓰고 먹었냐? 그냥 입 안에 퍽퍽 집어넣으면 되는 거지 뭐."

팔시온의 말을 들은 미디아는 고개를 끄덕이며 말했다.

"그래그래, 귀족처럼 먹을 줄 모른다고 기죽을 필요 없어. 넌 그렇게 안 먹어도 멋있잖아. 팔시온을 봐, 포크만 쓰고도 멋있게 먹고 있잖아."

미디아의 칭찬에 입 안에 음식을 연신 퍼 넣고 있던 팔시온이 고개를 끄덕이며 말했다.

"우리 엄마가 그랬는데, 음식은 복스럽게 먹어야 한대."
팔시온의 말에 미카엘은 인상을 벅벅 쓰며 말했다.
"이 자식들이, 닥치고 밥이나 처먹어."

이때 시종이 들어와 정중하게 고개를 숙인 후 말했다.

"까뮤 드 로체스터 공작 전하께서 도착하셨습니다."

그리고 곧이어 식당 문이 열리며 로체스터 공작이 들어왔다. 그의 뒤에는 시종 한 명이 아주 고풍스러운 문양이 새겨진 술 한 병을 들고 따라 들어왔다. 로체스터 공작은 아르티엔을 향해 정중히 인사를 올린 후 말했다. 이미 제임스에게서 아르티엔의 존재에 대해 보고를 받았기에 그는 실수를 하지 않을 수 있었다.

"이렇게 위대하신 분을 뵙게 되어 영광입니다. 이 술은 황제 폐하께서 위대하신 분께서 왕림하셨다는 것을 아시고 특별히 하사하신 것입니다. 제가 직접 따라 드리는 영광을 누려도 될는지요."

아르티엔은 포도주병을 힐끗 본 후 경악했다.

"이, 이것은 대륙에 몇 병밖에 남아 있지 않다고 하는 아그립파 1세가 아닌가?"

로체스터 공작은 상대의 박식함에 빙그레 미소를 지으며 대답했다.

"예, 코린트 역사상 가장 완벽한 포도주라는 아그립파 1세가 맞습니다. 이 술은 돈을 아무리 많이 준다고 해도 구할 수 없는 황실에만 내려오는 진품이지요. 아마 현재 남아 있는 술은 단 세 병밖에 없을 겁니다. 나머지는 전에 코린티아시와 함께 파괴되었으니까요."

오랫동안 레어에 있었기에 인간 세상에 대해 잘 모르고 있던 아르티엔은 아르티어스에게 물었다.

"코린티아시가 왜 파괴되었지? 혹시 너냐?"

"무슨 말씀을 하시는 겁니까? 나는 도시 파괴자가 아니라구요.

코린티아시는 몇 년 전에 크루마에서 유성 소환 마법으로 박살 내 버렸죠."

아르티어스는 퉁명스럽게 대꾸한 후 로체스터 공작에게 시선을 돌리며 은근한 어조로 말했다.

"이봐, 유성 소환 따위로 도시를 파괴한 것을 보면 크루마는 정말 나쁜 놈들이지? 유성 소환은 금지된 마법인데 말이야."

상대의 의중을 알 수 없는 물음에 로체스터 공작은 노회하게 대처했다.

"허허허, 어쩔 수가 없죠. 알고도 당한 저희들의 잘못이라고 봐야죠."

아르티어스는 재빨리 말을 이었다.

"얼마 전에 엘프리안이 파괴된 걸 아느냐?"

"예."

"내가 자네를 대신해서 원수를 갚아 줬는데 말이야. 그래서 말인데, 그거 한 병 더 얻을 수 없을까? 그때 힘을 너무 썼더니 목이 컬컬해서 말이지."

"예?"

로체스터 공작은 잠시 어이없다는 표정을 짓다가 재빨리 표정 관리를 하며 말했다.

"위대하신 분의 부탁이신데 당연히 들어드려야죠. 더욱이 저희들의 원수까지 갚아 주셨는데……."

로체스터 공작은 뒤에 서 있던 시종에게 나직하게 지시했다.

"이거 한 병 더 가져와."

거기까지 말한 후 로체스터 공작은 아르티엔을 힐끔 본 후 명령을 수정했다.

"두 분이 오셨는데 한 분께만 드리면 예의가 아니지. 내가 나중에 폐하께 말씀드릴 테니 두 병 다 가져오너라."

"옛, 전하."

로체스터 공작의 말을 들은 아르티엔과 아르티어스는 좋아서 입이 귀밑까지 찢어졌다.

눈물의 부자 상봉

집무실로 들어오는 로체스터 공작의 안색이 밝은 것을 보고 레티안이 조심스럽게 물었다.
"가셨던 일은 잘되신 모양이옵니다, 전하."
"응, 모든 일이 잘 해결됐어. 이제 수도를 옮길 필요는 없으니 철수 작업을 중지하라고 전하게."
"축하드리옵니다, 전하."
"허허헛, 다 경의 덕분이야. 경의 아그립파 1세를 뇌물로 건네자는 말이 제대로 먹혀 들어갔어."
"과찬이시옵니다. 그럼, 아그립파 1세 두 상자가 케락스시를 구한 셈이군요. 아무리 귀한 포도주라고 하지만 수도가 파괴되는 것에 비할 수 있겠사옵니까?"
레티안의 말에 로체스터 공작은 통쾌하게 웃으며 말했다.

"으하하핫! 두 상자가 아니라 단 세 병일세. 왠지 상자째로 준다고 하면 가치가 떨어질 것 같아서 전 대륙에 단 세 병만이 남아 있다고 했거든. 그랬더니 그 드래곤이 은근히 협박을 하며 한 병 더 달라고 하더군. 그래서 아주 크게 인심 쓰는 척하면서 한 병 더 줬지. 그랬더니 입이 쭉 찢어지더구먼."

레티안은 기가 막힌다는 표정으로 감탄사를 터뜨렸다. 코린티아 시가지가 유성 공격 마법으로 파괴된 것은 사실이었다. 하지만 거기에 있는 모든 시민들이 철수할 만한 시간 여유가 있었을 정도였는데, 황실에서 애지중지하는 포도주들을 피난시키지 못했다면 말이 안 된다. 코린티아시는 파괴되었지만, 황실의 물품은 모두 다 무사히 안전한 곳으로 옮겼기에 아그립파 1세 또한 전량 다 무사히 지하 창고에 보관되어 있는 상태였다.

"역시 로체스터 전하께서는 대단하시옵니다."

이때 가벼운 노크 소리와 함께 경비병이 들어오며 말했다.

"제임스 드 발렌시아드 후작 각하께서 오셨습니다."

"들라고 하게."

"옛."

곧이어 제임스가 들어왔다. 로체스터 공작은 미소 띤 얼굴로 제임스의 공을 치하했다.

"역시 처음에 경을 보내기를 잘했어. 거물급 드래곤이 왔다는 것에 대해서 경이 전해 주지 않았다면 큰 실수를 저지를 뻔했거든. 그리고 그 드래곤이 포도주를 아주 좋아한다는 정보를 빨리 보내줬기에 대책을 세울 수 있었어. 하하핫, 이제 모든 것이 잘된 것 같군. 적당히 달래서 보내면 끝이거든."

"과찬이시옵니다, 전하."

곧이어 제임스는 약간 심각한 표정을 지어 보이며 조심스럽게 말했다.

"전하, 드래곤이 베크렐 드 드루이드 후작을 잡아오기를 원하고 있사옵니다."

"뭐? 베크렐? 그게 누구지?"

옆에서 레티안이 잠시 생각해 보더니 말했다. 그녀는 코린트 제국의 귀족 족보를 죄다 외우고 있었던 것이다.

"예. 케락스에서 1백 킬로미터쯤 남쪽으로 가다보면 드루이드라는 지방이 있사옵니다. 그곳을 다스리는 영주이온데, 그의 아버지 대부터 궁정에서 이렇다할 직위를 얻지 못했기에 전하께서 기억하지 못하시는 것이옵니다."

"그런가? 그런데 그를 왜?"

"치레아 대공이 탈출했을 때 그의 딸과 관계가 되었다고 하더군요. 그의 딸은 그녀를 아버지의 성 노리개로 선물할 생각을 했던 모양이옵니다."

"그래? 하지만 그 정도는 웬만한 놈들은 다 하는데, 그 죄를 물을 수는 없는 노릇이 아닌가? 그것도 귀족을 말이야."

"하지만 여기서 드래곤의 제의를 거절할 수는 없사옵니다. 그리고 제가 알고 있는 바에 의하면 드루이드 후작은 약간 도가 지나치다고 할 수 있사옵니다. 너무 많은 세금을 농노들에게서 거둬들이는 바람에, 농노들의 원성이 자자하다고 하옵니다."

"글쎄…, 하지만 지방 영주가 폐하께 30퍼센트의 세금만 제대로 납부한다면 그가 얼마를 거둬들이든지 상관할 수는 없지 않나? 폐하의 몫을 빼돌렸다면 얘기가 달라지겠지만 말이야."

"그렇지만 드루이드는 농노들의 영지 이탈이 너무 심하옵니다. 거의 태반에 가까운 농노들이 탈출했고, 그 농노들을 잡아들인다고 인근의 군대까지 동원되었을 정도였사옵니다. 그들 중 일부는 아직도 잡아들이지 못하고 있는 실정이옵니다. 이런 식으로 계속 그에게 영지를 맡긴다면 결국에는 단 한 명의 농노도 남아 있지 않을 것이옵니다. 그 점을 생각하시옵소서, 전하."

로체스터 공작은 고개를 끄덕이며 말했다.

"흐음, 그 말도 일리가 있군. 그러니까 경의 말은 영지의 관리 능력에 문제가 있다는 쪽으로 밀어붙이자는 말이군."

"예, 전하."

"좋아, 폐하께는 내가 말하지."

로체스터 공작은 결심을 한 듯 제임스를 향해 명령했다.

"그놈을 당장 잡아들이게."

"옛, 전하."

밖으로 나가려던 제임스는 뭔가 생각난 듯 다시금 돌아와서 조심스럽게 말했다.

"그런데 전하, 혹시 치레아 대공의 일행들 중에 섞여 있는 기사들의 얼굴을 자세히 보셨사옵니까?"

"뭐? 글쎄…, 그 드래곤들한테 신경 쓴다고 미처 거기까지 여유가 없었네. 뭐 특이한 점이라도 있었나?"

"그게 말이옵니다, 저…, 제가 잘못 보았는지 모르겠지만 그들 중에 미카엘이 끼어 있는 것 같았사옵니다."

"뭣? 미카엘이?"

"예, 전하. 식사 중에도 고개를 푹 숙이고 있었기에 자세히 보지는 못했지만, 아무래도…….”
"잘못 본 것은 아닌가? 수행이 고되다고 도망친 놈이 치레아 대공 같은 거물급을 수행하는 기사가 되었다니, 말이 안 되지 않나?”
"예전의 미카엘을 생각한다면 그럴 수도 있겠군요. 제가 잘못 본 것인지도 모르겠사옵니다.”
로체스터 공작은 필요 이상으로 딱딱한 어조로 힐책했다.
"쓸데없는 데 신경 쓰지 말고 경은 치레아 대공 일행을 잘 영접해서 보낼 궁리나 하게.”
"옛, 전하.”
제임스가 나가고 난 후, 로체스터 공작은 레티안에게 말했다.
"잠시 혼자 생각할 게 있네. 경은 자리를 좀 비켜 주겠나?”
"예? 예, 전하.”
레티안이 나간 후 로체스터 공작은 잠시 창밖을 바라보며 상념에 잠겼다.
'지금 어디서 뭘 하고 있는지……. 에잉, 못난 놈 같으니라고.'
옛일을 회상하는지, 로체스터 공작의 두 눈이 아련하게 젖어 들기 시작했다. 로체스터 공작은 키에리의 방해로 인해 리사의 사랑을 얻지 못하자 울분을 달래기 위해 미친 듯이 무술을 익히는 것에만 전념했었다.
그러다가 메를리나라는 미모의 여인과 뒤늦게 사랑의 보금자리를 꾸몄다. 자신의 마음 한 귀퉁이를 차지하고 있었던 리사라는 존재를 잊는 데 그만큼 많은 시간이 필요했었던 것이다. 하지만 달콤한 메를리나와의 사랑도 단 5년으로 막을 내려야만 했다. 몸이 약했던 그녀는 난산을 견디지 못하고 첫 아이를 낳다가 죽었기 때문이다.

사랑하는 부인을 잃은 로체스터 공작은 태어난 아기에게 정을 붙이지 못했다. 아주 잘생긴 사내아이였는데도 오히려 그 점이 로체스터 공작의 속을 뒤집어 놨던 것이다. 왜냐하면 아들의 얼굴을 볼 때마다 사랑스러웠던 메를리나의 얼굴이 떠올랐기 때문이다. 그래서인지 로체스터 공작은 아들로 인해 부인이 죽은 것 같다는 생각까지 들었기에, 자연히 쌀쌀맞게 대할 수밖에 없었다.

그 아이는 전통적인 무가인 로체스터 가문의 적자로 태어났으면서도, 가문의 검술을 제대로 교육받지 못했다. 로체스터 공작이 어쩌다가 한 번씩 직접 교육을 시킬 때도 있었지만, 얼마 지나지 않아서 짜증 섞인 꾸중으로 교육은 끝이 나곤 했다.

그래서 아이는 대부분의 시간을 로체스터 공작의 부하들에게 교육을 받게 되었다. 그런 식으로 가장 중요하다고 볼 수 있는 무술의 기초를 배워야 할 어린 시절을 어영부영 태평스럽게 보내 버렸던 것이다.

그 아이가 청년기에 들어섰을 때, 로체스터 공작은 그제야 가문의 검술을 전수해 줘야겠다는 생각이 들었는지 조금 강도 높은 수련을 시키기 시작했다. 하지만 그 수련은 6개월을 넘기지 못했다. 어느 날 아침 일어나 보니 아들의 행방이 묘연했던 것이다.

"못난 녀석, 그까짓 수련을 못 견디고 가출을 하다니……. 휴! 그나저나 어디서 무얼 하고 있는지, 내가 죽어서 그녀의 얼굴을 어찌 볼지 걱정이군. 그러고 보니, 메를리나의 기일이 얼마 남지 않았군."

로체스터 공작은 잠시 방 안을 서성거리다가 급히 집무실을 나섰다. 처음에는 울적한 마음에 산책이나 할 생각이었는데, 로체스터 공작의 발길은 어느덧 제1귀빈관으로 향하고 있었다.
"치레아 대공을 수행하고 온 기사들은 어디에 묵고 있는가?"
로체스터 공작의 질문을 받은 시녀는 파랗게 질리며 황급히 대답했다.
"예, 저 앞방이옵니다, 전하."
로체스터 공작은 막상 방문 앞에 섰지만 망설이기만 할 뿐, 문을 열고 들어가지 못했다.

미카엘은 걱정스럽다는 듯 대신관에게 물었다.
"저, 흉터 없이 깔끔하게 될까요?"
대신관은 빙긋이 미소 지으며 대답했다.
"염려 마십시오. 찢어진 상처가 없으니 걱정하실 것 없습니다. 약간 시간을 들여 천천히 치료하면 아주 깨끗하게 나을 수 있으니까요."
이때 낮은 노크 소리가 들렸다.
똑똑…….
그 소리에 미카엘이 신경질 난다는 듯 버럭 소리쳤다.
"또 뭐야? 왜 내가 치료받으려고만 하면 오는 거야?"
문이 쓱 열리면서 로체스터 공작이 들어서자, 팔시온과 가스톤은 화들짝 일어서서 인사를 건넸다. 아무리 적국이라고 하지만, 상대는 공작이라는 지고한 신분을 지니고 있었기 때문이다. 그에 반해 미카엘은 두 눈이 왕방울만 해지더니, 대신관의 허리를 잡고 몸을 번쩍 들어다가 자신의 얼굴을 가려 버렸다.
 자신에게 인사를 건네는 대신관에게 손짓을 해 보이며 로체스터 공작이 말했다.
 "자네가 여기에는 웬일인가? 환자가 있었나?"
 "예, 전하. 여기 계신 분들이 아무래도 몸의 상태가 안 좋다고 치료를 요청해 오셔서 말이옵니다."
 "그런가?"
 로체스터 공작이 휙 둘러보니 수행원들의 얼굴이 말이 아니었다. 어디서 패싸움이라도 벌였는지, 온 얼굴에 멍투성이였던 것이다. 로체스터 공작은 의아해할 수밖에 없었다. 다크를 수행하는 기사들이 이토록 심하게 두들겨 맞을 이유가 없고, 또 맞았다고 하더라도 마법 실력이 뛰어나다는 드래곤이 둘씩이나 있는데 저 상처를 치료하지 않았단 말인가? 그렇다면 결론은 단 하나뿐이었다.
 '치레아 대공은 보기보다 성격이 과격한 모양이군.'
 자신의 아들을 찾을 수 없었던 로체스터 공작은 낮은 한숨을 내쉬며 중얼거렸다.
 "미안하네. 방을 잘못 찾아온 모양이군. 편히들 쉬게나."
 그런 다음 그가 방을 막 나서려고 하는데 뒤에서 누군가의 목소리가 들려왔다.
 "예, 신경 써 주셔서 감사하옵니다, 전하. 대공 전하께서는 왼쪽 두 번째 방에 계시옵니다."
 그리고 대신관의 목소리도 들려왔다.
 "안녕히 가시옵소서, 전하."
 그런 다음 곧이어 대신관의 짜증 어린 목소리가 이어졌다.

"이보시오, 이거 좀 놔 주시겠소? 그래야 치료를 할 수 있을 것 아닙니까?"

무슨 말인가하여 로체스터 공작이 고개를 뒤로 돌렸을 때, 대신관의 허리를 잡아 자신의 앞을 가리고 고개를 빼꼼 내밀어 로체스터 공작을 엿보고 있던 미카엘과 정면으로 눈이 마주쳤다.

"헉!"

미카엘이 숨넘어가는 듯 괴상한 소리를 내지를 때, 로체스터 공작은 북받쳐 오르는 감정을 감추기 어려운 듯 떨리는 목소리로 말했다.

"미, 미카엘, 진짜 너로구나."

미카엘을 바라보는 로체스터 공작의 눈은 놀라움으로 부릅떠졌다. 오랜만에 만난 미카엘을 바라보는 로체스터 공작의 심경은 복잡하기만 했다. 처음에는 다시 보는 아들로 인해 엄청 반가웠지만, 곧이어 엉망이 된 얼굴을 보며 그 마음은 점차 짜증스러움으로 바뀌어 갈 수밖에 없었다. 하지만 그 감정도 잠시, 고개를 푹 숙인 채 앉아 있는 아들의 상체에 나 있는 얼룩진 멍 자국을 보며 그의 마음은 안쓰러움으로 채워지기 시작했다.

"그래, 몸은 좀 괜찮으냐?"

로체스터 공작의 따뜻한 말 한마디에 미카엘은 감히 고개는 들지 못한 채 흐느끼기 시작했다. 그런 부자간의 모습을 바라보며, 팔시온과 가스톤은 놀라지 않을 수 없었다. 귀족인 척하는 줄만 알았었는데, 미카엘이 코린트 최고의 귀족이라 할 수 있는 로체스터 공작의 아들일 줄이야……. 속이 깊은 가스톤은 분위기를 살피다가 팔시온과 대신관의 손을 이끌고 조용히 밖으로 나가 버렸다.

"아, 아버지."

미카엘이 울먹이자, 로체스터 공작은 가만히 아들의 머리를 쓰다듬어 주며 부드럽게 말했다.

"그래, 고생이 심했나 보구나."

"아, 아버지, 죄송합니다."

"그래, 네가 몸성히 돌아와 준 것만으로도 나는 아레스신께 감사드린단다."

생각 외로 부드러운 아버지의 반응에 감히 얼굴을 바라볼 엄두도 내지 못하고 있던 미카엘은 고개를 들어 아버지를 바라봤다. 자신을 바라보는 아버지의 두 눈은 차가웠던 과거와는 달리 슬픔으로 젖어 있었다. 아버지의 두 눈을 바라본 미카엘의 가슴은 더욱 미어지는 듯했다. 과거 자신이 떠날 때의 그 자신감 가득한 아버지의 모습과는 달리, 아버지는 세월에 많이 퇴색된 듯 상당히 지쳐 보였다. 차라리 어렸을 때처럼 엄하면서도 차가웠던 그때의 모습이 그리워지는 미카엘이었다.

"많이 늙으셨군요, 아버지."

"허허헛, 나도 나이는 속일 수 없는 것 같구나. 이제는 미래보다는 과거를 회상하는 시간이 많아진 것을 보면 말이다."

"죄송합니다, 아버지. 못난 자식이 근심만 끼쳐 드렸습니다."

"괜찮다. 이렇게 살아 있는 것만으로도 네 어머니가 무척 기뻐할 테니까 말이다."

"예?"

"오랜만에 돌아왔으니 네 어머니의 묘지에 같이 가 보는 것은 어떻겠느냐?"

방문이 쾅 열리며 팔시온이 헐레벌떡 뛰어 들어왔다.
"다크! 야, 굉장한 소식이 들어왔어."
그것을 보고 아르티어스가 눈살을 찌푸리며 투덜거렸다.
"아니, 저 녀석! 손이 부러졌나? 노크는 왜 안 하는 거야?"
하지만 팔시온은 아르티어스의 말은 아예 무시한 채 다크에게 말했다.
'싸나이 한 번 죽지 두 번 죽냐? 그래, 죽이고 싶으면 죽여라.'
겉으로는 아예 아르티어스를 무시하고 있었지만, 속으로까지 그럴 수 없었던 팔시온은 약해지려는 마음을 바로잡으면서 다크에게 말했다.
"미카엘이 진짜 굉장한 귀족 나으리였더라 이거야. 방금 전에 로체스터 공작이 찾아왔는데 말이야. 글쎄, 그분의 아들이라지 뭐냐."
팔시온이 자신의 말을 무시하고 넘어가자 아르티어스의 눈이 실쭉 가늘어졌다.
'저게 미쳤나?'
하지만 아르티어스의 생각이 어떻게 돌아가던, 둘의 대화는 계속되고 있었다. 다크는 믿어지지 않는다는 듯 팔시온에게 물었다.
"정말이야?"
"글쎄 말이야. 나도 놀랐다니까. 그놈 맨날 자기가 엄청난 귀족이었다고 할 때, 순 거짓말인 줄 알았었는데……. 하긴 그러고 보면 행동 하나하나가 왠지 우아하고 품격이 있긴 했지. 유달리 잘난 척을 해 대서 재수가 없기는 했지만 말이야."

가스톤도 방금 전에 본 광경을 떠올리는지 초점을 흐리며 말했다.

"둘이서 손을 붙잡고 눈물을 흘리는데, 정말 가슴이 찡하더라구."

"그래? 정말 축하할 만한 일이군."

"그렇지?"

"내일 후작 녀석만 손봐 준 후 돌아가려고 했는데, 며칠 더 머물러야겠어. 미카엘에게도 시간을 줘야 할 것 아니겠어?"

"공작 전하, 아직도 집무실에 계셨사옵니까?"

레티안은 서둘러서 로체스터 공작의 집무실로 들어서며 말을 걸었다. 워낙 늦은 시간이었기에 그녀는 우선 공작의 침실로 갔다가 그곳에 없자 이쪽으로 와서 그런지 약간 거친 숨을 들이쉬고 있었다.

"으음, 생각할 일이 있어서 말이야. 그래, 밤도 깊었는데 무슨 일인가?"

"예, 공작 전하. 크루마의 첩자들에서 긴급 전문이 도착했사옵니다. 사안이 사안인 만큼 전하께서 흥미로워하실 것 같아서 말이옵니다."

"그래? 무슨 일인가?"

레티안은 손에 들고 있던 서류들 중에서 하나를 건네며 보고했다.

"예, 켄타로아 공작이 엘프리안이 파괴된 것의 책임을 지고 지하 감옥에 투옥되었다고 하옵니다."

"뭣이! 미네르바가?"

경악했던 로체스터 공작은 곧이어 이성을 회복한 후 고개를 절레절레 내저으며 말했다.

"설마…, 잘못 알았겠지. 그녀는 크루마 전력의 핵이 아닌가? 그런 그녀를 투옥시키다니 말도 안 되지."

"그건 아닌 모양이옵니다. 첩자의 보고에 따르면, 그녀는 투옥된 것이 확실하옵고, 곧 그녀에 대한 군사 재판이 열릴 것이라고 하옵니다. 그런데 놀라운 것은 그 군사 재판의 책임자가 어스무스 그랜딜 공작이라는 것이옵니다."

"사실인가?"

"예, 거의 정확한 정보인 모양이옵니다."

"그렇다면 정말 놀라운 일이로군. 그랜딜 공작이라면 원로원파인데 말이야. 미네르바도 손쉽게 빠져나가기는 힘들겠군. 맞아, 아주 좋은 기회야."

로체스터 공작은 음흉한 미소를 지으며 고개를 끄덕이며 말을 이었다.

"군사 재판이 어떻게 되어 가는지 확실히 조사하라고 이르게."

"예."

"그리고, 그랜딜 공작하고 비밀리에 접촉할 수 있는 방법이 없겠나?"

기대를 가지고 물어본 것이었지만, 레티안의 대답은 회의적이었다.

"그것은 힘들 것이옵니다. 아무리 그가 군부와 대치하는 반대파의 수장이라고 하지만, 자국의 일을 해결하자고 적국인 본국과 손을 잡을 정도로 미련한 인물은 절대로 아니옵니다."

"그런가? 아까운 일이군. 이 기회에 미네르바를 확실하게 밀어내야만 하는데 말이야. 뭐 좋은 방법이 없을까?"

잠시 궁리하던 레티안이 의견을 내놓았다.

"역공작을 하는 것은 어떻겠사옵니까?"

"어떻게 말인가?"

"예, 본국에서 미네르바를 구원해 달라고 크루마 황실에 압력을 행사하는 것이옵니다. 그러면서 뒤로는 미네르바와 본국이 얼마나 친했었는지를 슬며시 흘리는 것이지요. 그러면 본국과 크루마의 미묘한 관계가 있기에 그 점이 오히려 미네르바에게 독으로 작용하지 않겠사옵니까?"

"흐음, 괜찮군. 하지만 그것으로는 조금 약할 수도 있겠어."

"그러면서 또 한 가지 작전을 더 병행하는 것이옵니다."

궁금하다는 표정을 짓고 있는 로체스터 공작을 바라보며 레티안은 음흉스런 어조로 말했다.

"어스무스 그랜딜 공작을 암살하는 것이옵니다. 물론 그 암살은 미수에 그쳐야 하겠죠. 그러면서 크루마의 군부와 원로원이 정면 대결을 할 수밖에 없는 상황으로 유도하는 것이옵니다. 그렇게 되면 군사 재판의 주도권을 잡고 있는 원로원에서 가만히 있겠사옵니까? 어쩌면 미네르바의 처형까지도 유도해 낼 수 있을 것이옵니다."

"좋은 계획이다. 즉시 시행하도록 해라."

"옛, 전하, 명령대로 이행하도록 하겠사옵니다. 그리고……."

그녀는 두 번째 서류를 건네며 보고했다.

"참, 크라레스의 첩자들에게서 회답이 왔사옵니다."

"크라레스? 크라레스에서 왜?"

"전하께옵서 용병대장의 위치를 파악하라는 명령을 내리시지 않으셨사옵니까?"

로체스터 공작은 고개를 끄덕이며 자신을 책망하듯 말했다.

"아, 맞아 그랬지. 요즘 일이 많다보니 깜빡 잊어버렸군."

그런 다음 로체스터 공작은 서류로 시선을 돌렸다. 사실 그가 키에리를 찾은 것은 케락스시가 드래곤에게 파괴될지도 모른다는 것에서 오는 중압감을 함께 나눌 만한 동료가 필요해서였다. 하지만 그 일이 너무나도 순조롭게 해결되어 버렸기에 잠시 잊어버리고 있었던 것이다.

"예, 바로 그 보고서이옵니다. 첩자들의 보고에 따르면 그 일대에서 격투를 벌인 흔적을 발견할 수 있었을 뿐, 그 외의 것은 알아낼 수 없었다고 하옵니다. 몇몇 마법의 흔적들, 그리고 타이탄을 사용한 듯한 거대한 무기의 흔적이 곳곳에서 발견되었다고 하옵니다. 하지만 특이한 것은 타이탄의 발자국을 찾을 수 없었다는 점이 이상하다고 하옵니다."

"그런가……. 이 일을 어떻게 한다? 로젠을 불러라."

"옛, 전하."

레티안이 로젠을 호출하기 위해 방을 나간 후 로체스터 공작은 밤하늘을 바라보며 중얼거렸다.

"메를리나, 오늘 무슨 일이 있었는지 아시오? 미카엘이 돌아왔다오."

로체스터 공작은 싱긋 미소 지었다.

"아주 훌륭한 기사로 성장했더군. 처음에는 워낙 한심한 몰골을 하고 있기에 못 알아봤지만, 내 눈을 속일 수는 없지. 크라레스의 기사가 되어 있는 것은 정말 의외였지만, 그 녀석은 당신을 닮아서 사람 보는 눈은 있는 것 같소. 치레아 대공의 개인 기사단에 들어가 있는 것을 보면 말이오. 아마도 크라레스가 적국으로 존재하는 한 가문 대대로 이어지는 검술을 미카엘에게 전수하지는 못할 것 같소. 대신 뛰어난 무가로서의 로체스터 가문의 명성은 크라레스에서 계속 이어질 테니 돌아가신 아버님도 용서해 주시지 않겠소?"

까미유는 날쌔게 좌우로 움직이며 주변을 살펴본 후 돌아와서 로젠에게 보고했다. 아직 해 뜨기 직전이기는 했지만, 주위를 살펴보기에는 충분할 정도로 밝았다.

"주변에 적은 없는 것 같은데요."

"그래? 일단 이곳은 적국이니까 대비를 안 할 수 없지. 너하고 오스카는 주변을 살펴보며 흔적을 찾아라. 나는 이곳에서 나머지와 함께 대기하겠다."

"알았수. 오스카 따라와라."

까미유는 오스카와 함께 날듯이 사라져 버렸다. 그들이 가 버린 후에 로젠은 메글리에게 말했다.

"경은 타이탄에 탑승한 채 대기하도록 해. 어쩌면 적에 상당한 실력자가 끼어 있는지도 모르니까 말이야."

"옛, 전하."

까미유와 오스카는 곧이어 마법이라도 직격한 듯 깊이 파인 구덩이들을 발견할 수 있었다. 그 구덩이들의 크기가 대단히 컸기에 그들은 쉽게 발견할 수 있었다.

"이건 무슨 자국일까요? 아주 깊이 파인 것을 보면 마법이라도 쓴 게 아닐까요?"

"글쎄……. 아니야, 마법은 아니고 뭔가 묵직하면서도 거대한 것이 날아와서 부딪친 것 같아. 여기를 봐."

까미유는 재빨리 구덩이 안으로 들어간 후, 구덩이의 제일 안쪽에 있는 둥그렇게 솟아 있는 곳을 가리키며 말했다.

"이곳에 엄청난 물리적인 충격이 가해진 거야. 그 때문에 이 주위의 흙들이 몽땅 위로 날아가 버린 거지."

구덩이 외곽 부분의 미끈한 부분을 만지며 말을 이었다.

"이곳이 미끈한 것을 보면, 대단한 힘이 가해졌음에 틀림없어. 안 그러면 이렇게까지 깨끗한 경사면이 만들어질 수는 없거든."

"그렇다면 적 타이탄이 철퇴라도 던졌다는 겁니까?"

"글쎄, 철퇴는 아닌 것 같아. 멀리서 철퇴를 던졌다면 이런 흔적이 생길 리가 없지. 이것은 좀 더 높은 각도에서 떨어진 물체에 의해서 생긴 거야. 물론 자네 말대로 먼 곳에서 타이탄이 철퇴를 던졌을 수도 있겠지. 하지만 그렇다면 철퇴가 어딘가에 있어야 할 거 아닌가? 혹시 녀석들이 회수해 갔다면, 이 근처에 타이탄의 발자국이 있어야 할 텐데, 그것도 없잖아. 주위의 풀들을 봐. 어디에도 타이탄처럼 묵직한 것들이 돌아다닌 것 같은 흔적은 하나도 없어. 심지어 마차가 지나간 흔적조차 없잖아?"

"이해할 수가 없네요. 놈들이 날아다니는 것도 아닐 텐데……."

"글쎄 말이다. 도대체 이해할 수가 없구만. 어쨌건 이것만 가지고는 뭐가 어떻게 된 것인지 알 수가 없으니 좀 더 찾아봐야겠다. 너는 이쪽으로 가 봐. 나는 저쪽으로 가 볼 테니까."

"예."

잠시 수풀 여기저기를 뒤지던 까미유는 화살 한 대가 커다란 돌덩어리를 뚫고 들어가 있는 것을 발견할 수 있었다. 원래 웬만한 힘과 속도로는 화살이 돌을 파고들 수 없는 것이 아닌가?

"상당한 실력의 기사로군."

화살은 거의 20센티미터가 넘게 푹 박혀 있었다. 까미유는 검을 뽑아서는 솜씨 좋게 돌덩어리를 잘라 내기 시작했다. 과연 어느 정도 깊이로 들어갔는지 알아 보고 싶은 이유도 있었지만, 로젠에게 보고할 자료로 쓰기 위해서였다.

이때 저 멀리서 오스카가 외치는 소리가 들려왔기에 그는 서둘러 작업을 끝내고 잘라 낸 돌 조각을 가지고 그쪽으로 몸을 날렸다.

"이것 좀 보십시오."

오스카가 가리키는 곳에는 아름드리나무가 밑동째 박살이 나서 쓰러져 있었다.

"대장 말대로 마법은 아닌 모양입니다. 나무를 박살 낸 후 저 뒤쪽에 있는 땅바닥까지 푹 팬 것을 보면, 철퇴 같은 둥근 것을 던진 것이 확실해요."

"철퇴는 아니야. 뭔가 굵고 긴 사슬 같은 것 끝에 묵직한 철구가 붙어 있는 형식인 듯하다. 이쪽을 봐. 사슬 같은 것이 쓸고 지나간 흔적이 있지 않나? 물론 철퇴에도 사슬을 붙이는 경우가 있지만,

상대방의 발자국을 찾을 수 없는 것으로 보아, 철퇴는 절대로 아니야. 철퇴라는 것은 원래가 근접 공격 무기잖아."

"그럼, 채찍 같은 것일까요?"

"전체적인 흔적은 그런 것 같지만, 그걸 사용한 놈의 발자국을 찾을 수가 없잖아. 대체 뭐지? 크라레스 놈들이 뭔가 신무기라도 개발한 것인가?"

"글쎄요, 제 상식으로는 도저히 짐작이 안 가는데요."

"뭐 어쨌든 그건 적들이 나타나면 어떻게 된 건지 알 수 있겠지. 그건 그렇고, 우선 생존자를 찾는 게 급선무다. 자네는 저쪽으로 가 봐. 나는 이쪽으로 가지. 딴사람은 몰라도 한두 사람은 탈출에 성공했을 거야. 그들이 달아난 흔적을 찾아보라구."

"예, 알겠습니다."

대마왕 크로네티오의 집착

"쿠크마스는 지금 뭐 하고 있는 것이냐? 쥐새끼들 잡으라고 보낸 지가 언젠데, 아직까지도 돌아오지 않는 것이지?"

토지에르, 아니 대마왕 크로네티오의 질문에 그의 앞에 서 있는 거대한 발록들 중의 하나가 대답했다.

"아직까지 처치하지 못하고 있는 것 같사옵니다."

"쓸모없는 자식! 뭐 하나 제대로 하는 게 없어. 여기가 마계라면……."

크로네티오의 분노에 발록들은 몸을 움찔거렸다. 사실 이곳이 마계라면 그런 일을 처리 못한 쿠크마스는 당장 죽은 목숨인 것이다. 발록들 중의 하나가 대마왕의 눈치를 보며 조심스럽게 말했다.

"제가 가면 어떻겠사옵니까? 당장 처리하고 돌아오겠사옵니다."

크로네티오는 그 발록에게 눈을 부라리며 신경질적으로 외쳤다.

"닥쳐! 시키는 일도 제대로 못하는 주제에 건방지게 감히 참견을 해?"

"죄, 죄송하옵니다, 용서해 주시옵소서."

그 거대한 덩치를 하고 있는 발록은 몸을 부들부들 떨며 즉시 납작 엎드려서 용서를 구했다.

"에잇 젠장! 이제 더 이상 필요 없다. 쿠크마스에게도 즉시 돌아오라고 일러라. 너희들은 딴 데 신경 쓰지 말고 지금부터 철통같이 이곳만을 방어하도록 해라."

"옛!"

빛과 같은 것이 번쩍 빛난 순간, 죽음의 기사의 몸통이 두 토막으로 쫙 갈라졌다. 기사의 몸은 두 토막이 나자마자 먼지로 화해서 흩어져 버렸다.

"헉헉헉! 젠장. 이걸로 스물둘!"

키에리는 자신을 수색하고 있던 괴상한 시체를 처치하는 데 성공하자마자, 재빨리 그곳을 벗어났다. 하지만 그가 이동한 거리는 그렇게 멀지 않았다. 방금 전에 있었던 마나의 방출 때문에 그 지독한 몬스터가 곧 이리로 공간 이동해 올 것이 분명했기 때문이다. 그렇기에 그는 격투 현장에서 겨우 수십 미터도 안 되는 수풀 속에 납작 엎드릴 정도밖에 여유가 없었다.

"쿠아아아아."

키에리가 엎드리는 그 순간 발록이 번쩍 하는 빛과 함께 그 거대한 덩치를 드러냈다. 이번에도 적을 찾을 수 없었기에 발록은 머리 끝까지 화가 치밀어 오른 상태였다. 지금까지 며칠 간의 추격전을 벌이며, 겨우 호비트 한 마리를 잡기 위해 입은 피해는 엄청났다. 웬만한 일류 기사를 능가한다는 죽음의 기사를 몽땅 다 잃었다. 이대로 놈을 놓친다면 어쩌면 대마왕에게 죽음의 형벌을 받을 수도 있었다.

발록은 분노에 찬 괴성을 내질렀다.

"쥐새끼 같은 놈, 나와랏!"

발록은 그 거대한 채찍을 사방으로 미친 듯 휘둘러 댔다. 그의 채찍질에 아름드리나무들이 요란한 굉음을 울리며 푹푹 쓰러졌다. 한참 동안 그렇게 채찍을 휘둘러 대던 발록은 이제 간신히 노기를 가라앉혔는지, 씩씩거리며 숨을 고른 후 천천히 하늘 위로 날아올랐다. 하지만 발록은 떠나지 않고 그 근처 하늘을 계속 날아다니며 얄미운 쥐새끼를 찾아내기 위해 온 신경을 집중했다.

발록이 사라진 후 한참이 지나자 쓰러지는 나무 밑에 엎드려 있던 키에리가 간신히 기어 나오며 투덜거렸다.

"쿨럭쿨럭! 젠장, 늑골이 두세 대 나갔나?"

키에리는 쓰러진 나무들을 엄폐물로 이용하면서 재빨리 기어서 황폐해진 숲을 벗어나서 아름드리나무들로 빽빽이 숲이 우거진 곳으로 이동했다. 그런 다음 한참 동안 주위의 동정을 살폈다. 하지만 여태껏 자신을 끈질기게 따라붙던 괴상하게 생긴 병사들은 모습을 드러내지 않고 있었다.

"이상하군. 지금쯤이면 한둘 정도 나올 때가 되었는데 말이야."

잠시 더 기다려 본 후 키에리는 나무 위로 슬금슬금 기어 올라가기 시작했다. 3분의 2쯤 올라갔을 때, 저 멀리 까마득한 하늘 위를 선회하고 있는 몬스터의 모습이 보였다.

"아직도 포기하지 않은 모양이군, 끈질긴 자식!"

키에리는 나무 위에서 내려온 후, 자신의 타이탄을 불러냈다. 며칠 동안 물 한 모금 먹지 못하고 놈들에게 쫓기고 있는 상태였다. 이런 상태가 계속된다면 결국은 버티지 못할지도 모른다. 아직까지 기력이 남아 있을 때, 최후의 도박을 거는 것이 좋겠다고 판단했던 것이다.

로체스터가 단 한 대만을 생산해서 키에리에게 선물했고, 키에리는 거기에 게레리아라는 이름을 붙였다. 출력은 적기사와 동급인 2.3이었지만, 흑기사와 적기사들을 생산하며 얻은 각종 지식들이 몸체 곳곳에 집합된 최고의 타이탄이었다. 하지만 키에리는 모습을 드러낸 게레리아에 채 탑승하기도 전에 사력을 다해 도망쳐야만 했다.

게레리아의 어깨까지의 높이는 무려 6미터. 머리 위에 솟은 뿔까지 합한다면 6.3미터나 되는 크기였다. 그런 대형 타이탄이 공간을 가르고 숲에 모습을 드러내는 것을 발록이 눈치 채지 못할 리 없었다. 발록이 만약 날아서 그곳까지 왔다면 키에리는 든든한 우군을 얻을 수 있었을 것이다. 하지만 발록은 키에리의 기대를 저버리고 공간 이동해서 나타났다.

발록은 모습을 드러내자마자 게레리아를 향해 거대한 채찍을 날렸다. 게레리아가 요란한 소리를 내며 나뒹굴고 있을 때, 이미 키에리는 저 멀리 달아나고 있는 중이었다. 발록은 게레리아를 고철로 만들기보다는, 쥐새끼에게 더 볼일이 많았기에 그쪽으로 날아가며 무시무시한 마법 공격을 퍼부었다. 그 덕분에 게레리아는 첫 출동에 주인도 태워 보지 못한 채 고철덩이가 되는 신세를 면할 수 있었다.

　수십 개가 넘는 붉은 구체가 날아가며 맹렬한 폭발을 일으켰다. 그리고 곳곳에 불이 붙었다. 엄청난 화염과 연기 때문에 상대의 모습을 놓쳐 버렸지만, 그래도 발록은 끈질기게 그 일대를 초토화시켜 나갔다.

　"헉헉헉…, 뭐 저런 게 다 있지? 타이탄도 아닌 게 무슨 덩치가 저렇게 커? 그리고 그 파괴적인 힘은 또 뭐야? 그리고 날아다니는 것으로도 모자라서 공간 이동을 자유자재로 하다니……. 그나저나 게레리아는 살아서 제대로 돌아갔는지 모르겠군."

　키에리는 나무 그늘에 몸을 꼭꼭 숨긴 후, 마나를 최대한 억제하여 자신의 기척을 숨겼다. 땅바닥의 그늘 위에 바짝 엎드린 상태였지만, 높은 곳에서 자신의 모습을 찾아서 헤매고 있는 적에게서 몸을 숨기는 데는 이 방법이 최고였다. 키에리는 엄청난 열기를 뿜어내며 숲이 불타오르는 광경을 바라보면서 거의 절망에 가까운 좌절감을 느끼는 중이었다.

　"그나저나, 내 살아생전에 저런 엄청난 몬스터는 처음 보는군. 그 거대한 채찍을 휘둘러 대는 힘도 힘이지만, 마법까지 쓰다니. 저런 놈이 몇 마리나 더 있는 거지? 아무리 코린트의 힘이 강대하다지만 수백 마리가 있다면 도저히 당해 낼 수 없겠군."

　키에리는 이제 다소 여유를 갖게 되자, 우선 지혈부터 했다. 방금 전 그 지옥과 같은 난리통을 신속히 빠져나오느라고 상처를 지혈할 시간 여유도 없었던 것이다.

　키에리는 대충 지혈을 끝낸 후 칼자루를 꽉 움켜잡았다. 그는 상대가 눈치 채지 못할 정도로 천천히 마나를 움직이며 자신이 쓸 수 있는 최강의 기술을 쓸 준비를 했다.
"지금 내 몸 상태로 갑자기 오라 블레이드를 쓸 수 있을까? 마나를 끌어 모을 수 있는 시간이 너무 길어지면 끝장이야. 그렇다고 지금 끌어 모은다면 놈이 눈치 챌 거야. 어차피 모험이야. 더 이상 기회는 없어. 그래, 조금만 더 이쪽으로 가까이 와라. 뿌드드득!"
군데군데 불에 그슬린 상처가 쓰라려 왔지만, 그는 초인적인 인내력을 발휘하고 있었다. 키에리는 자신의 기척을 최대한 숨긴 상태에서, 하늘로 도약할 준비를 갖췄다. 몸의 상태도 최악이었지만, 더욱 큰 문제는 적에 대한 정보가 거의 없다는 것이었다.
타이탄만 한 덩치의 상대가 날아다니는 데다 공간 이동 마법까지 자유자재로 사용한다. 그렇기에 여태껏 키에리가 상대해 온 적과는 판이하게 다른 움직임을 보이게 될 것은 당연한 이치였다. 키에리는 그 점이 마음에 걸렸다. 기습 공격을 한다고 해도 그것이 통할지 의구심이 드는 것이었다.
"젠장, 타이탄에 제대로 탈 수만 있었더라도 이 상태까지 몰리지는 않았을 텐데."
키에리가 이를 갈며 기회를 노리고 있을 때, 발록은 그 일대를 완전히 초토화시키겠다는 듯 마법 공격을 퍼부어 대다가 갑자기 공격을 멈췄다.
"으응? 저놈이 왜 저래?"
키에리가 의아하다는 듯 고개를 갸웃거리고 있을 때, 발록이 뭔가 중얼거리더니 갑자기 나타났을 때와 같이 퍽하고 사라져 버렸다. 키에리는 상대가 무슨 유인 작전을 벌이는가 싶어서 감히 움직이지는 못하고 계속 숨어서 동정을 살폈다. 그러다가 땅거미가 내려 사위가 어둑해진 후에야 슬그머니 몸을 일으켰다. 아마도 그때 적은 더 이상의 수색을 포기하고 돌아간 것 같았다.

"포기했나?"

주위를 두리번거리던 키에리는 상대의 기척을 도저히 찾을 수 없자, 검을 검집에 꽂아 넣으며 투덜거렸다.

"으으윽! 온몸이 안 아픈 곳이 없군."

키에리는 서둘러 옷을 찢어 화상으로 진물이 흘러나오는 상처를 싸맸다. 대충 치료가 끝나자 그는 서둘러서 몸을 일으켰다.

"일단 이곳을 벗어난 다음에 쉬도록 하자. 이곳은 아무래도 위험해."

크로네티오는 지하로 내려온 후 투덜거리며 열심히 마법진을 그렸다. 이계와 연락을 해야만 하는 마법진이었기에 그 복잡 미묘함은 여타의 통신 마법진과는 차원을 달리했다. 크로네티오는 이해하기 어려운 복잡한 주문을 외워 마법진을 발동시켰다. 흑마법사라면 이런 식으로까지 복잡한 마법진을 사용할 엄두도 못 내겠지만, 그는 이것이 가능했다. 그리고 곧이어 마법진 위로 꿈에 볼까 두려울 정도로 끔찍한 모습을 하고 있는 존재가 그 모습을 선명하게 드러냈다.

"도니티에여, 자네에게 부탁이 있어서 불렀다."

마계의 다섯 대마왕들 중의 하나인 도니티에는 마법진에 모습을 드러낸 후 약간 의외라는 듯 토지에르를 잠시 바라봤다. 비쩍 말라 비틀어진 리치가 자신과 대화를 원하고 있는 것이다. 리치하면 흑마법사가 영생을 추구하기 위해서 변신하는 궁극의 형태다. 그렇다면 상대는 이미 누군가와 계약을 한 상태였다. 그렇지 않으면 흑마법 자체를 사용할 수 없을 테니까 말이다.

그런데도 이자는 또 다른 마왕과 계약하자고 불러낸 것이다. 그 전의 계약에서 가장 소중한 것을 담보로 잡았는데, 이번에는 무슨 조건을 걸고 계약을 할 것인가? 그것이 궁금한 도니티에는 흥미롭다는 듯 물었다. 하지만 그 목소리는 듣는 이로 하여금 소름이 끼치게 만드는 껄끄러운 목소리였다.

"그대는 어찌하여 나를 불렀는가? 세상을 파멸시킬 힘을 원하는가? 하지만, 그대는 이미 누군가와 계약을 맺었을 텐데······."

말을 멈춘 도니티에는 토지에르를 잠시 노려보더니, 이윽고 김 빠진 듯한 어조로 투덜거렸다. 상대가 누군지 눈치 챘기 때문이다.

"젠장! 오랜만의 먹음직한 먹이인 줄 알았더니, 크로네티오 자네였군. 자네가 어수룩한 호비트 한 마리를 꼬드겨 저쪽 세계에서 재미보고 있다는 보고는 부하로부터 들었네. 그건 그렇고 무슨 일인가?"

"자네에게 한 가지 부탁할 것이 있어서 불렀다."

"뭐? 부탁이라고? 그렇게도 자존심이 강한 자네에게 그런 말을 듣다니, 놀라운 일이로군. 그렇게나 다급한 일인가? 자네는 절대로 부탁 따위는 해 본 적이 없었지 않나."

"물론이지. 하지만······."

크로네티오는 이를 뿌드득 갈며 증오에 찬 듯 외쳤다.

"예전에 내 즐거움을 방해했던 그 가증스러운 놈을 찾아냈어. 호비트 세계의 정복이고 새로운 마계의 건설이고 뭐고 모든 것을 다 포기하는 한이 있더라도 결코 그놈만은 용서할 수가 없어. 도와줄 거지?"

"누군데 그러나? 겨우 호비트 따위가 자네의 속을 뒤집어 놨을 리는 없을 테고……. 참, 예전의 즐거움이라고? 호비트가 그렇게 오랫동안 살 수는 없지 않나? 그렇다면 설마?"

"맞아, 드래곤이야. 마법을 아주 잘 쓰는 황금색 도마뱀 새끼지."

"드래곤이 상대라……. 그래서 자네가 나한테까지 도움을 청하게 된 것이군. 사실 그쪽 세상에 가면 드래곤 때문에 아주 힘들긴 하지. 마계의 힘을 그대로 가져간다면 한 방에 통구이를 만들어 버릴 수 있겠지만 말일세. 하지만 그쪽 세계는 태곳적부터 형성된 중간 지대가 아닌가? 신도, 마왕도, 정령도 다스릴 수 없는……. 그리고 그 약속을 지키는 자가 드래곤이지. 그렇기에 오락을 제대로 즐기려면 드래곤을 건드리지 않는 것이 현명하지."

"나도 그 정도는 알아."

도니티에는 잠시 크로네티오를 바라본 후 말을 이었다.

"잘 안다면서 자네는 드래곤을 건드렸어. 그 때문에 강제 소환당한 것이고 말이야. 자업자득이라고 할 수 있는데, 뭘 그걸 가지고 열을 내고 그러나? 나는 자네가 부러워. 마계의 틀에 박힌 따분한 생활에서 벗어나 도락을 즐길 수 있다는 것이 얼마나 신선한 자극인가? 이제 더 이상 적이 없는 마계에서 벗어나, 추구할 만한 목표와 적이 있는 새로운 세상이 자네에게 주어져 있다네.

쓸데없는 과거의 자그마한 원한을 가지고 시간 낭비하지 말고, 착실하게 새로운 마계 건설에나 신경 쓰는 것이 좋지 않겠나? 드래곤은 그곳을 완전히 정복해서 힘을 충분히 갖춘 후에 간단히 제압할 수 있지 않나?"

"그건 나도 알아. 하지만 도저히 참을 수가 없어. 그 망할 자식이 얼마 전에 찾아와서는 나를 깔보는 듯 유들유들한 어조로 재미 많이 보라고 하더군. 그때는 그런가 보다하고 넘겼지만, 생각할수록 열불이 치밀어 올라 도저히 용서할 수가 없어. 어떻게 드래곤 따위가 감히 나를 깔볼 수가 있단 말인가? 그 능청스러운 낯짝을 찢어 발길 수만 있다면 나머지는 모두 다 포기해도 좋아. 그 빌어먹을 자식을 죽여 버리지 않는다면, 내가 어떻게 마계에서 얼굴을 들고 다닐 수 있겠나?"

"그러니까 해묵은 감정이 더해진 자존심의 문제로군."

잠시 궁리를 하던 도니티에는 한숨을 내쉬며 말했다.

"그래, 내가 어떻게 해 주면 되겠나?"

"자네도 내가 뭘 원하는지 잘 알고 있지 않나?"

도니티에는 기가 막힌다는 듯 내뱉었다.

"미쳤군."

"내 마음을 이해해 주게나."

"휴우~ 자네의 마음이 이미 확고하다면 내가 뭐라고 말려도 통할 단계는 아니겠지?"

"그 말대로일세. 나는 지금 힘을 원한다네. 드래곤 따위가 더 이상 나를 깔보지 못할 정도의 힘을 말이야. 그리고 그 자식의 머리통을 잘라서 내 의자를 장식할 거야. 그렇게 해서 두고두고 나를 깔본 놈은 어떻게 되는지 본보기로 삼을 거라구."

"다시 한 번 더 생각해 보게. 대법을 실행한 후에 혹시라도 이계에서 죽임을 당한다면 이건 강제 소환 정도로 끝날 문제가 아니야. 어쩌면 그 충격으로 본체마저도 소멸당할지 모른다는 것을 잊지는 않았겠지? 잃는 것에 비해서 얻는 것은 너무나도 작다는 말일세."
 도니티에의 완곡한 말에도 불구하고 크로네티오는 섬뜩한 미소를 지으며 단호하게 말했다.
 "더 이상 생각할 것은 없어. 나는 그놈의 목을 원해."
 "좋아, 어쩔 수 없지. 자네의 부탁인데, 도와주기로 하겠네. 어쩌면 시라에뉴라면 자네를 도와줄지도 몰라. 하지만 비슈누나 바크로니아는 힘들 텐데? 그들은 어떻게 설득할 텐가?"
 "우선 자네와 시라에뉴부터 끌어들인 다음에 천천히 궁리해 보면 되겠지."

 밤이 되자 다크 일행은 조촐하게 술잔을 기울이며 환담을 나누고 있었다.
 "내일 돌아가는 것이 좋겠다."
 "뭐? 벌써 가려고?"
 "이제 더 이상 할 일도 없잖아. 후작 녀석이 처형되는 것도 즐거운 마음으로 구경했고, 융숭한 대접도 받았으니 더 이상 여기에 있을 이유가 없잖아."
 "하지만 미카엘이 아버지하고 만난 지 얼마 안 됐는데, 벌써 가자고 하는 건 너무하는 것 아냐? 그리고 미카엘에게 들으니까 사흘 후면 어머니 기일이라고 하던데 말이야. 성묘라도 할 만한 시간 여유를 주는 것이 좋지 않을까?"
 팔시온의 말을 듣고 다크는 미카엘에게 즉시 질문을 던졌다.
 "너, 솔직히 말해 봐. 여기에 남을 거야? 아니면 우리와 함께 갈 거야? 어떻게 하고 싶어?"

다크의 노골적인 질문에 미카엘은 당황스러운 듯 중얼거렸다.
"그, 글쎄……."
"아버지와 사이가 좋지 않아서 20년쯤 전에 집을 나왔다는 것은 팔시온으로부터 들었어. 하지만 내가 들어 보니까 꼭 그런 것만은 아닌 것 같은데?"
"전에는 아주 원망스러웠는데, 이번에 보니까 많이 늙으셨더군. 아버님이 마스터인 것은 알고 있지만, 왠지 몸이 예전보다 많이 안 좋아지신 것 같아서 눈물이 나더라."
미카엘은 자신에 버금갈 정도로 엄청난 근육질이었던 로체스터 공작의 몸이 예전보다 많이 말랐다는 사실을 염두에 두고 한 말이었다. 사실 그것은 몸이 나빠진 것이 아니라 로체스터 공작의 검술이 그만큼 더 발전했다는 것을 뜻한다는 걸 그는 모르고 있었다. 팔시온은 미카엘이 분위기를 잡고 얘기하자, 유쾌했던 술자리에서 그런 말을 하는 것이 마음에 안 든다는 듯 투덜거렸다.
"짜식! 너 변한 건 생각 안 하냐? 그동안 세월이 얼마나 흘렀는데 말이야. 너 처음에 만났을 때 얼마나 가관이었는지 아냐? 비쩍 말라서는 오크 한 마리도 제대로 상대 못해서 헤매고 있던 것을 구해준 게 엊그제 같은데, 어휴~ 지금은 그래듀에이트? 나를 따라다니면서 참 많이 컸지."
팔시온의 말에 미카엘의 인상이 확 구겨졌다. 부끄러운 과거를 왜 낱낱이 들춰내는 것인가? 그것도 여태껏 다크가 모르도록 아주 세심하게 신경 쓰고 있었는데 말이다. 미카엘은 발끈해서 말했다.
"웃기지 마, 새꺄! 네가 나한테 뭐 해 준 게 있다고 그래. 네가 보수가 좋은 데다 실전 경험까지 쌓을 수 있어서 일거양득이 된다고 꼬드기는 바람에, 로우니 산맥의 오크 토벌전에 참전했다가 하마터면 몽둥이에 맞아 죽을 뻔했지. 그뿐이야? 역시 기사의 힘은 근육에서 나온다고 해서 한 달 동안 성벽 보수 작업장에서 벽돌 나른다고 허리가 휘도록 죽을 고생을 했더니, 세상에, 그 돈을 몰래 훔쳐서 술값으로 탕진한 놈이 누구였지?"

"짜식! 쫀쫀하게, 그런 건 잊어버려. 그리고 남자의 로망은 근육이야."

팔시온은 자신의 근육들을 자랑스럽게 내보이며 말했다.

"이 우람한 근육질을 보면 여자들이 뿅뿅 가잖아? 그때의 아픔이 없었다면 그 몸매가 만들어지는 줄 알아? 다 나 같은 훌륭한 동료를 만난 덕인 줄 알아야지."

그들의 대화를 가만히 듣고 있던 아르티어스가 한심하다는 듯, 팔시온의 뒤통수를 갈기며 이죽거렸다.

"그딴 비곗덩어리는 오크 때려잡는 데나 필요하지, 정작 검술의 궁극을 익히는 데는 방해만 된다는 것을 몰라? 이런 머저리 같은 것들. 다크를 봐라."

팔시온 일행의 눈이 다크에게로 모아질 때, 아르티어스는 자랑스럽다는 듯 말했다.

"필요 없는 근육은 단 한 점도 찾아볼 수 없잖아. 최적화된 몸매라는 것은 저런 것을 두고 하는 말이지. 대가리 속까지 비곗덩어리가 가득 찼으니 알 도리가 있나? 쯧쯧."

"아야야야. 그런 말씀 마시라구요. 저런 새 다리같이 가는 게 근육입니까? 역시 근육이라면 이 정도는 돼야죠."

팔시온은 옆에서 가만히 술을 홀짝거리고 있던 미디아를 손가락으로 가리키며 말을 이었다.

"남자들도 혀를 내두르는 저 오우거 같은 파워, 강하고 민첩한 검술도 근육이 아니면 어디서 나온다는 말입니까? 마나도 중요하기는 하지만 역시 그 밑바탕은 근육이죠. 어르신은 마법만 쓰시니까 그걸 모르시는 거라니까요. 하기야 검이라고는 한 번도 휘둘러 보지 않으신 분이 어찌 그걸 아시겠어요?"

미디아는 팔시온이 자신의 강점이자 최대의 약점을 지적하자, 기분이 상한 듯 투덜거렸다.

"그래, 나는 여자의 탈을 쓴 오우거다, 왜, 보태 준 거 있냐? 가만히 있는 남의 아픈 데를 왜 건드렷! 젠장!"

팔시온의 완강한 저항에 아르티어스는 황당하다는 듯 중얼거렸다.

"아니, 이 자식이? 요 며칠 전부터 갑자기 뭘 잘못 먹었는지 모르겠지만, 내가 하는 말에 슬슬 딴지를 건단 말이야. 젠장, 그때 교육이 좀 약했나?"

낮은 소리로 중얼거린 것이었지만, 바로 옆에 앉아 있던 팔시온이 그 말을 못 들었을 리 없었다. 팔시온은 이제 될 대로 되라는 듯 콧방귀를 뀌었다.

"헤헷! 좋을 대로 하십쇼. 그래, 구워 먹든 삶아 먹든 마음대로 하시라 이겁니다. 그런다고 해서 내가 설설 기면서 기죽을 줄 아셨습니까? 싸·나·이 팔시온, 한 번 죽지 두 번 죽지 않는다 이겁니다. 흥!"

"그만 좀 해요, 아빠."

아르티어스는 다크의 짜증을 동반한 말 한마디에 더 이상 화를 내지 않고 입을 닫았지만, 희번덕거리는 눈빛이 오늘 저녁에 무슨 일이 일어날지를 대변해 주고 있었다. 그것을 바라보는 미카엘의 안색이 창백해졌다. 사실 미카엘은 떠나야 할지 말아야 할지 많은 혼란을 느끼고 있는 중이었다. 하지만 아르티어스의 얼굴을 보자 자신이 지금 해야 할 옳은 결정이 무엇인지 곧장 깨달을 수 있었다. 그는 다급하게 말했다.

"나, 나 남을 거야. 아무래도 그게 좋겠어."

그 말에 열심히 눈치를 살피던 가스톤이 미카엘에게 말했다. 재빨리 회전하는 마법사의 머리는 이 극악한 상황에서 어떻게든 살아남을 수 있는 삶의 지혜를 제공해 줬던 것이다.

"혹시 여기 나도 같이 남으면 안 될까? 나 일 잘해. 그리고 열심히 할게. 치레아에서도 봤잖아. 짜증스러운 서류 작업이 바로 내 전공이잖아? 그리고 그것 말고도 머리 쓰는 일이라면 어떤 것이라도 다 할 수 있다구."

미디아도 재빨리 끼어들었다.

"나도 남으면 안 될까? 나도 열심히 할게. 로체스터 공작께 잘 말씀드려 줘."

동료들이 다 떠난다는 말에 그제야 기가 팍 죽어 버린 팔시온이 슬금슬금 눈치를 보며 중얼거렸다.

"나, 나는?"

그 말에 미카엘을 비롯한 가스톤과 미디아는 이구동성으로 외쳤다.

"너는 안 돼!"

미카엘은 밤하늘의 달을 보며 울적한 마음을 씻어 내고 있었다. 적당히 오른 취기에다 풀벌레 소리가 들려오는 밤. 달 하나는 중천에 걸려 있었지만, 다른 하나는 새벽이 오려면 멀었는데도 벌써 지고 있었다. 20년이나 정들었던 친구들과 이제 헤어져야 한다는 것이 그의 마음을 아프게 하고 있었다. 서로 악의 없이 싸우고, 웃고, 도와가며 수많은 모험을 했었다.

"지금 헤어지면 다시 만날 수 있을까?"

남는다고 결정은 했지만, 크라레스와 코린트가 서로 적국이라는 것이 마음에 걸리는 미카엘이었다.

"뭐, 괜찮겠지. 다크가 있으니까 말이야."

애써 자위하고 있을 때, 뒤에서 인기척이 느껴졌다. 미카엘이 뒤로 재빨리 고개를 돌렸을 때, 그곳에는 다크가 서 있었다. 적당히 취기가 올라 있는 그녀는 아련한 달빛 아래서 또 다른 아름다움을 뿜어내고 있었다. 미카엘의 시선이 홀린 듯이 위에서 아래로 슬며시 이동하며 그녀를 훑어보다가 허리에 차고 있는 검에서 멈췄다. 검을 바라보는 그 순간, 미카엘은 그녀가 누군지를 깨달으며 정신을 차릴 수 있었다.

"무, 무슨 일이야?"

"으응, 오랫동안 함께 생활했는데, 그냥 떠나보내려니까 아무래도 아쉬움이 있어서 말이야. 한 가지 선물을 줄까하는데 괜찮겠어?"

그 말에 미카엘은 호기롭게 대답했다.

"나야 공짜라면 뭐든지 좋지."

"그래? 그렇다면 이렇게 앉아 봐."

다크는 가부좌를 틀고 앉으며 말했다. 미카엘은 다크가 수련을 한답시고 설칠 때 취했던 자세였음을 한눈에 알아보고 그 자세를 최대한 흉내 내어 앉았다. 다크가 일어서면서 말했다.

"이건 과거 내가 살았던 곳에서 마나를 수련할 때 취하는 기본적인 자세야. 물론 어느 정도 수준에 이르면 그런 자세를 꼭 취할 필요는 없어지겠지만, 지금은 그렇게 하는 게 좋을 거야."

다크는 미카엘의 머리에 손을 올리며 말했다.

"잠깐만 참고 있어. 그리고 절대로 말을 하면 안 돼."

순간적으로 미카엘은 의구심을 느꼈다. 자신이 가지고 있던 마나가 흩어지기 시작했던 것이다. 미카엘은 경악해서 다크를 향해 고개를 획 돌렸다. 그 마음을 이해했던지 다크는 다급하게 다시 말했다.

"그냥 차분하게 앉아 있어. 나를 믿지? 마음을 편안하게 가져. 그리고 마나의 움직임을 느끼라구."

순간적으로 소멸한 것처럼 느껴졌던 마나가 다시금 미카엘의 몸속을 달리기 시작했다. 그 새로운 마나의 근원은 다크였다. 다크는 미카엘의 잡스러운 마나를 완전히 소멸시킨 후, 새로이 대기에서 마나를 끌어 모아 미카엘에게로 주입해 주고 있었던 것이다.

"마나의 움직임을 느껴. 그리고 그것이 움직이는 통로를 잘 기억해 둬."

마나는 하나의 법칙에 따라서 미카엘의 몸속을 천천히 회전하고 있었다. 그 법칙은 저 무림에서도 잊혀진 태허무령심법의 마나를 돌리고 조절하는 운기조식법을 충실히 따르고 있었다. 미카엘의 몸속에는 태허무령심법의 법칙에 따라 다크에 의해 소멸하기 전보다 더욱 정순하고 강력한 마나가 뿌듯한 느낌이 들 정도로 충실하게 단전에 쌓여 가기 시작했다.

"이제 됐어. 마나가 움직이던 통로를 잘 기억했겠지? 앞으로 하루에 두 번, 한 시간 정도씩 똑같은 방법으로 수련해. 그렇게 계속 수련하다 보면 검술을 익히는 데 상당한 도움이 될 거야."

미카엘은 믿어지지 않는다는 듯 주먹을 꽉 쥔 손을 바라보며 중얼거렸다.

"도대체 어떻게 된 거지? 믿어지지가 않아."

그는 꽉 쥔 손에서, 그리고 몸속에서 넘치는 힘을 느끼고 있는 중이었다. 비실거리는 늙은 말만을 타다가, 어느 날 갑자기 젊고 힘이 넘치는 말을 탄 것 같은 느낌이었다. 새로운 세계에 대한 경이감. 오늘 저녁 아르티어스가 술자리에서 근육을 두고 비곗덩어리라고 비꼬아 대던 것이 무슨 뜻인지 확연하게 깨달을 수 있었다. 그 느낌은 아마도 그가 자신에게 주어진 이 새로운 힘을 쓸 수 있을 정도의 능력을 지닌 그래듀에이트였기에 더욱 확연하게 다가왔는지도 모른다.

"검술은 로체스터 공작이 가르쳐 줄 테니까, 나는 마나를 운용하는 방법을 가르쳐 주는 거야. 아무래도 이곳에서는 이런 식의 기법은 별로 발달해 있지 않으니까. 검술을 배울 때 많은 도움이 될 거야."

멍청하게 서 있는 미카엘의 어깨를 다독거린 후 다크는 방으로 돌아갔다.

차라리 전쟁터로 보내 줘!

다크 일행은 다음 날 아침 치레아 공국으로 돌아왔다. 일단 오랜 시간 자리를 비웠기에 산적한 문제들이 어마어마하게 쌓여 있었다. 카르토 백작이 낑낑거리며 어마어마한 서류 더미를 가지고 들어오자, 다크는 기가 막힌다는 듯 물었다.

"이게 뭐야?"

"전하께옵서 판단하시고 결재를 하셔야만 하는 서류들이옵니다. 아무래도 저 혼자서 독단적으로 처리하기에는 한계가……."

다크는 한심스럽다는 어조로 말했다.

"이봐, 카르토 백작."

"예, 전하."

"그 한계라는 것은 누가 정한 것이지?"

카르토 백작은 당당하게 대답했다.

"그거야 엄연히 공국의 법전에 기록되어 있는 사항이옵니다."

다크는 심드렁한 어조로 말했다.

"이거 뭔가 잘 모르고 있군. 자네 어깨 위에 달려 있는 것은 뭐야? 그 머리통으로 생각해 보고 꼭 해야 될 일이면 알아서 처리하면 될 거 아니야. 이따위 자질구레한 일들까지 일일이 내 결재가 필요하다는 말인가? 대공 대리인 자네가 알아서 처리해."

"하, 하지만 저는 말단 관료……."

다크는 모질게 카르토 백작의 말을 잘랐다.

"물론 자네는 그 일이 처리된 이후에 일어나는 문제에 대해서만 책임지면 되는 거야. 알겠나? 아주 간단한 거잖아. 나는 자네를 믿어. 자네는 그 정도의 능력이 있는 사람이잖은가? 그럼 그거 다 가지고 가 봐."

카르토 백작은 암담한 마음에 한숨을 푹 내쉬며 서류들을 챙겼다.

'책임을 지라고? 내 직책이 뭔데, 이런 일들에 대한 책임을 지라는 거야? 이거 하나라도 잘못 처리했다가는 내 목숨은 물론이고 우리 가문 전체의 목숨을 걸어도 안 될 텐데……. 아마도 대공은 나를 죽이려고 작정한 모양이지?'

사실상 그는 행정부에서 일하는 관료였다. 지금 카슬레이 백작이 치레아 기사단을 모두 거느리고 자리를 비운 상태였기에 억지로 대공 대리라는 어마어마한 직함을 받고 있지만, 그것은 우수한 인재들이 모두 다 기사단에 소속되어 자리를 비워 버렸기에 빚어진 결과였다.

말이 안 통하는 상관과 더 이상 실랑이를 할 마음이 사라져 버린 카르토 백작은 자포자기한 심정으로 서류들을 챙기기 시작했다. 그런 그를 보고 다크가 말했다.

"밖에 나가면 실바르를 불러 주게."

카르토 백작은 어이없다는 듯 되물었다.

"예? 드미트리 실바르 경을 말씀하시는 것이옵니까?"

"그 녀석 말고 실바르가 또 있나?"

"이곳에 도착하셨을 때, 제가 보고드리지 않았사옵니까? 치레아 기사단은 황제 폐하의 칙명에 의해 전장에 투입되었다고 말이옵니다. 그러니 당연히 실바르 경도……."

다크는 이마를 살짝 치면서 말했다.

"아아, 깜빡 잊었군. 그래, 자네가 보고했었지."

"그럼, 이만 물러가 보겠사옵니다."

어깨가 축 늘어져서 나가는 카르토 백작의 뒷모습을 바라보다가, 다크는 짐짓 능청스러운 어조로 말했다.

"참, 아버지는 어디에 계시지?"

결재 서류를 황급히 챙겨 오느라고 바빴던 카르토 백작이 아르티어스의 행방을 알 리가 없었다. 하지만 그렇게 보고할 수는 없는 일이 아닌가? 카르토 백작은 오랜 관료 생활을 통해 몸에 밴 모범 답안을 무의식중에 즉시 내뱉었다.

"예? 예, 곧장 알아 보고 보고드리겠사옵니다."

"그래? 그럼 자네는 그 서류들 여기에 놔두고 아버지부터 빨리 찾아와."

"옛, 알겠사옵니다."

상관의 의중을 읽은 카르토 백작은 그 한마디에 절망의 구렁텅이에서 벗어날 수 있었다. 그는 알고 있었던 것이다. 치레아 대공의 아버지가 얼마나 탁월한 능력의 소유자인지 말이다. 아무리 많은 서류를 쌓아 놔도 하룻밤 새에 깔끔하게 끝내 버릴 수 있다는 것을. 그리고 그는 아르티어스의 밑에서 일해 봤기에 인간이라고는 믿어지지 않는 그 엄청난 능력을 직접 보기까지 했던 것이다. 방금 전과는 달리 희색이 만연하여 활기찬 걸음걸이로 나가려는 카르토 백작의 뒤통수에 대고 다크가 빙긋 웃으며 말했다.

"참, 루빈스키가 어디에 있는지 알아 보게. 한참 전쟁을 벌이고 있는데, 안 가 볼 수는 없겠지."

"예, 전하."

"그리고 오랜만에 루빈스키와 만나는데, 쓸 만한 포도주나 한 병 준비해 주게. 그리고 자네는 출세할 기회를 스스로 저버리는군."

그때서야 카르토 백작은 방금 전 자신에게 얼마나 어마어마한 기회가 왔다가 사라졌는지를 깨달았다. 다크는 자신에게 그 정도는 처리할 능력이 있다고 확신하고 일을 맡긴 것이다. 아마도 그것을 자신이 다 처리해 낸다면 어떻게 될까? 어쩌면 행정 관료들 중에서는 최고의 위치……. 거기까지 생각이 미친 카르토 백작은 다시금 어깨가 축 늘어지며 힘 빠진 어조로 말했다.

"아, 알겠사옵니다, 전하."

잠시 후 아르티어스 어르신이 도착했다. 그는 아들이 무슨 일로 자신을 불렀나 싶어서 희색이 만연한 상태였다.

"내 아들아, 나를 찾았다고?"

"예, 아빠. 제가 부하들의 보고를 받고 있는 동안 심심하셨죠?"

다크가 생글거리며 물어보자, 아르티어스는 황급히 손을 내저으며 말했다. 저 녀석이 저렇게 애교를 떨 때는 뭔가 꼼수가 있음을 수많은 경험으로 익히 알고 있는 것이다. 이번에도 속으면 내가 드래곤이 아니지, 음.

"아, 아니다. 뭐 심심할 것까지야 있겠느냐. 나도 나름대로 할 일이……."

그런데 바로 이때, 다크의 시종인 세린이 고풍스럽게 생긴 포도주병을 하나 가져다가 탁자에 올려놓으며 말했다.

"주인님, 카르토 백작이 부탁하신 포도주를 가져왔습니다."

한참 허공을 내젓고 있던 아르티어스의 손이 황급하게 내려갔다. 아무래도 분위기를 보아하니 아들놈이 기특하게도 자신과 한잔하기 위해 부른 것을, 자신은 아들의 깊은 속마음도 모르고 거절할 뻔한 것이다. 아르티어스는 황급하게 덧붙였다.

"물론 나도 일이 있긴 하지. 하지만 네가 부탁하는 일이라면 없는 시간도 내야지, 암."

"정말이에요?"

"그럼그럼."

다크는 세린이 놓고 간 포도주병을 집어 들며 부탁했다.

"저는 지금 루빈스키를 만나러 갈 거거든요. 그동안 저기 있는 서류 좀 부탁해요."

아르티어스는 포도주병을 빤히 쳐다보며 황당하다는 듯 물었다.

"그렇다면 그 포도주는……."

"아, 이거요? 루빈스키한테 줄 거예요. 오랜만에 만나는데, 이 정도 선물은 줘야죠."

아르티어스는 분개했다. 어떻게 이럴 수가 있는가? 자신의 일은 애비에게 맡겨 놓고, 자기는 술 마시러 가겠다고?
"뭐? 네가 술 마시러 가 있는 동안 나보고 저따위 일이나 하고 있으라는 말이냐?"
"에이이~ 아빠, 좀 해 줘용. 오늘 밤 저녁 식사는 근사하게 둘이서만 하자구요, 예?"
슬쩍 애교 어린 말투로 부탁하자, 아르티어스는 정신이 홀랑 빠져 버린 듯 자신 있게 대답했다.
"그럼, 내가 누구냐. 골드 일족의 위대한 후예라는 것은 나를 두고 하는 말 아니겠냐? 식사 시간 전까지 확실하게 처리해 놓으마. 마음 푹 놓고 놀다 오너라."
"그럼 부탁드려용~."
다크가 사라지고 난 후 정신을 차린 아르티어스는 탁자를 쾅 치며 투덜거렸다.
"젠장! 또 당했군. 어떻게 된 게 저놈의 미소만 보면 정신을 못 차리겠단 말이야."

크라레스군의 지휘부의 한쪽에 마련되어 있는 마법진에 번쩍하는 빛과 함께 다크 일행이 모습을 드러냈다. 주위는 바쁘게 움직이는 기사나 마법사, 병사들로 북적거리고 있었다. 그들을 둘러보던 팔시온은 어깨에 힘을 주어 건들거리며 말했다.
"야, 역시 남자의 로망은 전쟁이야, 전쟁. 봐, 활기가 넘치잖아?"
그 말에 미디아도 동감한다는 듯 재빨리 말을 이었다.
"확실히 전쟁터가 그리워. 요 근래에 너무 편안한 생활만 했더니 몸이 근질근질한 것 같아. 안 그래, 가스톤?"

미디아가 자신의 허리를 쿡 찌르자 찔끔하며 가스톤도 재빨리 동의했다. 남자 나이 마흔 다섯. 멋으로 먹은 게 아니었다. 그는 재빨리 동료 둘이 하려고 하는 일을 눈치 챈 것이다.

"그, 그럼. 당연하지. 우리는 여태껏 전쟁터를 주름잡은 용병들 아니겠냐?"

동료들이 한마디씩 하자 팔시온이 다크에게 물었다.

"이봐, 다크. 지금 치레아 기사단이 어디에 있지? 너무 오랫동안 자리를 비웠잖아. 우리들도 거기 소속 오너인데 동료들만 고생하게 놔둘 수는 없잖아. 아, 우리들도 가서 화끈하게 몸 좀 풀어 볼까?"

팔시온의 말에 다크가 빙긋 미소 지으며 대답했다.

"아냐, 너희들 오랫동안 크루마의 감옥에서 고생했잖아. 나하고 좀 더 있으면서 휴식을 취하라구. 뭐 하려고 피비린내 나는 전쟁터에 가려고 그래?"

다크가 점잖은 어조로 거절하자 팔시온의 표정은 약간 다급해졌다. 어제저녁 자신들을 바라보던 아르티어스의 그 살기 어린 눈동자……. 이상하게 그날 저녁에는 아무 일 없었지만, 얼마나 마음 졸였던가? 이제 더 이상은 맞고 싶지 않았다.

"아냐, 우리를 전쟁터로 보내 줘. 꼭 가고 싶단 말이야. 응?"

"좀 더 쉬는 것이 좋지 않을까? 얼마 전에는 아버지한테 많이 맞았잖아. 아무리 신관이 치료했다고 하지만, 아직 회복도 다 안 됐을 텐데……."

"제발 우리들을 보내 줘. 아니면 오늘 저녁 어르신에게……. 흑흑, 이제 더 이상 맞으면 정말 죽어 버릴 것 같단 말이야."

팔시온의 절규에 다크는 그들이 왜 전쟁터로 가고 싶어 하는지 명확히 깨달을 수 있었다. 다크는 고개를 설레설레 가로저으며 말했다.

"너희들의 뜻이 그렇다면 어쩔 수 없지. 루빈스키한테 말해 둘게."

"우와! 살았닷!"

다크가 총사령부 건물에 도착했을 때, 널찍한 실내에는 바쁘게 움직이는 각종 복장의 사람들로 시끌벅적했다. 게다가 실내 한복판에는 아주 널찍한 탁자가 하나 놓여 있고, 그 탁자에는 엄청나게 넓은 지도가 펼쳐져 있었다. 사람들은 상관의 지시에 따라서 지도 위에 놓여 있는 여러 가지 도형들을 재빨리 이동시키거나 없애고 있었다. 그에 따라 시시각각 변화하고 있는 전장의 모든 상황을 이 지도를 한 번 봄으로써 명확히 이해할 수 있게 해 줬다.

실내의 한쪽 구석에는 마법사 10여 명이 통신 마법진을 그려 놓고 수정 구슬에 나타난 상대와 열심히 대화를 나누고 있었다. 이때 마법사 한 명이 뒤로 고개를 돌려 루빈스키에게 보고를 했다.

"전하, 발칸 폰 크로아 후작 각하로부터 통신이 도착했사옵니다."

"그래? 어떻게 되었나?"

"론도 지역에서 벌어진 전투에서 적의 3개 성기사단을 유인, 섬멸했다는 보고이옵니다."

병사 한 명이 지도 상의 론도 지역에 꽂혀 있던 세 개의 작은 푸른색 깃발을 치워 버렸다. 대신 그곳에는 붉은색과 푸른색이 섞인 깃발 하나와 '2' 자가 쓰인 녹색 깃발 하나가 놓여졌다. 스바시에 기사단과 제2기사단을 뜻하는 표식이었다.

"그래? 잘되었군. 피해는 어떻다고 하던가?"

"테세우스 다섯 대 파괴, 드라쿤 한 대 파괴, 기사 두 명 전사이옵니다. 그리고 몬스터들 쪽의 피해도 크다는 보고이옵니다."

"으음, 동쪽으로 가는 관문을 연 것치고는 피해가 그렇게 크다고 볼 수는 없군. 노획한 타이탄들의 이동에 제3기사단을 동원해라."

루빈스키 대공의 옆에 서 있는 장군 하나가 그에 대해 이의를 제기했다. 그는 작전관으로서 전장의 총지휘를 담당하는 인물이었다.

"전하, 지금까지는 몬스터들을 이용해서……."

"그건 시간이 너무 많이 걸려. 현재 겉으로 드러난 주력은 몬스터들이다. 그런 상황에서 대형 몬스터들을 고철 수송에 쓸 수는 없다. 그리고 제3기사단 대신 근위 기사단에게 출동 대기 상태를 유지하도록 지시해라."

"옛, 그렇게 전하겠사옵니다. 전하."

"그리고 크로아 후작에게는 좀 더 동쪽으로 진출해도 괜찮다고 전해라."

"옛, 전하."

이때 또 다른 마법사가 외쳤다.

"아그리오스 후작 각하로부터 전문이 도착했사옵니다. 기뻐하소서, 전하. 적군을 격파하고 칸타르시를 점령했다는 보고이옵니다."

병사 한 명이 그 말에 따라 알카사스의 동쪽 외곽에 있는 칸타르시에 꽂혀 있던 독수리와 매가 그려진 깃발들을 치워 버렸다. 그런 후 '1' 자가 쓰인 녹색 깃발과 황금색 깃발이 대신 자리를 차지했다. 그것을 바라보며 루빈스키 대공이 의외라는 듯 중얼거렸다.

"그래? 점령하는 데 상당한 시간이 소비될 줄 알았는데, 의외로군. 어쨌든 대단한 공을 세웠다. 적국의 2개 기사단이 포진하고 있었는데 말이다."

"그것이 아니옵니다, 전하. 전문에 따르면 적 1개 사단이 주둔 중이었을 뿐, 기사단과의 전투는 없었다고 하옵니다. 그리고 현재 적 기사단이 어디로 이동했는지는 알 수 없다는 보고이옵니다."

루빈스키 대공은 이마에 주름 세 개를 그리며 중얼거렸다.

"어디로 갔지? 혹시 적들의 기만 작전은 아닌가? 작전관, 자네는 어떻게 생각하나?"

작전관은 즉시 대답했다.

"옛, 전하. 일단 적 기사단의 위치를 파악하는 것이 먼저일 것 같사옵니다. 그리고 적들의 위치가 파악될 때까지 기사단은 뒤쪽으로 후퇴시키는 편이 좋을 것 같사옵니다. 사실상 본국 기사단이 최전선에 있을 이유는 없으니까 말이옵니다."

"흠, 나도 그렇게 생각한다. 일단 적들에게 본국이 뒤에 있다는 것을 알리지 않는 것이 선결 요건이니까 말이야."

루빈스키 대공은 전령에게 전했다.

"아그리오스 후작에게 전해라. 한시라도 빨리 기사단을 이끌고 뒤로 후퇴하라고 말이야."

"옛, 전하."

지금까지 루빈스키 대공이 일하는 모습을 가만히 바라보고 있던 다크는, 일이 끝날 기미가 보이지 않자 더 이상 기다리지 못하고 그를 불렀다.

"이봐, 루빈스키!"

고음의 목소리에 루빈스키의 시선이 다크가 있는 쪽으로 돌아갔다. 다크는 포도주병을 손가락 위에 올려놓고 빙빙 돌리면서 말했다.

"자네 생각이 나서 왔지. 한잔 어때?"

여태껏 다크가 돌아왔다는 사실을 모르고 있었던 루빈스키 대공의 얼굴이 활짝 펴졌다. 그녀가 크라레스를 끝까지 도와줄 것인지에 대해서 루빈스키는 조금 미심쩍게 생각했었고, 나름대로 그에 대한 대비도 충실히 했었다.

하지만 그것도 다 그녀가 지닌 힘이 얼마나 대단한지를 알고 있었기에 취한 조치였던 것이다. 그만큼 그녀의 능력에 대해서만은 의심의 여지가 없다고 믿고 있던 루빈스키였다. 그런데 그녀가 갑자기 모습을 드러낸 것이다. 루빈스키는 그녀를 보자마자 반색을 하고 달려 내려왔다.

"돌아왔군. 어떻게 지냈나?"

"응, 사연이 좀 복잡하지. 그건 그렇고 시간 좀 있나?"

그 말에 루빈스키는 작전관을 향해 외쳤다.

"나는 좀 나갈 테니까 자네가 알아서 지휘하도록 하게."

"하지만 전하……."

루빈스키는 더 이상 들어 볼 필요도 없다는 듯 손을 내저으며 다크를 데리고 밖으로 나가 버렸다.

"자네 얼굴을 보니 정말 반갑군. 그래, 어디서 뭘 하고 있었기에 지금껏 소식이 없었나?"

다크는 간략하게 자신에게 있었던 일을 루빈스키에게 말했다. 크루마에 찾아가서 미네르바에게 복수한 것까지도.

"그래서 내가 곧바로 엘프리안에 찾아가서 미네르바를 줘 패 버렸지. 그녀도 태어나서 처음 그렇게 무작스럽게 맞아 봤을 거야."

루빈스키는 기가 막힌 듯 웃음을 터뜨리며 말했다.

"그거 복수 한번 거창하게 했군. 자네였군. 갑자기 엘프리안이 파괴되었다는 정보가 들어와서 안 그래도 의아하게 생각하고 있던 중이었는데, 이제야 그 사건의 전모를 알겠네 그려. 정말 큰일을 해 주었어."

엘프리안이 파괴되었다는 말에 다크의 눈이 둥그레졌다. 자신은 결코 엘프리안을 파괴하지 않았으니 말이다. 하지만 둥그레졌던 다크의 눈이 곧이어 실쭉하게 변했다. 범인이 누군지 순간적으로 깨달았던 것이다.

다크의 순간적인 표정 변화를 눈치 채지 못한 루빈스키는 포도주잔을 들고 그 영롱한 붉은색을 감상하며 말을 이었다.

"그렇다면 미란의 일도 더 이상 걱정할 필요는 없겠군."

"미란?"

다크가 어리둥절한 표정으로 말하자, 루빈스키는 약간 안색을 굳히며 물었다.

"설마, 미란의 문제에 대해서 미네르바에게 말하지 않았다는 건가?"

다크는 이마를 탁 치며 말했다. 사실상 그녀가 크루마에 억류된 것도, 미란에 대한 침입을 중지하고 다시금 동맹을 맺자고 요청하러 갔다가 당한 일이 아니던가? 그런데 그런 사실을 까맣게 잊고 있었던 것이다.

"깜빡했어. 사실 여러 가지 생각들로 머리가 복잡했거든."

"사실 자네가 실종되었을 때, 미란은 크루마에 완전히 통합되어 버렸어. 지금 미란을 독립시킬 수만 있다면, 크루마는 최전선과 본국이 분리되면서 상당한 전력 감소를 당할 수밖에 없지. 그런 실리적인 목적 외에도, 미란은 제1차 제국 전쟁 때 본국을 열성적으로 도왔었네. 도의적인 관점에서도 미란의 몰락을 좌시할 수는 없는 일이야."

"그럼, 내 조만간에 시간 내서 다시 한 번 크루마에 가 보지 뭐."

루빈스키는 고개를 가로저으며 말했다.

"아니, 그런 하찮은 일로 자네를 번거롭게 할 수는 없지. 내일 당장 크루마로 와리스 후작을 보내겠네. 유능한 친구니까 잘 알아서 처리하겠지."

"그리고 부탁이 있는데 말이야."

정색을 하고 다크가 부탁하자 루빈스키는 그녀가 무리한 부탁을 하면 어쩌나 은근히 걱정이 되기도 했지만, 궁금증을 참지 못하고 물었다.

"뭔데?"

"나하고 같이 갔던 동료들이 치레아 기사단에 복귀하려고 하거든. 자네가 좀 도와줘야겠어."

큰소리는 쳤지만 어려운 부탁이면 어쩌나하고 속으로 염려하고 있었던 루빈스키의 안색이 환해졌다.

"물론 도와주지. 타이탄 세 대의 전력을 전쟁터로 보내는 일인데, 그걸 거절할 수 있나?"
"부탁해."

아르티어스 어르신은 지금 아주 열심히 일하는 중이었다. 태산같이 쌓인 서류를 저녁 식사 시간 전까지 모두 다 마무리해야 하는 것이다. 물론 서류를 검토해 보지도 않고 대충 서명해 버린다면 일은 순식간에 끝나겠지만, 그런 식으로 처리했다가는 나중에 아들놈에게 어떤 잔소리를 들을지 알 수 없는 것이다.

그렇기 때문에 작은 일 하나라도 대충 처리할 수 없는 노릇이었다. 하지만 그도 노회한 드래곤이었다. 옆에서 아들놈이 지켜보고 있을 때나 열심히 하지, 아들이 없는 상황에서 머리가 터져라 일할 정도로 멍청하지 않다는 말씀이다.

아르티어스가 널찍한 집무실에 수십 명의 인원을 데려다 놓고 그들에게 열심히 일을 시키고 있었다. 아르티어스는 책상에 다리를 얹어 놓고 가끔씩 포도주를 마시면서 그들이 일하는 것을 감독하고 있었다.

"야, 거기. 너 말이야, 너. 한눈팔지 말고 열심히 안 해? 죽고 싶어?"

아르티어스가 으르렁거리며 그들의 능력을 쥐어짜 일을 시키고 있는 가운데, 검토를 거친 서류는 카르토 백작의 책상에 쌓였다. 카르토 백작은 그 서류들을 최종 단계까지 검토한 후 다시 아르티어스에게 넘기는 것이다. 그러면 아르티어스는 카르토 백작이 넘긴 서류를 거의 보지도 않고 '쓱쓱' 서명하면서도 으르렁거렸다.

"이거, 서류가 올라오는 속도가 느린 것 같아. 다시 한 번 정신 교육을 실시한 후에 새 마음으로 산뜻하게 일을 시작할래?"

한쪽 눈두덩에 퍼런색 잉크를 뿌려 놓은 것 같은 모습을 하고 있는 카르토 백작은 진저리를 치며 정신없이 대답했다. 처음 몇 번 올라간 서류를 면밀하게 검토한 아르티어스에게 계산이 틀렸다고 모두 다 집합당해서 정신이 아득해질 때까지 두들겨 맞았을 때 생긴 멍이었다. 아르티어스는 어쩌다 하나씩 그런 식으로 검토를 했기에, 모두들 감히 태만하지 못하고 꼼꼼하게 일을 처리할 수밖에 없었다.

"아, 아닙니다, 어르신. 더욱 열심히 하겠습니다. 최선을 다하겠습니다. 제발 믿어 주십시오."

"그럼 빨리 가 봐. 일거리가 쌓이고 있잖아."

"옛!"

씩씩하게 대답하고 자신의 책상을 향해 뛰어가는 카르토 백작을 바라보며, 아르티어스는 포도주를 한 모금 마신 후 중얼거렸다.

"역시, 호비트는 쥐어짜면 짤수록 더욱 열심히 일하거든. 머리 나쁜 드워프하고 하나도 다르지 않다니까."

이런 식으로 열심히 호비트들을 쥐어짠 덕분에 아르티어스 어르신은 저녁 식사 전까지 모든 일을 끝마칠 수 있었다. 아르티어스는 돌아오는 다크를 향해 환한 미소를 지으며 말했다.

"헤헤헤, 사랑하는 아들아. 일은 다 끝내 났다. 그리고 근사한 식사까지 준비해 뒀어. 자, 식사하러 가자, 응?"

"예, 아빠. 정말 고마워요."

아르티어스는 다크가 빙그레 웃으며 고맙다고 하자 기분이 날아갈 듯 좋았다.

"뭘, 그 정도 가지고……. 으헤헤헤, 뭐 어려운 일 있으면 모두 다 아빠한테 부탁해. 뭐든지 다 해 줄 테니까 말이다."

"지금도 충분히 저한테 잘해 주고 계신데요, 뭘."

잠시 대화를 주고받던 아르티어스는 뭔가 이상하다는 듯 고개를 갸우뚱거리며 다크에게 물었다.

"참, 그런데 너하고 같이 있던 그 떨거지들은 왜 안 보이냐?"

떨거지라는 말에 다크의 눈이 순간적으로 실쭉 가늘어졌다.

"떨거지라뇨? 그들은 제 친구들이라구요."

"그래, 그 녀석들 말이야."

"몸이 근질거린다며 제발 전쟁터로 보내 달라고 사정하기에 소원대로 보내 줬죠. 아마 지금쯤 아르곤 전선에 도착했을걸요?"

어제저녁에는 다크가 미카엘을 데리고 밤에 뭔가 하고 있었기에 아르티어스는 그들을 교육시킬 기회를 잡을 수 없었다. 그래서 오늘 밤을 벼르고 있었는데, 그들이 미리 알고 튀어 버린 것이다.

"그래? 이놈의 자식들이 도망쳤단 말이지."

아르티어스가 다시는 도망칠 생각을 할 수 없을 만큼 반쯤 죽여 놓겠다고 훗날을 기약하며 다짐하고 있을 때, 다크가 의도적으로 되물었다.

"도망쳐요?"

"아, 아냐. 헤헤헤, 늙으면 한 번씩 헛소리가 튀어 나온다니까……."

"그건 그렇고, 저 몰래 엘프리안을 파괴했다면서요?"

뭔가 나쁜 짓을 하다가 들킨 아이마냥 가슴이 덜컹 내려앉은 아르티어스였지만, 노회한 그답게 재빨리 정색을 하며 억울하다는 듯 항변했다.
"누, 누가 그딴 헛소리를 하더냐? 누군지는 모르겠지만 걸리기만 해 봐라. 헛소리를 해 대는 그놈의 주둥아리를 그냥……."
아르티어스가 짐짓 울분 어린 어조로 말했지만, 다크는 속지 않고 퉁명스럽게 말했다.
"누가 말했는지는 아실 필요 없어요. 이미 소문이 쫙 퍼졌는데, 내가 그걸 모를 줄 알았어요? 다시는 저 모르게 그런 짓 하지 마세요, 예?"
의외로 아들이 화를 내지 않는 데 대해 안도한 아르티어스는 함박웃음을 지었다.
"그, 그래, 헤헤헤."
"분명히 약속했어요?"
"그래, 알겠다. 내 약속할게."
"그리고 그 약속에는 제 친구들을 괴롭히지 않는 것도 포함되는 거예요."
다크의 말에 아르티어스는 풀이 죽은 어조로 중얼거렸다.
"쩝, 내 스트레스 해소용인데. 에이, 좋아. 약속하지."
하지만 풀이 죽은 것도 잠시, 아르티어스는 다시금 활기찬 어조로 물었다.
"그건 그렇고, 내일은 뭐 할 거냐? 같이 놀러가자. 오늘은 나 열심히 일했잖아."
"내일은 크루마에 가 볼까 해요."
"크루마에는 왜?"

"몰라서 물어요? 수도를 박살 낸 아빠의 처사는 너무 심했다구요. 그런 만큼 가서 사과라도 해야죠."

다크의 말에 아르티어스는 재빨리 천장을 쳐다보며 딴청을 피웠다. 물론 속으로는 그따위 호비트 도시 하나 박살 낸 게 뭐 그리 큰일이라고 이러는지 의아해하면서 말이다.

아르티어스와 다크가 오랜만에 단 둘이서 오붓하게 저녁 식사를 즐기고 있을 때, 카르토 백작은 멍든 눈에 열심히 계란을 굴리며, 왜 오늘 아침에 다크의 말을 듣지 않았는지 뼈저리게 후회하고 있었다. 어차피 아르티어스에게 쥐 터져가며 자신이 다 처리할 일이었는데, 차라리 그때 자신이 하겠다고 했으면 진급이라도 했을 것 아닌가? 카르토 백작은 울분을 참지 못하고, 눈가에 문지르고 있던 계란을 바닥에 내동댕이친 후 울부짖기 시작했다.

"내가 왜……."

어제의 동지는 오늘의 적

와리스 후작은 그 비대한 얼굴에 가려진 자그마한 눈망울을 열심히 굴리며 주위를 살폈다.

'뭔가 이상하군. 정말 이상해…….'

와리스 후작은 아직까지 미네르바의 실각과 같은 미세한 부분까지는 알지 못하고 있었다. 그가 알고 있는 것은 대략 엘프리안이 파괴되었다는 것과 그리고 그것을 파괴한 사람이 치레아 대공이라는 것 정도였다.

그리고 그 두 번째 사실은 치레아 대공이 직접 루빈스키 대공에게 말한 것으로서, 정보부에서 알아낸 사실이 아니었다. 그만큼 크라레스의 모든 정보력은 현재 알카사스와 아르곤을 향해 집중되어 있었다. 하지만 와리스 후작은 프루니아의 여름 궁전 아니, 크루마의 임시 황궁에 도착한 후 뭔가 수상한 냄새가 난다는 것을 직감적으로 느꼈다. 꼬집어서 말할 수는 없지만, 분위기가 예전과는 많이 다르다는 것을 눈치 챘던 것이다. 얼마간의 시간이 흐른 뒤 자신이 품었던 의문은 조금씩 그 실체를 드러내기 시작했다.

똑똑.

짧게 노크를 한 뒤 문이 활짝 열리며 근엄하게 생긴 사내가 들어왔다. 그는 와리스 후작에게 자신을 정중하게 소개했다.

"나는 라이언 반도로스 후작이라고 하오."

외교 담당관은 예전부터 가레신 후작이었기에 와리스 후작은 의문을 느꼈다. 어디로 간 것인가? 아니면……

"가레신 후작은 어디에……?"

"아, 그분은 지금 몸이 안 좋으셔서 귀하를 접대하실 수 없소. 그래, 본국을 방문한 용건은 무엇이오?"

성급하게 본론으로 들어가고자 하는 콧수염을 멋지게 기른 상대를 보며, 와리스 후작은 속으로 비웃었다. 상대는 아직 외교적 화술의 기본조차 모르고 있는 애송이인 것이다.

"예, 우선 귀국의 수도 엘프리안이 파괴되었다는 소식을 접하시고 본국의 폐하께서 귀국의 폐하께 심심한 조의를 표하셨소."

자국의 수도가 가루가 난 것에 대해 상대가 화제로 올리자, 그 진의를 알 수 없었던 반도로스 후작은 조금은 언짢은 어조로 대답했다.

"예, 귀국의 폐하께 하찮은 타국의 일에까지 신경을 써 주셔서 감읍할 따름이라고 전해 주시오."

타국이라는 말이 나오자, 와리스 후작은 일부러 과장되게 감정을 표현하며 떠들어 댔다.

"타국이라니요, 이거 섭섭하군요. 귀국과 본국은 제1차 제국 전쟁 때 코린트를 물리친 혈맹이 아니었소이까? 요 근래 한동안 사이가 그다지 좋지는 않았지만, 그래도 과거의 친분을 잊어버릴 수는 없는 노릇이 아니겠소? 대 제국 코린트와 싸우기 위해 서로의 국력을 합쳐 총력전을 벌였던 혈맹들이었는데 말이오."

'과거의 친분 따위가 중요할까?' 하는 생각이 들긴 했지만, 반도로스 후작은 고개를 끄덕일 수밖에 없었다. 왜냐하면 상대의 말은 도덕적 관점에서 봤을 때 충분히 납득이 갈 만큼 논리 정연했기 때문이다.

"그거야 그렇지요."

상대가 떨떠름한 표정으로 수긍하자, 와리스 후작은 빙그레 웃으며 자신이 의도하는 페이스로 대화를 이끌어 나가기 시작했다.

"그런 모든 것을 보면 귀국과 본국은 작은 일 따위로 사이가 벌어질 관계는 절대로 아니라는 것이 폐하의 생각이십니다. 사실 제2차 제국 전쟁에서 본국이 위태로울 때, 귀국이 갑자기 미란을 침공하여 합병하였잖습니까?"

그건 사실이었기에 반도로스 후작은 고개를 끄덕였다. 하지만 와리스 후작은 꼭 상대의 대답을 기대한 것은 아니었는지, 곧장 말을 이었다.

"다른 국가들은 이렇게 생각했을 겁니다. 역시 동맹이라는 것은 믿을 것이 못 된다고 말이오. 크루마가 동맹국인 크라레스가 잠시 어려워지자 크라레스의 동맹국인 미란을 일거에 점령해 버렸다고 말이오."

제2차 제국 전쟁 때의 치부를 드러내자 반도로스 후작의 안색은 약간 벌게졌다. 그런 그를 보며 와리스 후작은 호쾌하게 웃음을 터뜨렸다. 그는 지금 상대의 심리를 완전히 읽고 있는 상태였다. 원래 외교관이란 상대가 속마음을 읽을 수 없도록 자신의 표정을 절대로 겉으로 드러내서는 안 되는 것이 아닌가? 하지만 저 애송이는 너무나 쉽게 자신의 감정을 그대로 얼굴에 드러내고 있었다.

"허허, 하지만 내 말을 오해하지 마시오. 본국이 설마 그런 속 좁은 무리와 같이 동맹국인 귀국이 우리가 어려운 틈을 타 미란을 진정으로 점령했다고 생각하고 있지는 않았으니까 말이오. 솔직히 고백하자면 사실 우리같이 생각이 짧은 자들은 귀국의 행동을 오해했었소. 하지만 본국의 황제 폐하께서는 귀국을 굳게 믿으셨지요. 황제 폐하께서는 만약 귀국이 미란을 삼키지 않았다면 어떻게 되었겠냐고 저희들에게 말씀하시며 믿음이 부족했던 저희들을 깨우쳐 주셨소.

사실 크루마가 그 당시 미란을 점령하지 않았다면 코린트는 본국을 정리한 후, 곧장 군세를 돌려 공개적인 본국의 동맹국인 미란을 침공했을 것이오. 그것을 잘 알고 계신 귀국의 황제 폐하께서는 크라레스의 동맹국인 미란이 야욕에 찬 코린트의 손에 떨어지는 것을 막기 위해 미리 손을 쓴 것이지요. 본국과의 의리를 생각해서 크루마가 악역을 담당하신 것이라고 본국의 황제 폐하께서는 상당히 감사하게 생각하고 계셨습니다."

"그, 그렇지요. 귀국이 그렇게 생각해 주신다니 너무나 감사한 일이외다."

와리스 후작은 대화가 자신이 의도하는 방향으로 잘 흘러가자 상대방에게 회심의 쐐기를 박았다.

"그래서 하는 말인데…, 이제 본국 사정도 어느 정도 호전되었고, 코린트와의 관계도 그런대로 정상화되었소. 그러니 더 이상 귀국이 악역을 감당하실 이유가 없어졌다는 황제 폐하의 말씀이셨소."

갑자기 화제가 이상한 방향으로 흐르자 반도로스 후작은 기겁했다.

"뭐, 뭐라고요?"

"그러니까 코린트가 미란을 집어삼킬 염려가 없어진 만큼 미란을 풀어 줘도 된다는 말이외다. 또한 수도 엘프리안이 파괴된 터라 귀국도 상당한 부담을 느끼고 있을 테고 말입니다."

여태껏 자신이 상대에게 농락당하고 있었다는 것을 깨달은 반도로스 후작은 안색을 굳혔다. 사실 와리스 후작의 논리대로라면 크루마는 미란을 토해 내야 하는 것이다. 하지만 그것을 약속했다가는 자신의 목이 달아날 것이 아닌가? 반도로스 후작은 딱딱한 어조로 말했다.

"잠시 기다려 주시겠소. 이 사안은 아무래도 내가 처리할 수 있는 사항이 아닌 것 같으니 윗분들에게 보고를 해야겠소."

와리스 후작에게 양해를 구한 반도로스 후작은 회의장을 나와 곧장 원로원 의장 대리인 어스무스 그랜딜 공작의 집무실로 갔다. 현재까지 행방을 알 수 없는 그린레이크 공작을 대신해서 그가 임시로 원로원을 이끌고 있었기 때문이다.

"무엇 때문에 왔다고 하던가?"

"미란을 되돌려 달라고 하였습니다, 전하"

반도로스 후작의 말에 깜짝 놀란 그랜딜 공작은 어이가 없다는 표정으로 되물었다.
"미, 미란을 말이냐?"
"예, 전하."
 반도로스 후작은 굳은 안색으로 차분히 와리스 후작과의 회담 내용을 그대로 전한 뒤, 침중한 음성으로 말했다.
"송구스럽사옵니다, 전하. 저로서는 도저히 역부족이옵니다."
"그렇게 대단한 자인가?"
"말솜씨가 대단한 인물이옵니다. 아무리 정신을 차리고 있어도 계속 대화를 나누다 보면, 결국은 그놈이 의도한 방향으로 화제가 진행되는……."
"에잇, 이런 멍청한! 하긴 처음부터 경에게 능숙한 외교관으로서의 역량을 기대한 내가 잘못인지도 모르지."
 한심스럽다는 듯 반도로스 후작을 쳐다보던 그랜딜 공작은 펜을 들어 뭔가를 종이에다가 쓴 다음, 경비병에게 건네주며 지시했다.
"너는 지하 감옥에 가서 가레신 후작을 인계받아 오너라."
"옛, 전하."
 경비병이 명을 받고 나가자, 그랜딜 공작은 느긋한 어조로 말했다.
"우선, 한동안은 가레신 후작을 따라다니며 그의 옆에서 일을 배워라. 그는 미네르바의 측근이지만 외교관으로서는 최고의 대접을 받았던 인물인 만큼 배울 것이 많을 것이다."
"옛, 전하."
 그랜딜 공작은 슬며시 미소 지으며 말을 끝냈다.

"어느 정도 경이 일을 배우면 그때 그놈을 처형하기로 하지."

현재 미네르바의 측근에 있던 모든 인물들은 투옥된 상태였다. 미네르바를 숙청하는데 그 측근들을 그냥 놔둘 수는 없는 노릇이었기에 취해진 조치였다. 그리고 사실상 그 측근들이 군의 요직을 거의 다 차지하고 있는 상태에서 미네르바를 제거한다는 것은 절대 불가능했기 때문이다.

와리스 후작은 반도로스 후작과 함께 가레신 후작이 회담장에 들어오자 반가운 표정을 지으며 안부를 물었다. 하지만 내심으로는 별로 유쾌하지 못했다. 또다시 머리싸움을 치열하게 벌여야 할 자신의 천적이 등장했기 때문이다.

"오호, 가레신 후작님, 정말 오랜만입니다. 건강이 좋지 않으시다고 들었는데 괜찮으십니까?"

가레신 후작은 조금 수척해진 얼굴로 쓸쓸한 미소를 머금으며 대꾸했다.

"오랜만입니다."

"옆에 계신 분은 영 얘기가 안 통하더군요. 역시 가레신 후작님 정도는 되어야 서로 말이 통하지 않습니까? 또 밀고 당기는 재미도 있고……."

"껄껄껄, 과찬의 말씀이오. 내가 몸이 좀 안 좋아서 반도로스 후작에게 접대를 맡겼더니, 귀하의 기대에 못 미쳤나 보오. 미안하게 생각하오."

"그건 그렇고 괜찮으시겠습니까? 얼굴이 많이 수척해지신 것 같은데 말입니다. 저야 비축해 둔 지방질이 너무 많다 보니 가끔은 단식도 하곤 하지만, 후작님이 그러신다면 며칠도 안 돼 신관에게 신세를 져야 할 가능성이 클 텐데요?"

"하하! 무슨 말씀을……. 저는 필요한 영양분을 뼛속에 저장해 두는 체질이라고 신관이 말하더군요. 그러다 보니 불필요한 지방질을 늘릴 필요가 없죠. 또 이 나이쯤 되면 비만에 의한 고혈압도 두렵고 말입니다."

반도로스 후작은 떨떠름한 표정으로 와리스 후작과 가레신 후작을 번갈아 가며 바라봤다. 그랜딜 공작은 옆에서 보고 들으며 가레신 후작의 외교술을 배우라고 했지만, 도대체 뭘 배운단 말인가? 서로 간에 쓸데없는 잡담만 주고받으며 웃음을 터뜨리고 있는 저들에게서 말이다.

그는 모르고 있었지만 와리스 후작과 가레신 후작의 주도권을 잡기 위한 신경전은 놀라울 만큼 치열한 것이었다. 반도로스 후작에게는 잡담으로밖에 안 들렸겠지만, 그들은 서로 간에 나름대로 치열하게 탐색전을 벌이고 있는 중이었다. 상대가 뭘 원하는지, 또 뭘 알고 있는지, 그리고 어디까지 양보해야 할지, 그런 모든 것에 대한 정보의 꼬투리를 잡기 위한 머리싸움이었던 것이다.

반도로스 후작은 밀려오는 졸음을 억지로 참으며 계속 그들의 잡담을 들어야 했다. 하지만 그가 기대했던 근사한 대화는 단 한마디도 나오지 않았다. 지루함을 이기지 못해 잠시 끄덕끄덕 졸다가 일어났을 때도 그들은 계속 잡담으로 얘기꽃을 피우고 있었다. 반도로스 후작은 외교라는 것이 자신의 마누라가 친구들과 쓸데없는 화제로 수다 떠는 것과 같다고 생각했다. 차라리 자신의 마누라를 외교관으로 임명하면 좋을 텐데라고 생각할 정도로 그들의 잡담은 끝없이 이어졌다.

그가 대화에 흥미를 느끼기 시작한 것은 그들이 만나 잡담을 나누기 시작한 지 두 시간 정도가 흐른 뒤였다.

"글쎄요, 본국의 황제 폐하께서 어떤 생각으로 미란을 흡수했는지는 저희로서는 잘 모르겠습니다. 또 폐하께 여쭈어 보려고 해도 지금 잠시 여행을 떠나 계신 터라 좀 곤란하군요."

가레신 후작의 말에 와리스 후작은 너털웃음을 터뜨리며 말했다. 바로 이때가 적기라고 생각하고는 쐐기를 박기 시작한 것이다.

"허허허, 저희 치레아 대공께서 엘프리안을 방문하신 후 모든 것이 오해였다고 하시더군요. 그러시면서 모든 일이 잘 해결되었다고 폐하께 말씀하셨습니다. 사실 그동안 귀국을 오해하고 있었다는 것을 숨기지는 않겠습니다. 역시 서로 간에 대화라는 것이 얼마나 중요한지 이번에 절실히 느낄 수 있었습니다."

여태까지 두꺼운 철판과 같이 표정의 변화가 없던 가레신 후작의 얼굴에 동요가 생기기 시작했다. 대화는 무슨 얼어 죽을 대화, 복날 개 패듯이 팬 것이 대화인가? 그리고 엘프리안을 가루로 만든 것이 대화라는 말인가? 가레신 후작이 분노를 삭이고 있을 때, 그의 표정을 보며 와리스 후작은 회심의 미소를 지었다.

"아직까지 양국 간에 오해의 여지가 남아 있다면 치레아 대공 전하를 다시 이곳에 오시도록 제가 주선해 드리겠습니다. 그편이 훨씬 시간도 절약될 테니 서로 간에 좋은 일이 아니겠습니까?"

와리스 후작의 위협은 명확한 것이었다. 까불면 또다시 그녀를 보내서 크루마를 쑥대밭으로 만들겠다는 의미였다. 그 말에 가레신 후작은 당황해서 말했다.

"아, 아니 잠깐만, 그렇게 바쁘신 분을 또 다시 이 누추한 곳까지 방문하시게 할 수는 없는 노릇이 아니겠소?"

이제 완전히 자신이 주도권을 쥐었다고 생각한 와리스 후작은 비대한 몸집을 출렁거리며 능글맞게 말했다.

"어허~ 그래도 서로 간에 몇 날 며칠 동안 말싸움하는 것보다는 그편이 훨씬 좋지 않겠소? 그분이 오시면 금방 오해도 풀릴 것이고 말이외다."

"이 사안은 치레아 대공께서 오신다고 해도 어쩔 수 없는 일이오. 왜냐하면 미란의 독립은 본인이 약속할 만한 범주를 벗어나 있소. 본인의 생각에도 귀국과의 오랜 친분을 생각해서 미란을 지금 당장이라도 독립시켜야 함이 옳다고 생각하오. 처음에는 야욕에 찬 코린트에게 미란의 국민들이 불의의 피해를 당하지 않도록 본국이 먼저 군대를 투입하였소. 나중에 귀국이 다시금 전열을 가다듬었을 때, 그때 그들을 독립시켜 주면 되니까 말이오. 하지만 그동안 사정이 많이 바뀌었소."

"어떻게 말입니까?"

와리스 후작이 뚱한 표정으로 대꾸하자, 가레신 후작은 정색을 하며 차분히 설명했다.

"이제는 미란의 국민들이 크루마의 우수한 정치적 지도력을 신뢰하여 우리에게 편입되기를 원하고 있다는 말이오. 그리고 일부 국민들은 그전의 나약했던 미란의 왕들보다는 크루마의 황제 폐하를 더욱 존경하며 따르고 있소. 일부 귀족들의 경우에는 아예 황제 폐하께 충성을 서약하며 신께 맹세한 사람들까지 있는 형국이오. 이렇다 보니 그들을 억지로 내몰다가는 미란 내부에서 반란이 일어날 수도 있는 상황에 처하게 되었소. 미란이 본국의 속국이 되기를 원하는 상황인데, 어떻게 독립시킬 궁리를 한단 말이오? 허~ 참, 난감하군."

와리스 후작이 미란 국민들을 상대로 여론 조사를 해 볼 수도 없는 노릇이라는 점을 잘 알고 있는 가레신 후작의 뻔뻔스러운 대답이었다. 바로 이때 밖에서 경비하고 있던 병사가 크게 외치는 소리가 들려왔다.

"다크 폰 치레아 대공 전하께서 도착하셨습니다."

"뭣이?"

은근슬쩍 넘어가기 위해 머리를 굴리며 한참 말을 하고 있던 가레신 후작은 기겁을 한 듯 튕기듯 일어섰다. 그런 다음 곧장 시선을 문 쪽으로 돌렸다. 잠시 후 경비병이 열어 준 문으로 들어서는 다크의 모습을 확인하는 순간 가레신 후작은 와리스 후작을 째려보며 나직하지만, 잔뜩 힘을 준 어조로 물었다.

"귀하가 치레아 대공을 부른 것이오?"

와리스 후작은 천천히 일어서며 느긋한 어조로 말했다.

"나는 절대로 모르는 일이요. 나는 어제 크루마에 가서 미란 건에 대해서 협상하라는 루빈스키 전하의 지시를 받았을 뿐이요."

슬그머니 발뺌을 하는 와리스 후작의 유들유들한 표정을 보며 가레신 후작은 더욱 화가 뻗쳤다. 하지만 그의 표정은 다크의 뒤를 따라서 장난기 있는 표정으로 이곳저곳을 두리번거리며 들어오는 아르티어스를 바라보는 순간 창백하게 바뀌었다. 엘프리안을 가루로 만든 그 드래곤의 얼굴을 어떻게 잊을 수 있단 말인가?

와리스 후작은 재빨리 일어서서 다가오는 다크를 향해 공손하게 인사했다.
"치레아 대공 전하를 뵈옵니다."
그리고 가레신 후작도 불만 가득한 표정으로 그녀에게 인사를 했다. 어찌 되었건 상대의 신분으로 봤을 때, 정중히 예의를 갖춰야만 했던 것이다.
"그래, 자네가 여기에 와 있다는 말을 듣고 이리로 왔지. 협상은 어떻게 되었나?"
"저… 그게… 송구하옵니다, 전하. 아직 진전이……."
"그래? 하기야 저런 잔챙이를 상대로 밀고 당기고 해 봐야 결과를 빨리 얻어 내기는 힘들겠지."
그 말에 '잔챙이'의 인상이 팍 찌그러졌다. 다크는 가레신 후작에게로 시선을 돌리며 말했다.
"전에 한 번 본 얼굴인 것 같군. 그래, 미네르바는 잘 있나?"
다크의 물음에 가레신 후작은 약간 비꼬아 대답했다. 하지만 말투는 아주 정중한 것이었다.
"미네르바 전하께서는 대공 전하 덕분에 자알~ 계십니다."
다크 덕분에 미네르바가 감옥에 갇혀 있다는 것을 모르는 다크는 그 말을 곧이곧대로 해석할 수밖에 없었다.
"그래? 잘 있다니 다행이군. 미네르바를 불러와라. 내가 직접 협상할 테니까 말이야."
"예? 하, 하지만……."
"왜? 무슨 문제가 있나?"
계속되는 다크의 질문에 가레신 후작은 진땀을 흘리며 핑계를 대기 시작했다. 크루마의 내부 사정이 외부에 알려져서 좋을 것이 없었기 때문이다. 그렇기에 최대한 시간을 끌어야 했다.

"그게…, 전하께서는 지금 이곳에 안 계십니다. 전방을 순시하러 가셨기에…."

"그래? 그러면 기다리지. 어디로 갔는지는 모르겠지만 마법진을 이용하면 금방 올 수 있을 것 아닌가? 여기서 기다리고 있을 테니까, 빨리 불러와."

"아, 예."

가레신 후작은 머리를 움켜잡으며 자신을 그 망할 협상 장소로 보낸 그랜딜 공작에게 달려가 상황을 보고했다. 현재는 그가 크루마의 대소사를 책임지고 있으니까 말이다.

"뭐야, 벌써 협상이 끝났나?"

"그게 아니옵니다, 전하."

그랜딜 공작은 또 뭐가 문제이냐는 듯 짜증스런 어조로 말했다.

"그럼, 뭔가?"

"다크 폰 치레아 대공이 왔사옵니다."

"그래? 그게 뭐 어쨌다는 건가?"

다크가 지닌 능력이 어느 정도인지 잘 모르고 있었던 그랜딜 공작은 퉁명스럽게 말했다. 하지만 그는 곧이어 생각을 고쳐먹었다. 일단 상대국의 공작이 왔으니 이것을 계기로 자신이 공식적으로 외부로 등장하는 것도 괜찮겠다는 생각에서였다.

"음, 하기야 상대국에서 공작이 왔는데, 자네를 보내어 영접하는 것도 예의에 어긋나는 일이기는 하지."

"그분께서는 켄타로아 전하와 직접 협상하시기를 원하고 계시옵니다."

어제의 동지는 오늘의 적

"뭐? 크하하하! 미네르바를? 그녀가 투옥된 것도 알지 못할 정도로 정보력이 형편없다니, 크라레스는 소문으로 듣던 것만큼 그렇게 굉장한 나라는 아닌 모양이군."

"그, 그게 아니옵니다, 전하."

가레신 후작이 필사적으로 변명하려 했지만, 그랜딜 공작은 더 이상 그의 말을 듣고 싶은 생각이 없는 듯 옆에 서 있는 엘프에게 지시를 내렸다.

"이봐."

후작의 말에 옆에 서 있던 새하얀 피부의 아름다운 엘프 청년이 즉각 대답했다.

"옛, 전하."

"국무대신한테 그녀를… 아니야, 지금은 별로 할 일도 없으니 내가 직접 만나 볼까? 소문대로 그렇게 미인인지 한번 보고 싶으니까 말이야. 하지만 아무리 호비트가 아름다워도 우리들 엘프만 하겠나?"

호기롭게 말한 그랜딜 공작은 반도로스 후작을 향해 지시했다.

"안내하게. 내가 협상이라는 것은 어떻게 하는 것인지 직접 가르쳐 주지."

"옛, 전하."

당당하게 나가는 둘의 뒷모습을 바라보며 가레신 후작은 한탄할 수밖에 없었다.

"허허, 참, 크루마 황실의 미래가 걱정되는군."

"어스무스 엘 그랜딜 공작 전하께서 드시옵니다."

경비병이 외치는 소리를 듣고, 아르티어스가 과자를 씹어 먹다가 중얼거렸다.

"그랜딜이 누구냐?"

"글쎄요. 미네르바는 전방 순시 갔다고 하잖아요. 아마 미네르바가 곧장 오지 못하니까 대신 접대하기 위해 나오는 녀석이 아닐까요?"

"그런가? 어? 그러고 보니 엘프네."

아르티어스는 포도주를 한 잔 더 따르면서, 실내에 들어선 후 자신들을 멍한 표정으로 바라보고 서 있는 그랜딜 공작에게 말했다.

"이봐, 과자 좀 더 가져와. 쩝쩝, 이거 맛이 괜찮군. 제법이야."

자신의 상관을 마치 시종을 대하듯 편하게 말하는 금발 청년의 태도에 반도로스 후작이 화가 잔뜩 난 어조로 질책했다.

"무례하다. 이분이 누구이신 줄 알고 그딴 소리를 지껄이는 것이냐?"

이번에는 다크가 빙글빙글 미소 지으며 장난 삼아 대답했다.

"누군데?"

"대 크루마 제국의 의회 의장이시자, 원로원 의장 대리이시며, 총사령관 대리를 겸임하고 계신 분이시다. 그리고 그린레이크 공작 전하와 함께 본국에 단 두 분밖에 안 계시는 7사이클급 마법을 마스터하신 마법사협회의 부의장이시기도 하다. 지금 당장 무례를 사죄하지 않는다면 뜨거운 맛을 보게 될 것이다."

"아빠, 뜨거운 맛을 보여 준다는데요?"

아르티어스는 기가 막힌 듯 어이없어 하다가 손가락을 까닥이며 말했다.

"허어~참, 너 이리 와 봐."

아르티어스는 멍청한 부하는 무시하고, 그 옆에서 이미 눈치를 챘는지 벌벌 떨고 있는 그랜딜 공작을 향해 험상궂게 인상을 긁었다. 그의 표정을 본 그랜딜 공작은 생명에 본능적인 위협을 느꼈다. 그는 사색이 된 얼굴로 부들부들 떨리는 몸을 주체하지 못하며 휘청휘청 아르티어스에게 다가갔다. 아르티어스는 상대의 면상을 손바닥으로 힘껏 후려 친 후 투덜거렸다.

"도대체가 쫄다구들 교육을 어떻게 시킨 거야? 빨리 이리 튀어 와!"

뒤로 나자빠졌던 그랜딜 공작은 후다닥 일어선 후 신음성을 터뜨릴 여유도 없이 재빨리 아르티어스의 앞으로 달려갔다. 그런 상관의 모습을 보며 반도로스 후작의 얼굴은 천천히 핏기를 잃어 가고 있었다.

"요, 용서하십시오, 위대하신 분이시여. 감히 위대한 일족을 몰라 뵈었습니다. 하찮은 호비트가 어리석어 아무것도 모르고 한 말이니 제발 노여움을 푸시기 바랍니다."

옆에서 빙글거리며 가만히 보고 있던 다크가 이죽거렸다.

"어? 나도 호비트인데……."

아르티어스는 힐끗 다크의 눈치를 본 후 더욱 화가 난 어조로 외쳤다. 상대가 다크를 향해 한 말이 아님을 알긴 하지만, 아들이 그걸 탓하는데 자신이 그것을 무시할 수는 없는 노릇이 아닌가? 다크가 얼마나 귀여운 자식인데…….

"이 짜식이, 그럼 내 아들이 하찮고 어리석다는 말이냐?"

아르티어스가 눈을 희번덕거리며 말하자, 그랜딜 공작의 안색은 더욱 창백해졌다. 고위급 마법을 수련한 만큼 민감한 정신 체계를 가지고 있던 그는 지금 아르티어스가 뿜어내고 있는 거대한 드래곤의 존재감만으로도 기절하기 일보 직전의 상태였다. 그의 머릿속은 두려움에 질려 하얗게 텅 비어 있었다. 그 오랜 삶을 거치며 배운 수많은 지식도, 연륜도, 경험도 아무것도 생각나지 않는, 완전히 무(無)의 상태로 돌아가 있었던 것이다.

"저, 절대로 오해이십니다, 위대하신 분이시여. 저, 저는 제 부하를 두고 생각 없이 한 말이었습니다."

"멍청한 자식, 헛소리하지 말고 빨리 미네르바를 데려와. 내 아들이 보고 싶다고 하잖아. 기다리기 지루하면 무슨 일을 벌일지 모른다, 알겠어?"

"예, 옛!"

후다닥 문을 박차며 달려가는 그랜딜 공작의 뒤통수에 대고 아르티어스가 외쳤다.

"이봐, 과자도 좀 더 가져와."

곧장 감옥으로 달려간 그랜딜 공작은 다짜고짜 미네르바에게 질문을 던졌다.

"도대체 어떻게 된 일이오? 왜 드래곤이 치레아 대공하고 함께 다니는 것이오?"

하얗게 질린 상대의 얼굴에 미네르바는 고소하다는 듯 미소 지으며 대답했다. 미네르바는 자신의 예상보다 그녀의 방문이 훨씬 빠르다는 것에 일순 안도감을 느끼고 있었다.

"후후, 그녀가 온 모양이군."

"당신은 뭔가 알고 있소?"

"물론, 드래곤은 그녀의 양아버지야. 그리고 그녀를 대단히 사랑하고 있지. 인간 세상에 관여하지 않는다는 드래곤의 관례를 깨고 엘프리안을 날려 버렸으니까."

미네르바의 대답에 그랜딜 공작은 기절할 듯한 표정으로 중얼거렸다.

"엘프리안을 파괴한 드래곤이 바로 그, 그 드래곤이었소?"

"호오, 몰랐던 모양이군. 하기야, 그녀와 그 드래곤에 대한 접대는 여태껏 내가 직접 했으니 몰랐을 수도 있겠지. 그래, 접대를 한번 해 보니까 총사령관직이 해 볼 만하던가? 말 한마디만 잘못하면 생명의 위협 정도가 아니라 크루마가 박살 날 수도 있으니 기분이 짜릿짜릿하지? 어떤 면에서는 자칫 지루해질 수 있는 크루마의 총사령관이라는 직책에 함께 따라다니는 청량제라고나 할까. 자극이 조금 지나쳐서 그렇지, 계속 그들을 상대하다 보면 꽤 재미있을 거야."

"그, 그렇다면 당신은 서 있기도 힘들 정도로 압도적인 존재감을 뿜어내는 그 드래곤과 자주 만났단 말이오?"

미네르바는 창백한 안색의 그랜딜 공작을 바라보며 그가 지금 엄청난 두려움에 떨고 있다는 것을 알 수 있었다. 그리고 그랜딜 공작 정도로서는 도저히 크루마를 이끌어 나갈 수 없다는 것도 깨달았다.

"드래곤? 흥. 드래곤뿐이라면 내가 말도 안하지. 드래곤은 어떤 의미에서 보면 상대하기 쉬운 족속이야. 그들은 어느 정도 비위를 맞춰 주면 조용하지만, 치레아 대공은 얘기가 달라. 한때 세계 최강이라고 불렸던 키에리 발렌시아드를 박살 냈을 만큼 엄청난 실력을 가졌으면서도, 전혀 종잡을 수 없는 성격이거든.

키에리의 행동이야 어느 정도 예측이 가능했지. 그는 언제나 국가를 제일로 생각했으니까 거기에 맞춰서 추리하면 금방 속마음을 알 수 있었거든. 하지만 그녀는 도대체가 뭘 원하는 것인지 짐작할 수가 없지. 그녀는 국가 따위는 안중에도 없고 그냥 마음 내키는 대로 행동하니까 말이야. 거기에다가 비위를 거스르면 엘프리안 정도가 아니라 크루마도 하루아침에 박살 내 버릴 정도로 성격까지 지랄 같지."

"헉! 말도 안 돼! 어떻게 호비트 따위가 그런 어마어마한 능력을 가질 수 있단 말인가. 그 막강한 코린트의 전권을 잡았던 키에리라도 본국을 하루아침에 박살 낸다는 호언장담을 하지 못했어."

"웃기고 있네. 물론 그녀 혼자서 크루마를 멸망시킬 수는 없겠지. 하지만 방금 자네가 봤던 그 드래곤이 누구의 지시에 따라서 움직인다고 보나? 그녀의 말 한마디면 망설이지 않고 크루마를 하루아침에 가루로 만들걸."

"그, 그럴 리가……."

"잘해 보게. 그녀의 비위 맞추기가 그렇게 쉽지는 않을 거야."

미네르바의 말에 그랜딜 공작의 두뇌는 맹렬히 회전했다. 이제는 대화를 종료하고 싶다는 듯한 상대의 말. 하지만 어떤 의미에서는 협상을 원하는 듯한 말이 아닌가? 내가 아니면 안 된다는……. 그렇다면 그는 자신의 모든 것을 걸고 협상할 용의가 있었다. 그만큼 드래곤은 두 번 다시 만나고 싶지 않은 족속이었기 때문이다.

"그, 그렇다면 그대는 그녀를 다룰 수 있다는 말이오?"

미네르바는 필사적인 상대의 태도에 빙글거리며 대답했다. 지금 칼자루를 쥐고 있는 것은 자신이라고 느낀 것이다. 그렇기에 그녀는 아주 여유 만만했다.

"꼭 다룰 수 있다는 말을 한 적은 없어. 그녀를 다루는 데 실수 한 번 했다가 엘프리안이 날아갔으니까 말이야. 물론 그런 커다란 대가를 지불한 만큼 나는 그녀에 대해 더 많은 정보를 획득할 수 있었지. 그런 만큼, 똑같은 실수를 되풀이할 가능성은 줄어들지 않겠나? 하지만 자네는 어떨까? 자네도 나처럼 실수를 되풀이하며 정보를 쌓을 텐가? 아마 아차하다가는 도시 하나 둘 정도는 잃을 각오는 해야 할 거야."

공갈이 조금 섞인 미네르바의 말을 듣던 그랜딜 공작은 그 자리에 풀썩 주저앉아 버렸다. 안 그래도 무시무시했던 아르티어스의 눈초리에 겁을 잔뜩 집어먹고 있었던 그랜딜 공작으로서는 미네르바의 말에 도무지 정신을 차릴 수 없었던 것이다. 그는 그때서야 미네르바가 자신의 생명줄이라는 것을 느낄 수 있었다.

"서, 설마 그런 말도 안 되는······."

사실 아르티어스의 그 지독한 존재감에 억눌려서 말 한마디 제대로 못 건넸던 그랜딜 공작으로서는 미네르바라는 존재가 그 자리를 벗어날 수 있는 최고의 핑계였던 것이다. 엘프인 그에게 다크라는 호비트의 능력은 관심 밖이었다.

하지만 호비트보다 훨씬 더 민감한 정신 체계를 가지고 있는 엘프인 그로서는 에인션트급에 가까운 그 엄청난 드래곤의 존재감은 공포 그 자체로 다가왔다. 어차피 자신이 상대하기에는 너무나도 위험한 드래곤이었고, 또 상대하지 않고 무시했다가는 이곳 크루마의 임시 황궁마저 파괴될 것이 분명하지 않은가? 만약 그렇다면 그 모든 책임을 자신이 져야 할 것이 분명했다.
 그렇기 때문에 미네르바의 말은 드래곤을 상대하지 않아도 된다는 매혹적인 제안으로 파고들었다. 하지만 상대는 별로 대단하지도 않다고 생각하는 드래곤이 무섭다고 하자니, 영 자존심이 상했기에 그랜딜 공작은 상대가 두려워하는 다크로 말을 돌렸다.
 "그 호비트가 그렇게 대단하단 말이오?"
 미네르바는 자신의 위협이 제대로 먹힌 것으로 생각하고 미소 지었다. 다크가 얼마나 위험한 존재인데……. 빌어먹을 년.
 "당연하지."
 "그렇다면 그대가 크루마를 구해 주시오. 또다시 수도를 날릴 수는 없는 노릇이 아니겠소."
 "글쎄…, 하지만 나한테는 그만한 실권이 없다는 것을 경도 잘 알 텐데? 나는 이미 크루마의 총사령관이 아니라 한낱 초라한 죄수일 뿐이야."
 미네르바의 빈정거림에 그랜딜 공작은 황급히 대답했다. 사실 이번 건만 처리해 준다면 무슨 약속인들 못 하겠는가? 이 일만 무사히 끝난다면 확실하게 미네르바를 단두대에 올려놓겠다고 속으로 다짐하는 그랜딜 공작이었다.
 "그건 염려 마시오. 드래곤만…, 아니 그녀만 처리해 주시오. 이 일에 크루마의 장래가 달려 있지 않소?"
 상대의 얄팍한 술수에 놀아나기에 미네르바는 너무 똑똑했다. 그리고 사실 상대가 원하는 것이 뻔한 상황에서 무슨 권한으로 협상을 한단 말인가?

"쯧쯧, 한낱 죄수의 신분인 내가 무슨 힘이 있어서 그녀와 협상을 한다는 말인가?"

정곡을 찌르는 미네르바의 지적에 그랜딜 공작은 당황하며 말했다.

"그, 그렇지. 그럼 내 지금 당장 황태자 전하께 말씀드리겠소."

그랜딜 공작의 말에 미네르바는 이상하다는 듯 되물었다.

"황태자 전하라니, 그건 무슨 말이요? 이건 황제 폐하께 말씀드려야 할 사항이 아니요?"

어이없다는 미네르바의 질문에 그랜딜 공작은 당황해서 얼버무렸다.

"아아, 말이 잠시 헛나왔군. 내 황제 폐하께 즉시 아뢰겠소. 그럼……."

서둘러서 감옥을 나서는 그랜딜 공작의 뒷모습을 보며, 미네르바는 절망적인 어조로 중얼거렸다.

"폐하께 무슨 일이 벌어진 것인가? 그렇다면 본국의 미래는 어떻게 될 것인가? 아직 젊은 황태자 전하의 주위에 저런 녀석들만 있다면……."

큰소리는 쳐 놨지만, 아무래도 호되게 당했던 기억이 남아 있는 미네르바로서는 다크에게 웃으며 말을 건네기는 힘들었다.

"여~ 오랜만이군."

슬금슬금 다가오는 미네르바를 보고 다크가 방긋이 웃으며 손을 들어 흔들자, 미네르바는 상대의 그 귀여운 모습에 오히려 오한이 드는 듯 몸을 부르르 떨었다.

"그, 그렇지?"

미네르바는 재빨리 시선을 옆으로 돌려 감탄사를 연발하며 과자를 열심히 먹고 있는 아르티어스에게 말했다.

"안녕하셨습니까, 위대하신 분이시여. 요즘 자주 뵙는군요."

아르티어스는 시큰둥한 표정으로 미네르바를 째려보며 말했다.

"젠장, 저 얼굴을 또 보게 되다니……. 쩝쩝, 확실히 호비트는 튀는 데 일가견이 있는 족속이란 말이야. 그때 확실히 보냈어야 하는데."

아르티어스의 말에 안색이 핼쑥해지는 미네르바를 보며, 다크가 질책하듯 말했다.

"아빠, 그만 좀 해. 얘가 무서워서 말도 못 하잖아."

"아, 알았다."

미네르바는 대 제국 크루마의 총사령관이었던 자신을 애송이 취급하는 다크의 말에 정신이 아찔해질 정도로 열불이 치미는 것을 느꼈다.

'얘가 무서워 말도 못 해? 내가 앤 줄 아냐? 이런 빌어먹을 년.'

하지만 노회한 미네르바는 분노를 차분히 가라앉히기 시작했다. 누군가 분노는 두려움을 초월한다고 하지 않았던가? 그 분노의 힘 덕분인지 미네르바는 아르티어스라는 존재를 잊고 다크와 차분한 대화를 할 수 있었다.

"무슨 일 때문에 왔지? 우리 서로 편하게 단도직입적으로 말하자구."

"아아, 전에 왔을 때, 깜빡 잊고 간 게 있어서 말이야. 미란을 돌려받아야 하는데, 그걸 까먹었단 말이지. 너도 아마 예상하고 있었을 텐데?"

 상대의 말에 미네르바는 잠시 생각하다가 대답했다. 이 제안을 거절해 봐야 그 뒷감당이 불가능하다는 것을 잘 알고 있기 때문이다. 그렇기에 상대의 제안은 어쩔 수 없이 들어줘야 하겠지만, 자신은 이 기회를 최대한 활용해야 했다.

 "좋아, 독립시켜 주겠어."

 화끈한 미네르바의 말에 한쪽 구석에 앉아 있던 와리스 후작과 가레신 후작의 눈이 휘둥그레졌다. 어떻게 저렇게 빨리 결론을 도출해 낼 수 있다는 말인가? 협상이 전문인 그들로서도 이렇게 빠른 속도는 도저히 이해할 수가 없는 것이었다. 그런 와리스 후작을 향해 다크가 외쳤다.

 "이봐, 문서 가져왔겠지? 빨리 내놔."

 와리스 후작이 허둥지둥 문서를 꺼내 놓고, 서명을 받을 준비를 하고 있을 때 미네르바가 조용한 어조로 말했다.

 "대신 조건이 있어."

 "뭐? 조건? 까불지 마."

 퉁명스런 다크의 대답에 미네르바는 약간 당황스런 어조로 말했다.

 "그러지 말고 한번 들어 봐. 결코 서로에게 나쁘지 않은 조건일 거야. 본국과 다시금 동맹을 맺는 것이 좋지 않겠어? 사실 그런 조건이 선행되지 않는다면 미란을 돌려받는다고 해도 그다지 의미 없는 일이잖아."

 다크는 미네르바의 말에 일리 있다는 듯 고개를 끄덕였다.

 "흠, 그럴지도 모르겠군. 다시 크루마를 동맹국으로 삼는다면 아마 루빈스키가 좋아할지도…….”

"그리고 미란을 포기하면 본국은 쟈코니아 평원과 단절되게 돼. 그런 만큼 미란과 본국의 동맹을 크라레스에서 주선해 줬으면 해. 3국이 단결하여 평화를 누리자는 말이지. 그편이 독립하게 되는 미란에게도 좋지 않겠어? 사실 지금 미란은 독립시켜 준다고 해도, 자국을 방어할 여력 따위는 하나도 없잖아.”

"뭐? 방어할 여력? 웃기고 있네. 만약 또 다시 미란에 손을 대면 내가 가만히 놔둘 줄 알아? 이번에는 아예 지도 상에서 크루마라는 이름 그 자체를 없애 주지.”

으르렁거리며 인상을 팍 쓰던 다크는 잠시 생각하다 크게 인심을 쓴다는 듯 덧붙여 말했다.

"좋아. 뭐, 그 정도 조건은 들어주지.”

마치 선심이라도 쓴다는 듯 다크가 말하자 미네르바는 속으로 열불이 치밀었지만 억지 미소를 지으며 말했다.

"고마워, 내 얼굴을 봐서 그렇게 큰 양보를 해 줘서.”

다크는 와리스 후작의 이름을 기억하지 못했기에 대충 그 모습을 보고 다시 말했다.

"이봐 뚱땡이, 방금 미네르바가 말한 조건을 들었지? 서류를 다시 작성해.”

"옛, 대공 전하.”

미네르바는 주위를 슬쩍 둘러본 후 다크에게 나직한 어조로 속삭였다.

"그리고 잠깐 둘이서만 얘기하고 싶은데…….”

"뭔데? 그럼 얘기해 봐.”

다크는 약간 짜증스럽다는 표정으로 곧장 기를 움직여 주위에 막을 쳤다. 뭔가 강력한 마나의 움직임을 느낀 미네르바는 놀라서 물었다.

"이게 뭐지? 뭐가 우리를 둘러싼 거지?"

"둘이서만 얘기하고 싶다며? 우리 주위에 음파를 차단하는 막을 쳤을 뿐이야."

'헉! 무서운 년……'

미네르바는 아무렇지 않다는 듯 마나를 움직여 음을 차단하는 다크를 보며 아무래도 드래곤이 폴리모프(Polymorph)한 것이 아닌가하는 의심을 다시 하기 시작했다.

"사실 지금 나한테는 별로 힘이 없어. 만약 네가 떠나고 나면 나는 어떻게 될지 알 수 없다는 말이야."

"엘프리안이 파괴되었기에 그런가?"

"응, 그래서 하는 말인데……."

말 한마디에 얻은 미란

그랜딜 공작과 뭔가 쑥덕쑥덕 나지막한 어조로 대화를 나누고 있던 황태자는 자신의 집무실로 들어서는 미네르바를 보고는 사무적인 어조로 딱딱하게 말했다.

"어서 오시오, 켄타로아 공작."

"황태자 전하를 뵈옵니다."

"그래, 협상은 어떻게 되었소?"

"예, 전하. 드래곤은, 아니 그와 함께 온 치레아 대공은 미란의 독립을 원하고 있사옵니다."

미네르바의 말에 황태자는 잠시 곤혹스런 표정을 지었다.

"미란의 독립을?"

"예, 전하."

"아버님이 그 땅을 획득하기 위해 얼마나 고생을 하셨는데, 감히 그 땅을…….”

"그래도 미란을 포기하셔야 하옵니다, 황태자 전하. 만약 그렇지 않다면 이번에는 프루니아의 황궁이 파괴될 것이옵니다. 그러고도 허락하지 않는다면 이번에는 크루마를 멸망시키려고 할 것이옵니다. 물론 제가 감히 황태자 전하께 뜻을 꺾으라고 압력을 가하는 것은 절대로 아니옵니다. 그랜딜 공작에게 물어보시면 아시겠지만, 협상이 결렬된 이후에 일어날 일에 대해서 사실을 말씀드린 것뿐이니 오해는 말아 주시옵소서."

황태자는 핼쑥하게 질린 얼굴로 그랜딜 공작과 나직한 어조로 몇 마디 주고받은 후, 최대한 근엄한 표정을 유지하려고 노력하며 말했다.

"어쩔 수 없군. 미란의 독립을 허가하오."

"예, 전하. 그리고 치레아 대공은 크루마, 크라레스, 미란 3국의 영구적인 동맹 및 불가침 조약을 제안했사옵니다."

"뭐! 영구적인 동맹 및 불가침 조약이라고?"

"옛, 전하. 인간들의 관점에서 영구적인 조약이라고 해도 채 10년을 유지하기 어려운 것이 사실이옵니다. 하지만 에인션트급에 가까운 골드 드래곤이 그 보증을 선다면 드래곤의 수명이 다 할 때까지 그 조약은 지켜질 것이옵니다. 본국의 경우 크라레스보다 월등한 대국인 것이 사실이옵니다. 하지만 그들이 드래곤의 지원을 받는다면, 단 몇 시간 만에 본국을 멸망시킬 수 있는 것도 사실이옵니다. 그런 만큼 두 번째 제안은 본국에 결코 불리하지 않다고 생각하옵니다."

또다시 그랜딜 공작과 의견을 주고받은 후, 황태자는 고개를 끄덕이며 말했다.

"그렇게 하도록 하시오."

"예, 전하. 그리고 마지막으로……."

잠시 그랜딜 공작을 싸늘한 눈빛으로 바라본 미네르바는 말을 이었다.

"마지막으로 드래곤은 의회 의장인 그랜딜 공작과 국무대신인 얼스웨이 후작을 원하고 있사옵니다."

미네르바의 말에 그랜딜 공작의 얼굴이 순식간에 창백해졌다. 그런 그를 힐끗 바라보며 황태자는 놀라서 물었다. 자신이 가장 아끼며 존경하는 두 명의 충신을 왜 드래곤이 원하는지 이해할 수 없었기 때문이다.

"뭣이? 아니, 드래곤이 왜 그들을 원한다는 말이오?"

"저도 그것은 잘 모르겠사옵니다. 하지만 치레아 대공과 함께 찾아온 드래곤에게 그랜딜 공작이 큰 실례를 저지른 것 같사옵니다. 아마 그에 대한 분노 때문이 아니올지……."

"그게 무슨 말이오, 그랜딜 공작? 드래곤에게 무슨 실례되는 행동을 했기에 경을 원한다는 말이오?"

"그, 글쎄 말이옵니다. 반도로스 후작이 조금 실례되는 언동을 한 적은 있사옵니다. 하지만 저는 대지의 여신께 맹세코, 드래곤에게 실례되는 행동을 한 적이 없사옵니다. 믿어 주시옵소서, 전하!"

자신을 바라보며 필사적으로 외치는 그랜딜 공작을 향해 황태자는 침착한 어조로 말했다. 사실 그 역시 자신이 가장 아끼는 부하 둘을 잃기는 싫었기 때문이다.

"켄타로아 공작, 경이 드래곤에게 잘 말해서 딴 것으로 그의 노기를 가라앉힐 수는 없겠는가? 얘기를 들어 보니 그랜딜 공작이나 얼스웨이 후작의 잘못은 아니지 않은가? 만약 보석 같은 것으로 안 된다면, 그 원인 제공자인 반도로스 후작을 데려가는 것이 이치에 맞지 않겠나? 아무런 죄도 없는 그의 상관들을 잡아가는 것은 말이 안 되지 않은가?"

미네르바도 황태자가 그 둘을 순순히 내줄 것이라고는 처음부터 생각하지 않았기에 이쯤에서 뒤로 물러섰다. 그만큼 황태자를 원로원파가 꽉 쥐고 있었던 것이다. 하지만 이런 상태가 계속된다면 결코 조국 크루마의 미래는 밝을 수가 없었다.

엘프리안이 파괴된 후, 자신의 책임을 통감하며 뼈저린 죄책감에 미네르바는 스스로 투옥되었었다. 하지만 감옥에서 그녀가 듣고 본 것은 무엇이었는가? 새로운 수도를 중심으로 크루마의 국력을 재정비해야 할 때, 원로원은 그들의 세력 확장에 혈안이 되어 수많은 충신들을 투옥하거나 좌천시켰다.

그런 후 그 자리에 그들의 수하들로 채워 넣었다. 그렇지 않아도 수도가 파괴되어 모든 지휘 체계가 삐걱거리고 있는 상황에서 지휘부의 대대적인 교체는 크루마를 거의 통제 불능에 가까운 상태로까지 몰아가고 있었다. 미네르바는 자신이 그토록 사랑하고 있는 조국이 망해 가는 꼴을 두고 볼 수는 없었다. 그렇기에 치레아 대공과 모종의 밀약을 맺은 것이었다.

"예, 알겠사옵니다, 전하. 있는 힘껏 최선을 다하겠사옵니다."

다시 협상을 해 보겠다고 물러났던 미네르바는 잠시 후 두 명의 낯선 방문객과 함께 황태자의 집무실에 모습을 드러냈다. 붉은 머리를 허리까지 길게 기른 미청년과 금발의 아름다운 소녀였다. 집무실에 들어오자마자 붉은 머리의 청년은 그 아름다운 얼굴에서 나온 말이라고 안 믿어지는 상스러운 소리를 다짜고짜 내뱉었다.

"어떤 자식이 황태자야?"

갑작스러운 드래곤의 등장에 그랜딜 공작이 기절할 듯한 표정을 지으며 부들부들 떨기 시작했다. 붉은 머리의 미청년은 주위를 두리번거리다가 황태자를 발견한 듯 화가 잔뜩 난 음성으로 소리쳤다. 물론 인상을 잔뜩 구긴 채로.

"오호, 바로 네놈이구나. 그래, 저 엘프 떨거지 둘 달라는데, 뭐 그렇게 군소리가 많아!"

미네르바가 슬그머니 아르티어스를 말리기 위해 말을 걸었다. 황태자에게 자신의 성의를 보이기 위한 의도적인 행동이었다. 뭐, 나중에는 각본대로 되겠지만.

"위대하신 분이시여, 제발 노여움을 거두시기 바랍니다. 위대하신 분께서 지명하신 두 명은 저희 크루마의 충신이기 때문에 저희가 이러는 것입니다. 혹시 보석이라든지 황금, 보물 기타 뭐 이런 것……."

그 말에 다크의 언질을 받은 아르티어스는 불같이 화를 내며 외쳤다.

"뭣이? 크루마 자체를 없애 버리려다가 아들이 말려서 가만히 놔뒀더니 이것들이 슬슬 화를 돋우고 있네? 엘프 떨거지 둘 달라는데 뭔 잔말이 그렇게 많아?"

그 말에 미네르바는 안타깝다는 표정으로 슬쩍 장단을 맞췄다.

"저, 그렇다면 방금 전 무례를 범한 반도로스 후작을 데려가심은……."

"뭐야? 몇십 년 살지도 못하는 호비트 따위 데려다가 어디에다 쓰라는 말이야? 그래도 엘프 정도는 되어야 한 5백 년쯤 잡일이라도 시키지, 안 그래? 그리고 이왕이면 다홍치마라고 때깔도 좋아 보이잖아."

그 말에 황태자가 필사적으로 말했다.

"그, 그래도……."

아르티어스는 고개를 홱 돌려 황태자를 향해 눈알을 부라리며 말했다.

"오호라, 그럼 네놈이 대신 죽을 때까지 레어 청소를 하고 싶다는 거냐?"

아르티어스의 광폭한 살기에 짓눌린 듯 안색이 새하얗게 질린 황태자는 그랜딜 공작을 향해 재빨리 말했다.

"그랜딜 공작, 크루마 황실은 그대의 충절을 영원히 잊지 못할 것이오."

갑작스런 황태자의 돌변에 그랜딜 공작의 얼굴은 똥 씹은 표정이 되었다.

"저, 전하, 제게 이러실 수가……."

"전하, 발렌시아드 대공 전하와 크로데인 후작 각하께서 도착하셨사옵니다."

문이 활짝 열리며 로젠이 까미유와 함께 들어왔다. 그들을 보며 로체스터 공작은 다급히 물었다.

"갔던 일은 어떻게 되었는가?"

"옛, 아버…, 아니 용병대장을 구출하는 데 성공했사옵니다. 실종 지점에서 계속 흔적을 따라 추격해 들어간 결과 리런드 숲에서 부상을 당한 그를 발견할 수 있었사옵니다."

로젠은 힐끗 주위를 둘러봤다. 그것을 눈치 챈 로체스터 공작은 레티안과 까미유를 제외한 모든 인물들을 밖으로 내보낸 후 낮은 어조로 로젠에게 물었다.

"그가 부상을 입었다고? 믿기지 않는군. 누가 있어 그를 부상 입힐 수 있단 말인가?"

"예, 아버님께서는 지금 신관의 치료를 받고 계십니다. 그런데 마법사가 아버님의 기억을 통해 분석해 본 결과, 믿을 수 없게도 그분과 싸운 상대가 발록이라는 것을 알아냈습니다."

"발록이라고? 발록이 뭔가?"

발록이라는 말에 로체스터 공작은 어리둥절한 듯 되물었지만, 같이 듣고 있던 레티안은 안색이 하얗게 질리며 로젠에게 물었다.

"발록이 확실하다고 했사옵니까? 대공 전하."

로젠이 살짝 고개를 끄덕이자 레티안은 말을 이었다.

"그렇다면 이것은 대단히 중요한 사태가 벌어지고 있음을 암시하고 있사옵니다. 발록은 하급 마족이긴 하지만, 그 힘은 타이탄에 비교될 정도로 강력하다고 하옵니다."

발록의 힘을 설명하기 어려웠던 레티안은 모여 있는 사람들이 모두 기사들인 점을 감안하여 타이탄을 예로 들었던 것이다. 레티안은 주변을 둘러본 후 발록의 위력이 제대로 전해졌는지 확인한 후 계속 말을 이었다.

"만약 흑마법사가 발록과 계약을 맺었을 때라면, 그가 발록의 마법은 쓸 수 있을지 모르지만 그 막강하기 그지없는 본체를 현세에 드러낼 수는 없사옵니다. 그만큼 마계의 생명체가 현세에 모습을 드러내기 위해서는 수많은 제약이 따르기 때문이옵니다.

그런데 만약 발록이 그런 모든 제약을 깨고 현세에 모습을 드러냈다는 사실은 그를 직접 소환할 만큼 월등히 강한 자, 즉 마왕 정도가 세상에 강림했음을 뜻하는 것이옵니다. 옛 문헌에 그들이 모습을 드러냈을 때, 마왕이 강림했었다는 기록을 찾아볼 수 있사옵니다."

"이상하군. 경도 알고 있는 사실을 내가 모르고 있다니 말이야. 마왕이 강림하면서 피바람을 일으켰다면, 응당 자세한 기록이 남아 있을 것 아닌가?"

마왕이라는 말이 나오자 로체스터 공작은 믿기지 않는다는 표정으로 물었다.

"마왕이 강림하는 것은 거의 수백 년에 한 번 있을까 말까 할 정도로 드문 일이옵니다. 그리고 그들의 대부분은 인간이 아닌 드래곤에 의해 말살되었사옵니다. 우리들 마법사들은 태곳적부터 전해 내려오는 잊혀진 수많은 언어로 기록된 자료들을 배우기도 하고, 누군가 드래곤을 사냥했을 때, 그 레어에서 찾아낸 문헌들을 통해 지식을 얻기도 하옵니다. 그 때문에 일반인들이 알고 있는 것보다 월등하게 광범위한 지식을 얻게 되는 것이지요."

"흠, 그런가? 경의 말대로라면 발록의 등장은 곧 마왕이 강림했다는 말이 되겠군. 참, 그리고 보니 전에 왔었던 그 라나라는 무녀 말일세. 치레아 대공을 탈출시킨……."

"아, 암흑의 기운이 세계를 뒤덮는다는 아데나 여신의 신탁을 가지고 찾아왔던 그 무녀 말씀이옵니까?"

"그래, 그 무녀 말이야. 그러고 보니 암흑의 기운이 세계를 뒤덮는다는 말이, 마왕의 강림을 예고하는 것이 아닐까하는 생각이 드는군."

"그렇게 해석할 수도 있을 것이옵니다. 그리고 발렌시아드 대공 전하의 말씀대로 발록이 출현했다면 마왕의 강림이 확실하다고 봐야 할 것이옵니다."

잠시 고개를 숙여 생각에 잠겼던 로체스터 공작은 뭔가 기억이 났다는 듯 고개를 들어 말했다.

"그, 그렇다면 그 신탁에서 밝혔던 영웅은 치레아 대공이라는 말인가? 사실 그 무녀도 지금 치레아 대공에게 가 있으니 말이야."

"속단하기는 이르오나, 그럴 가능성은 아주 크옵니다. 사실 그녀가 세계 최강의 검객이라는 점에는 그 누구도 이의를 제기할 수 없으니 말이옵니다."

레티안의 말이 계속될수록 주위의 공기는 무거워져 갔다. 모두들 침중한 얼굴로 레티안의 말을 귀담아 듣고 있었다. 로체스터 공작은 아직도 믿기지 않는다는 듯 말했다.

"흐음, 그런데 마왕이라는 존재가 있기나 한 것인가? 사실 나는 옛날부터 내려오는 동화나 영웅담에서나 등장하는 악역이 마왕이라고 알고 있었거든. 그런 게 과연 있을까?"

"물론 있사옵니다, 전하. 신관들은 신의 힘을 받아 신성 마법을 쓰고 있사옵니다. 만약 신이라는 존재가 없다면 어떻게 신성 마법을 쓸 수 있겠사옵니까? 마찬가지로 흑마법이라는 것이 엄연히 존재하고 있사옵고, 각국에서는 흑마법사들을 발견하는 대로 처형하고 있지 않사옵니까? 그것도 다 마왕의 강림을 막자는 의도에서 하는 행동이옵니다."

"그런가? 하지만 과거 영웅담을 들어보면 마왕도 그렇게 강한 것 같지는 않던데? 사실 아무리 전설에 나오는 영웅이 강하다고 해도, 타이탄만 하겠는가?"

"그것은 잘 모르겠사옵니다. 하지만 이번에 마왕의 수하라고 할 수 있는 발록에게 용병대장께서 부상을 당하신 것으로 보아 결코 마왕의 힘을 얕볼 수는 없다는 것을 알 수 있지 않겠사옵니까?"

레티안은 일부러 키에리 전하라고 하지 않고 용병대장이라고 불렀다. 사실상 코린트에서 키에리는 이미 죽은 존재이지 않은가? 하지만 로체스터는 그런 부하를 책망하지 않았다. 그들의 마음속에도 키에리라는 대륙 최강의 기사가 발록이라는 마물에게 당했다는 것을 믿고 싶지 않았기 때문이다. 대신 그는 로젠에게로 시선을 돌렸다.

"마왕의 힘이 그렇게 강하다면, 본국의 힘만으로는 힘들지 않을까? 그녀를 끌어들이는 것은 어떨까?"

"치레아 대공 말씀이시옵니까?"

"그래."

"저도 그렇게 생각했었사옵니다. 하지만 전하, 아버님이 부상을 당하신 곳은 크라레스의 영토이옵니다. 그것을 보면 몬스터들의 난동도 마왕의 강림과 관계가 있는 것이 아니겠사옵니까? 그리고 그녀 또한 크라레스의 대공이 아니옵니까? 만약 그녀가 마왕과 한통속일 가능성도 배제할 수는 없사옵니다."

그 말에 레티안이 옆에서 조심스러운 어조로 반박했다.

"그렇지 않을 가능성이 더 크옵니다, 대공 전하."

자신의 의견이 곧바로 반박되자 불쾌한 표정으로 로젠이 말했다.

"어째서 그런가?"

"그녀의 양부는 드래곤이옵니다. 그리고 드래곤은 절대로 마왕과 손을 잡지 않사옵니다."

레티안의 말에 로체스터 공작은 고개를 주억거리며 말했다.

"그렇군. 그렇다면 이 사실을 그녀가 알고 있을까? 만약 모른다면 알려 주면서 서로 간의 유대 관계를 돈독하게 이끌어 나갈 수 있지 않겠나? 사실 지금처럼 어떤 찜찜한 일이 벌어질지 모를 격변기에는 그녀와 친하게 지낼 필요가 있지 않겠나? 사실상 그녀가 그 드래곤들을 움직이니까 말이야."

"좋은 생각이시옵니다, 전하."

레티안의 찬성에 힘을 얻은 로체스터 공작은 로젠에게 지시를 내렸다.

"로젠, 그대가 치레아 대공을 만나 보겠나? 서로 친분도 한번 쌓아 보고, 만약 얘기가 잘 풀리면 동맹도 맺고 말이야. 어찌 되었건 그녀에게 마왕이 강림했다는 사실을 알린다는 좋은 명분이 있으니까 말일세. 물론 그녀와 대화할 때 드래곤이 옆에서 듣는다면, 마왕의 등장에 대해 뭔가 반응을 보이겠지."

로체스터 공작의 말에 로젠은 난색을 표했다.

"그것은 힘들지 않겠습니까? 사실상 마왕이 강림했다고 해서 그녀가 과연 흥미를 보이겠습니까? 사실 저는 그녀를 직접 만나 보지는 못했지만, 그녀가 남의 일에는 매우 무관심하다는 정보를 들은 적이 있었습니다. 그리고 그녀와 화해한 지 얼마나 되었다고 벌써 동맹을 제안할 수 있겠습니까?"

로젠의 말에 로체스터는 씁쓸한 표정으로 말했다.

"그렇겠지? 일리가 있어. 나도 그게 걸리는군."

이때 뒤쪽에서 가만히 듣고 있던 까미유가 끼어들었다.

"말씀 중에 죄송하옵니다, 로체스터 전하."

"뭔가 좋은 생각이 있나? 말해 보게."

"예, 미카엘 말이옵니다. 미카엘에게 그 임무를 맡기는 것은 어떻겠사옵니까? 며칠 전, 오랜만에 제임스하고 셋이 모여서 술을 마셨사옵니다. 그때 그가 자신이 치레아 대공하고 굉장히 친하다고 자랑을 했었사옵니다. 자신의 말이라면 뭐든지 들어준다고 하더군요."

그 말에 로체스터 공작은 기쁨과 함께 놀라움을 감추지 못했다. 그만큼 그 말이 가지는 의미는 엄청나게 큰 것이었다.

"정말인가?"

"예, 전하. 그날 미카엘의 얼굴이 영 엉망이었잖습니까?"

"그랬지."

그날 미카엘의 얼굴을 떠올리자 왠지 기분이 떨떠름해지는 로체스터 공작이었다. 그래서 그런지 그의 말투에 약간의 짜증이 섞여 있었다.

"사실은 그게 밤새도록 드래곤을 말리다가 입은 상처라고 하옵니다. 코린트를 그냥 두라는 미카엘의 부탁에 치레아 대공은 흔쾌히 승낙했지만, 원래 그 드래곤이라는 것들이 성질이 더럽잖습니까? 그래서 조국을 위해 자신이 대신 드래곤의 화풀이 상대가 되어 줬다고 하더군요. 하지만 정말 대단하지 않습니까? 드래곤과 맞서 그 정도 상처로 끝났다는 것이 말이옵니다. 어쨌든 그래서 다음 날 그들이 본국에 도착했을 때는 드래곤의 분노도 완전히 풀린 상태였고, 덕분에 잘 넘어갔다고 하더군요."

제임스의 말에 로체스터 공작은 놀라움을 금치 못했다. 자신의 아들이 그토록 중요한 역할을 뒤에서 해내고도 아무 말 없이 조용히 있었다니……. 엉망이 되어 있는 아들의 한심한 모습에 잠시나마 부끄럽게 생각했던 자신이 후회스러워지는 로체스터 공작이었다.

"허, 세상에, 그런 일이 있었다면 진작에 말할 것이지……."

후회 가득한 로체스터 공작을 향해 까미유는 존경스럽다는 듯 말했다.

"옛, 전하. 그날 술을 많이 마시기는 했사오나, 분명히 그렇게 말한 것을 똑똑히 기억하고 있사옵니다. 물론 치레아 대공이 옆에 있었기에 죽을 염려는 없었겠지만, 밤새 드래곤에게 두들겨 맞으며 죽고 싶다는 생각이 든 적이 한두 번이 아니었다고 하더군요. 그 당시 얼마나 고통스러웠는지 그 말을 하면서도 공포에 질린 표정으로 눈물을 흘리더군요. 듣고 있던 저희들마저도 가슴이 찡해졌을 정도였사옵니다."

"오오, 아레스신께서 코린트를 도우시는군. 자네는 급히 가서 그 아이를 불러오게."

"옛, 전하."

미카엘이 까미유와 함께 로체스터 공작의 집무실에 들어왔을 때, 그곳은 이미 많은 사람들로 북적거리고 있었다. 얼마 전에 자신의 귀환을 축하하며 밤새도록 진탕 마셨던 제임스 형과 까미유 형, 그리고 옛날부터 왠지 대하기가 어려웠던 근엄한 표정의 로젠 형, 그리고 웬 미인 아가씨 한 명과 아버지. 그리고 해골바가지처럼 생긴 괴상한 투구로 얼굴을 가리고 있는 남자 한 명.

미카엘은 우선 아버지에게 인사한 후 다른 형들에게 인사를 건넸다. 그런 그를 이채로운 눈빛으로 바라보고 있던 해골바가지를 쓴 남자가 갑자기 쓱 다가서더니 미카엘의 어깨를 꽉 움켜잡았다.

"억?"

미카엘은 흠칫 놀랐지만, 상대는 미카엘의 몸 이곳저곳을 만져 보더니 감탄 어린 어조로 로체스터 공작에게 말했다.

"자네는 늘 입버릇처럼 아들이 순 망나니라고 하더니, 나를 속이고 있었군. 아주 수련을 잘한, 제대로 된 몸이야."

상대는 로체스터 공작에게 질책하는 듯 말했지만, 그 눈은 빙글거리며 웃고 있었다. 그는 다시 미카엘에게 시선을 돌리며 말했다.

"그동안 집을 나갔다더니 어디에서 수련을 했느냐?"

"예? 그냥 이곳저곳……."

"그럴 리가……. 네 몸은 마스터를 거의 코앞에 두고 있는 상태다. 내가 그렇게도 혹독하게 단련시킨 로젠과 거의 비슷하다는 말이지. 도대체 어디에서, 누구에게 배웠느냐?"

상대의 말에 미카엘은 할 말을 잃었다. 자신이 꿈에도 그리던 마스터가 될 수 있다니, 미카엘은 곧 그 이유를 알 수 있었다. 그날 밤 뭔가 자신에게 괴상한 술법을 걸었을 때, 온몸에 힘이 넘쳐흐르지 않았던가? 미카엘은 하늘을 날 것 같은 환희에 젖어 다크에게 감사했다.

"……."

그 말에 놀라서 로체스터 공작이 다급하게 물었다. 자신도 처음 만났을 때, 얼핏 아들이 꽤 상당한 경지에 올라섰다는 것을 알았지만, 그 정도까지 발전해 있을 줄이야.

"저, 정말인가?"

해골바가지의 사내는 자신이 농담을 한 것이 아님을 증명하듯, 정색을 하고 대답했다.

"그럼, 절대 내 눈은 틀리지 않아. 물론 로젠처럼 더 이상 앞으로 나가지 못할지도 모르지만 이렇게 젊은 나이에 여기까지 온 것을 보면, 마스터도 그렇게 불가능하지 않을 거야."

로체스터 공작의 눈은 어느 덧 물기에 젖어 들고 있었다. 키에리의 세 아들들이 모두 엄청난 검객으로 성장하고 있을 때, 그는 얼마나 부러워했던가. 자신의 가문을 코린트 최고 아니, 대륙 최고라고 해도 좋을 가문으로 만든 키에리를 볼 때마다 얼마간은 질투가 담긴 눈길을 던질 수밖에 없었다. 그리고 아들놈이 집을 나갔을 때, 도저히 얼굴을 들 수 없을 만큼 창피했기에 한심한 놈이라고 입버릇처럼 푸념을 늘어놓을 수밖에 없었다. 하지만 지금은 그 아들이 너무나 자랑스러워 견딜 수 없는 로체스터 공작이었다.

'메를리나, 당신이 지금 이 자리에 함께 있다면 얼마나 좋겠소. 우리들의 아들 미카엘이 너무나 자랑스럽지 않소?'

금방이라도 눈물을 흘릴 듯한 얼굴로 잠시 상념에 잠겨 있는 로체스터 공작에게 해골바가지 사내가 부러운 듯이 말했다.

"허~참, 나는 엄청난 시간과 노력을 기울여 세 놈을 쥐 잡듯이 잡았는데도 불구하고 겨우 한 놈 건졌는데……. 정말 부러우이."

로체스터 공작은 자신의 얼굴이 벌써 눈물에 젖어 있는 줄도 모르고, 호쾌하게 웃으며 말했다. 그의 목소리는 요 근래 들어 가장 자신감에 차 있는 당당한 것이었다.

"크하하핫, 내가 저놈에게 가전(家傳)의 검술을 하나도 가르치지 않았는데도 저런데, 가르치기만 한다면 마스터가 문제겠어? 아마 곧 자네도 능가할 거야. 허허, 내 자식이지만 너무나도 믿음직스럽지 않나?"

언제나 자신을 질책하던 기억밖에 없는 아버지로부터 믿음직스럽다는 칭찬까지 들은 미카엘의 기분은 날아갈 것만 같았다. 또한 계속 이어지는 자상한 어조에 그동안 쌓여 왔던 아버지에 대한 원망이 한순간 훨훨 날아가는 듯한 기분까지 들 정도였다.

"오, 미카엘. 너, 치레아 대공하고 아주 친하다면서?"

"예, 아버님."

"음, 역시 잘되었다. 그렇다면 너는 곧장 제임스와 치레아 공국으로 가거라."

"예? 예, 알겠습니다, 아버님."

헤어진 지 며칠 되지도 않았지만, 오랫동안 생사고락을 함께했던 친구들과 다시 만날 수 있다는 생각에 미카엘의 기분은 더욱더 높이 날아올랐다. 그런데 아버지의 계속 이어진 말 한마디가 그의 기분을 순간 저 하늘 위에서 땅바닥으로 곧장 추락시켜 버렸다.

"가서 치레아 대공과 동맹을 맺고 오너라. 내 제임스에게 상세한 것은 다 일러 놨으니 너는 그를 조금만 도와주기만 하면 될 것이다. 이번 일은 사실 네가 아니면 시도할 엄두도 못 냈을 게다. 치레아 대공에게 사과하고 달래서 보낸 것이 며칠 되지도 않았는데, 벌써 동맹을 청한다는 것을 말이다. 그럼, 잘 부탁한다."

"예……."

기대에 가득 찬 로체스터 공작의 시선을 받고, 미카엘은 어쩔 수 없이 대답했지만 마음은 별로 편하지 못했다. 헤어질 때 아르티어스의 그 흉폭했던 눈빛을 기억하고 있었기 때문이다. 아르티어스는 한 번 작심한 것은 결단코 해야만 직성이 풀리는 성격임을 잘 알고 있는 미카엘이었다.

"네가 자랑스럽구나, 미카엘."

미카엘은 아버지의 칭찬에 가슴이 뿌듯함을 느꼈다. 언제 자신이 이렇게 아버지에게 따뜻한 눈길을 받아 봤단 말인가. 이제 그 흉폭한 드래곤에게 맞아 죽더라도 더 이상 여한이 없을 것만 같았다.

"과찬의 말씀이십니다, 아버님."

대답을 하면서도 미카엘은 열심히 머리를 굴렸다.

'휴~ 이번에 살아서 돌아올 수 있을까? 할 수 없지. 갈 때까지 가 보는 거지 뭐. 그나저나 뇌물로 바치려면 무슨 포도주가 최고지? 젠장, 집 안에 있는 거 몽땅 다 털어서 가져가 보면 알겠지.'

미카엘이 도착했다는 소식을 들은 아르티어스 어르신은 회심의 미소를 지으며 방에서 부리나케 튀어나왔다.

"호오, 이게 죽으려고 제 발로 기어 들어왔군."

아르티어스는 팔시온과 미디아, 가스톤이 튀어 버린 후 무척이나 심심했었다. 사실 자신이 드래곤이라는 것을 알게 되면 대부분의 호비트들은 벌벌 떨기만 했다. 그런데 이놈들은 정신이 나갔는지 간혹 가다 개기기도 했다. 물론 아르티어스가 봤을 때는 가소롭기만 했지만 그래도 신기하고 재미있었던 것이다.

그래서인지 팔시온 일행이 도망간 자리가 휑하니 느껴질 정도였다. 그런데 생각지도 못했던 미카엘이 도착했다는 것이다. 오늘 밤 아들 녀석 몰래 미카엘을 어떻게 괴롭히는 것이 좋을지 이것저것 상상하며 키득거리는 아르티어스 어르신이었다.

"이게 뭐야?"

즐거운 기분으로 밖으로 나선 아르티어스는 곧 미카엘을 발견할 수 있었지만 인상을 쓰기 보다는 이상한 것을 본 듯 말했다. 미카엘의 뒤에는 보기에도 고급스러워 보이는 포도주 상자가 잔뜩 쌓여 있었던 것이다.

미카엘은 아르티어스의 눈치를 힐끔거리다 다급히 대답했다.

"포도주입니다. 어르신 생각이 나서 저희 집 창고에 있는 것을 가져왔습니다. 마음에 드실는지······."

족히 마차 석 대는 동원해야 다 옮길 수 있을 만큼 어마어마한 분량의 포도주 상자를 바라보며 아르티어스는 입맛을 다셨다. 그런 다음 슬그머니 다가가서 그것들 중의 한 병을 집어 들며 말했다.

"흠, 뇌물로 바치기에는 그렇게 좋은 포도주라고는 볼 수 없군. 그래서 질보다는 양으로 보충하기 위해서 이렇게 많이 가져온 거냐?"

로체스터 공작이 평상시에 마시는 것인 만큼 싸구려는 아니었지만, 그래도 최고급이라고 할 수는 없었던 것이다. 미카엘은 다급히 손을 내저으며 말했다.

"아, 아닙니다. 제가 포도주를 잘 모르잖아요. 그래서 창고를 몽땅 털어 가져온 것입니다. 아마 찾아보시면 괜찮은 것도 있을 겁니다."

"그래? 어디 보자. 하여간에 허접쓰레기만 있으면 알아서 해."

아르티어스가 혹시나 하는 마음에 포도주 상자를 이리저리 뒤적거리고 있을 때, 아르티엔이 어디서 냄새를 맡았는지 어슬렁거리며 다가왔다. 그 또한 포도주라면 질과 양을 따지지 않는 애주가였으니까 말이다.

"오호, 이게 다 포도주야? 요즘 들어 술 복이 터지는구나, 흐흐흐."

아르티엔이 흐뭇한 웃음을 짓는 가운데, 아르티어스는 재빨리 포도주 상자들을 뒤지기 시작했다. 어쨌거나 최단 시간 내에 최상급 포도주를 찾아 꿍쳐 놔야 하기 때문이다. 그러던 그의 시야에 전에 한번 본 것 같은 고풍스러운 병이 들어왔다.

"어엇!"

아르티어스의 놀란 듯한 신음성에 아르티엔이 괴이쩍다는 듯 의문을 던졌다.

"왜 그러냐?"

"아, 아무것도 아닙니다, 아버지. 하마터면 맛도 못 보고 한 병을 깰 뻔했거든요. 헤헤헤."

"별 싱거운 놈을 다 보겠군."

아르티어스는 자신을 경악하게 했던 그 병을 몰래 집어 들었다. 틀림없었다. 밀봉까지 확실하게 된 것으로 보아 아직 한 번도 따지 않은 진품이었다.

'단 세 병밖에 남지 않았다고? 웃기고 있네. 자기가 마실 것은 이렇게 꼬불쳐 놓고 말이야. 에그그, 빨리 숨겨야지. 저 노친네가 알아채기 전에 말이야.'

'아그립파 1세' 한 병을 재빨리 자신의 방으로 공간 이동시킨 후, 또다시 열심히 뒤졌지만 더 이상 그것을 찾아낼 수는 없었다. 아르티어스가 아쉬움에 입맛을 쩝쩝 다시고 서 있는 것을 보고 미카엘은 슬그머니 다가가서 은근슬쩍 말했다.

"선물이 마음에 드십니까, 어르신?"

아르티엔 모르게 최고급 포도주 한 병을 꿍치는 데 성공한 아르티어스는 통쾌하게 웃으며 말했다.

"하하핫, 물론 마음에 들어. 확실히 교육 한 번 받더니 자네 눈치가 많이 늘었구먼. 그건 그렇고 여기에는 어떻게 온 거야? 이거 가져다주려고 오지는 않았을 테고 말이야."

"예, 다크를 좀 만나 보려구요."

"다크? 집무실에 있을 거야. 이렇게 콩알만 한 국가라도 제대로 챙겨 나가려면 잡다한 일이 많거든."

처음 봤을 때는 영 기분이 좋아 보이지 않았던 아르티어스가 미카엘의 말 몇 마디에 저렇게까지 호탕한 웃음을 짓는 것을 보며 제임스는 놀라움을 금치 못했다. 수련은 뒷전이고 언제나 말썽만 부려 대던 그 철부지가 저렇게까지 듬직하게 성장했다니. 이럴 줄 알았으면 자신도 집구석에서 수련만 하고 있을 것이 아니라, 넓은 세상에 나가서 수련을 쌓았으면 얼마나 좋았을까하고 생각해 보는 제임스였다.

제임스와 함께 다크를 만나러 들어온 미카엘은 가슴이 콩닥콩닥 뛰고 있었다. 자신의 말 한마디면 모든 것이 해결된다는 듯 술자리에서 뻥을 좀 쳐 놨더니 이런 결과가 나타날 줄이야. 과연 다크가 동맹을 맺어 줄지 영 자신이 없었다. 사실 아무리 친구 사이라고 해도 국가 간의 거래가 얽히면 서로 양보하기 힘든 것이 현실이었다. 미카엘이 열심히 눈치를 보는 가운데 양국의 정상은 회담을 시작했다.

제임스는 다크를 만나자 로체스터 공작에게 지시받은 대로 마왕의 강림과 현재 국제 정세를 자신이 알고 있는 대로 그녀에게 말했다. 하지만 그는 아름다운 그녀의 모습에 눈길을 어디에 둬야 할지 몰라 허둥댔다. 그리고 가슴은 또 왜 이리 쿵쾅거리는 것인지 정신을 차릴 수가 없었다. 그 때문에 그의 말은 자주 끊어졌고, 어떤 의미에서는 횡설수설에 가까운 대화가 되어가고 있었다.

잠시 후 다크는 짜증스럽다는 듯 말했다.

"그러니까 요점은 시국도 어수선하니까 서로 간에 동맹을 맺자는 거 아니야?"

"예? 예, 전하."

"그런 말을 왜 그렇게 어렵게 빙빙 돌려 가면서 하는 거야? 사람 헷갈리게 말이야. 뭐, 좋아. 미카엘이 함께 왔는데 그 정도는 들어 줘야겠지. 그래, 서류는 준비해 왔겠지?"

다크가 자신의 이름을 거론하자 뒤쪽에 서 있던 미카엘의 입이 함지박만 하게 벌어졌다. 제임스도 미카엘의 얼굴을 봐 동맹을 맺어 준다는 다크의 말에 놀라움을 금치 못하며 서류를 꺼내며 대답했다.

"예."

서류를 쭉 훑어보던 다크는 이상하다는 듯 물었다.

"영구적인 동맹과 불가침 협정을 맺을 대상이 왜 치레아 공국이지? 이거 크라레스 제국을 치레아 공국으로 잘못 써 놓은 거 아냐?"

"아닙니다, 전하. 어쩌면 그 마왕의 강림과 크라레스 제국이 어떤 연관성을 가질지도 모른다는 정보부의 분석이……."

"헛소리하고 있네. 이건 내 발을 묶어 놓고 크라레스를 박살 내겠다는 음모가 깔린 거라고 생각할 수밖에 없잖아."

"그렇지 않습니다, 전하. 전하께서 크라레스를 본국으로 생각하시는 한, 결단코 그들을 공격하는 일은 없을 겁니다. 물론 전하께서 그쪽을 적으로 생각하신다면 얘기가 달라지겠지만 말입니다."

"흠, 그래? 좋아, 그렇다면 그 문구도 집어넣어서 서류를 다시 만들어."

"예."

제임스가 화려한 필치로 다시금 서류를 작성하고 있는 가운데, 다크는 미카엘에게 빙그레 웃으며 말했다.

"확실히 아빠 품이 좋긴 좋은 모양이지? 며칠 새 살이 피둥피둥 쪘는걸."

그 말에 미카엘이 붉으락푸르락 해져서 외쳤다.

"뭐야, 새꺄. 겨우 며칠 사이에 무슨 군살이 붙었다고 헛소리야."

"아냐, 아니야. 왠지 얼굴에 윤기가 자르르 흐르는 게 확실히 좋아진 것 같아."

"하긴 너하고 그 누군가를 며칠 안 봤더니 입맛이 도는 게 살맛이 나더구먼."
 둘의 대화에 제임스가 기겁을 해서는 다급하게 미카엘에게 외쳤다.
 "자네, 치레아 대공 전하께 그 무슨 무례한 언동이냐!"
 제임스가 당황스런 표정으로 소리치자 다크는 피식 웃으며 말했다.
 "괜찮아 괜찮아, 뭐 옛날부터 친했는데, 현재의 신분이 대수인가?"
 "그럼그럼, 너 처음에 봤을 때, 아무것도 모르는 촌놈이었는데도 지금은 엄청 출세했잖아. 이것도 다 우리들이 자상하게 옆에서 보살펴 줬기 때문이 아니겠어? 하하핫."
 히히덕거리며 둘이 계속 얘기를 나누는 것을 보며 제임스는 부럽기 그지없었다. 지고한 신분을 지닌 그녀에게 어떻게 저렇듯 툭 터놓고 대화를 나눌 수 있단 말인가? 자신은 말 한마디를 건네려고 해도 가슴이 울렁울렁, 말까지 더듬더듬 나오는데 말이다. 모든 회담이 성공적으로 성사된 후, 제임스는 정중하게 인사하며 말했다.
 "대공 전하의 호쾌한 결단에 진심으로 감사드립니다. 그리고 라나라는 그 수녀님을 좀 만나 뵙고 가도 괜찮겠습니까?"
 "뭐, 상관없어. 내가 부하에게 지시해 놓을 테니까 만나고 가라구. 그리고 앞으로 무슨 일이 생기면 미카엘을 통해서 연락하게. 그는 앞으로도 영원한 나의 친구니까 말이야."
 "예, 그렇게 조치하겠습니다. 참, 그리고 미카엘이 지급받은 타이탄은 반납하고 가도록 하겠습니다. 치레아 기사단을 탈퇴할 때 타이탄을 반납했어야 하는데, 조치가 늦어져서 죄송합니다. 그럼 그것을 누구에게 말하면 되겠습니까?"

"카르토 백작에게 말해 놓을 테니, 그를 따라가면 될 거야."

"예, 전하."

인사를 한 후 밖으로 나서려는 제임스를 다크가 불러 세웠다.

"참, 잠깐만."

"예? 왜 그러십니까?"

"그러고 보니 본국에 박아 놓은 쥐새끼들 있지?"

다크의 말에 제임스는 얼굴이 창백해졌다. 물론 쥐새끼는 있었다. 하지만 그것을 실토할 수는 없는 노릇이었기에 난처한 듯 가만히 서 있었다. 그런 그를 빤히 올려다보며 다크는 매몰차게 말했다.

"없다고는 하지 마. 여태까지의 정황을 곰곰이 생각해 보면 확실해. 자네는 내가 그것도 모를 거라고 생각했나?"

"저… 그게……."

"그리고 그놈들 중에는 나하고 아주 가까운 놈도 하나 있을 거야. 나는 그놈이 누군지 알고 싶지도 않아. 그러니 조용히 데려가게. 이젠 더 이상 배신의 쓴맛을 보고 싶지 않으니까 말이야."

"예, 옛, 전하."

당황한 듯한 제임스를 보며 다크는 싸늘한 어조로 말했다.

"나도 어느 정도는 그놈이 누군지 짐작하고 있어. 다만 부하 놈의 배신을 확인하고 싶지 않을 뿐이지. 만약 자네가 떠난 후에도 그녀석이 남아 있다면 가만히 두지 않을 거야. 더불어서 그런 더러운 짓거리를 시킨 코린트까지도 말이야."

"옛, 전하."

"안녕하셨습니까, 수녀님."

제임스가 다가오자 수녀는 조금 찔끔했지만, 그래도 환하게 미소 지으며 그를 맞이했다.

"예, 제임스 님께서도 안녕하셨습니까. 전에는 실례를 범했습니다. 제가 한 행동으로 인해 제임스 님께 누가 되지는 않았는지요."

"뭐, 상관없습니다. 그건 그렇고 제가 수녀님을 만나 뵙고 싶었던 것은 다름이 아니라 마왕의 등장 때문입니다."

제임스의 말에 라나는 자신도 모르게 경악성을 터트릴 정도로 놀랐다.

"예? 마왕의 등장이라니요?"

"예, 얼마 전에 코린트에서 다섯 손가락 안에 들어가는 뛰어난 기사가 부하들을 이끌고 마왕의 부하인 발록과 싸운 적이 있습니다. 마법사들의 의견으로는 발록이 본체를 드러낼 때는 마왕이 등장했다고 하더군요. 왜냐하면 마왕 외에는 인간의 힘으로 그 마신의 본체까지 소환한다는 것이 불가능하답니다.

어쨌든 그가 거느린 부대가 발록 한 마리 때문에 거의 전멸당했을 정도로, 발록은 마왕의 부하라고 하지만 엄청난 능력을 지니고 있다는 것을 알 수 있었습니다. 이 모든 것도 그가 부상을 당했지만 사력을 다해서 가까스로 탈출했기에 얻을 수 있는 귀중한 정보였지요. 그래서 아무래도 예전에 수녀님이 가져오신 그 신탁의 검은 세력은 마왕을 뜻하는 것이 아니었나 싶어 수녀님을 찾아온 것입니다."

제임스는 일부러 자신이 알고 있는 모든 마왕의 정보를 라나에게 아주 자세하게 말했다. 다크가 마왕의 등장에 대해서 별로 관심을 가지지 않았기에, 그녀의 주위에 있는 이 수녀를 통해 이 사실이 전달되기를 바랐던 것이다. 어쨌든 이 수녀는 다크가 코린트에서 탈출하도록 도와준 은인이었으니까 말이다.

"그, 그렇다면 저도 어서 코린트로 가 봐야겠군요. 저는 신탁에 따라서 영웅을 도와야 할 사명을 띠고 있으니까요."

"아니, 수녀님은 이곳에 계셨으면 합니다."

"예? 그건 무슨 말씀이십니까? 신탁은 케락스로 가라고 했습니다. 제가 사사로운 감정 때문에 이곳까지 흘러왔지만, 코린트가 마왕의 존재를 파악하고 그를 상대할 준비를 한다면 저는 도와야 할 의무가 있습니다."

제임스는 빙긋이 미소 지으며 말했다.

"수녀님이 도와야 할 곳은 코린트가 아닙니다."

"그건 무슨 말씀이십니까?"

"수녀님은 지금 세계 최강의 국가가 어디라고 보십니까? 코린트, 크루마, 아르곤, 알카사스 등등 모두 다 강력한 제국이라고 하지만 지금 수녀님이 계신 치레아 공국만큼 막강한 국가는 그 어디에도 없습니다."

제임스의 말에 라나는 믿을 수 없다는 듯 중얼거렸다.

"그럴 리가……."

"제 말은 사실입니다. 치레아 대공은 세계 최강이라고 인정받는 검객입니다."

제임스의 말에 라나는 도저히 믿기지 않는다는 표정으로 말했다.

"그분이 그 정도였나요?"

"모르고 계셨었나요? 그리고 치레아 대공을 따라다니는 두 분은 에인션트급에 이르는 골드 드래곤들입니다."

눈이 휘둥그레져서 말도 못하고 서 있는 수녀를 보며 제임스는 말을 이었다.

"아마도 신탁이 영웅을 예고한다면, 치레아 대공일 가능성이 크다는 말입니다. 수녀님은 여기서 그분을 도와주십시오. 저는 이 말을 전하고 싶었습니다. 그럼 이만……."

드래곤 사냥 용병단 출격

 의장은 자신의 탁자 앞에 제멋대로 서 있는 험상궂은 다섯 명의 기사들을 둘러봤다. 과연 그들의 몸에 감춰진 마나의 기운은 일류급 기사를 능가하는 것이었다. 의장은 흐뭇한 얼굴로 그들 중에서 제일 앞쪽에 서 있는 사내를 향해 물었다. 그의 어깨에는 진홍색의 까마귀가 그려진 문장이 달려 있었다.
 "자네가 크로우 용병단장인가?"
 의장이 묻자, 그 말을 옆에 서 있던 벨리아드가 더듬더듬 약간 서투른 어조로 통역했다. 서방과 동방은 워낙 오랫동안 교역이 없어서 그런지, 완전히 서로 다른 언어를 사용하고 있었다. 거기에 설상가상으로 타이렌 제국까지 끼어들어 서로 간의 언어가 상대쪽으로 유출되는 것을 틀어막았기에 상대 쪽의 언어를 사용할 수 있는 사람도 극히 드문 상황이었다. 그런 악조건에서 이 정도라도 서쪽 대륙의 언어를 배운 것은 대단한 일이었다. 험상궂게 생긴 젊은이가 뭐라고 대답하자, 즉시 벨리아드가 통역했다.

"저자가 그렇다고 말했습니다."

"이번에 대승을 거뒀다는 보고를 들었네."

"그는 아무래도 불만이 좀 많은 모양입니다. 자신들의 승리가 대단치 않다는 듯 말하면서 좀 더 많은 돈을 벌 수 있는 일거리를 원하고 있습니다."

벨리아드가 용병단장의 말을 통역하자, 의장은 퉁명스런 어조로 물었다.

"돈은 많이 줬잖소?"

"예, 의장님. 하지만 그는 벌레 같은 몬스터는 아무리 죽여도 돈이 안 되니까 타이탄 같은 부수입이 있는 상대를 원하고 있습니다. 사실 파괴된 타이탄이라도 그 가치는 엄청난 것이 아니겠습니까?"

"흐음, 부수입이라……. 하지만 이번 전쟁에서 그런 게 있을 리가 없지. 국가 간의 전쟁이 아니니까 말이야."

회의적으로 중얼거리던 의장은 갑자기 생각났다는 듯 벨리아드에게 말했다.

"참, 그렇다면 저자에게 드래곤 사냥을 해 본 적이 있는지 물어보시오."

"예? 드래곤이라고요? 잘 알겠습니다."

벨리아드의 서투른 말이 어느 정도 통했는지 알 수 없지만, 용병단장은 함께 온 부하들과 뭔가 한동안 쑥덕거리더니 대답했다. 말은 알아들을 수가 없었지만, 상대의 얼굴에 자신감이 넘친다는 것은 한눈에 알아볼 수 있었다.

"예, 해 본 적이 있답니다. 놀랍게도 그는 두어 마리 잡아 본 적이 있다고 하는군요."

용병단의 대답에 벨리아드도 놀랍다는 말투로 통역을 했다.

"정말인가? 오오, 드래곤 슬레이어를 단장으로 삼고 있었으니, 피에 젖은 까마귀단이 서쪽 대륙의 최강 용병단으로 불렸겠지. 정말 대단하구먼."

"예, 의장님. 그리고 그는 드래곤을 잡을 때 보통 방법으로는 힘들다고 합니다. 일종의 요령이 필요하다고 하는군요. 하지만 그 방법은 사업상 기밀이기에 가르쳐 줄 수는 없다고 합니다."

"그래? 하기야 저들의 비장의 수법까지 알 필요는 없겠지."

의장은 그 수법이 무척이나 궁금했지만 정말 급한 것은 그놈의 망할 드래곤을 잡는 것이었기에 궁금증을 억지로 참아야 했다.

"그리고 그 준비를 하기 위해 돈이 좀 많이 필요하답니다."

"그래? 돈이야 얼마든지 내주게. 그 드래곤만 잡을 수 있다면 모든 것이 해결되는 것 아니겠나? 하지만 딴 것은 몰라도 그 드래곤의 사체는 양보할 수 없다는 것을 정확히 일러두게. 레어에서 나오는 보물이야 저놈들이 다 가져도 상관없어. 그리고 마법 도구도……. 아쉽기는 하지만 저들이 원한다면 양보해야겠지. 하지만 마법서만은 안 돼. 마법서하고 드래곤의 사체는 결단코 양보할 수 없지 않겠나?"

"예, 알겠습니다."

벨리아드가 뭔가 한참 동안 중얼거리자, 그 말을 들은 상대는 뭔가 알아듣기 힘든 듯 그의 동료들과 오랫동안 떠들어 댔다. 그런 다음 벨리아드를 향해 말했다.

"허락한답니다. 드래곤의 고기는 저쪽 대륙에서도 고가에 매매되는 데다가, 가죽으로 방패나 갑옷 따위를 만들 수 있기에 그 사체의 가치는 엄청나다고 하는군요. 하지만 그는 그 정도는 의뢰인의 체면을 생각해서 자신들이 포기할 수 있다고 합니다."

"그래? 훌륭하군. 그래, 혹시 지원은 필요 없는지 물어봐 주게. 기사는 좀 힘들지만, 마법사라면 얼마든지 지원해 주겠다고 말일세."

"자신들에게도 마법사는 있답니다. 공간 이동 좌표만 알려 달라고 하는군요."

"좋아, 그럼 자네가 확실하게 일러 주게."

"옛."

그들이 자신의 집무실에서 나가고 난 후 의장은 한동안 드래곤을 잡을 수도 있을지 모른다는 통쾌한 심정에 가슴이 뛰기 시작했다. 하지만 시간이 흐를수록 이건 아닌 것 같다는 생각이 점점 더 그를 사로잡기 시작했다. 의장은 이윽고 깊은 한숨을 내쉬면서 말했다.

"한순간의 꿈이었지만 유쾌하긴 유쾌했어. 하지만 아무리 그놈들이 강하다고 해도 그렇지, 에인션트급 드래곤을 물로 보다니……. 도무지 믿음이 안 간단 말이야."

의장은 서류 한 장을 뽑아내어 거기에다가 유려한 필치로 쓰기 시작했다.

「크로우 용병단, 행방불명. 그들의 생존이 확인될 때까지 타이렌 제국을 통한 1차 고용 대금의 지급을 정지할 것.」

의장은 간단히 서류 작성을 끝낸 후 중얼거렸다.
"죽은 놈들한테까지 급료를 줄 이유는 없지."

크로네티오는 불같이 분노했다. 며칠 전보다 더욱더 어마어마한 힘을 내뿜고 있는 그가 분노하자 지하의 구조물들이 흔들리며, 대리석 조각들이 떨어져 내릴 정도였다.
"서쪽 전선에서 대패를 했다고?"
대마왕의 분노에 불칸(Vulcan)은 부들부들 떨면서 대답했다. 신장이 거의 10미터에 달하는 이 검붉은 색의 거대한 악마는 중급 마족 계열에 속할 정도로 강력한 힘을 지니고 있었다. 그리고 그 흉폭한 성정을 기반으로 한 엄청난 위력의 화염계 마법은 마계에서조차도 경원의 대상일 정도였다. 하지만 화염계 마법을 제외한 전반적인 마법 능력은 발록보다도 한참 뒤떨어진다는 것이 흠이었다.
"예, 대마왕님. 적들이 대규모로 기습 작전을 펼쳤기에 서쪽에 투입한 몬스터들의 거의 태반을 잃었사옵니다."
"기사단은? 그 알량한 기사단은 무얼 하고 있었단 말이냐? 그것 때문에 그놈들을 살려 두고 있는 것이 아니겠느냐?"
"예, 호비트들은 별로 도움이 되지 않았사옵니다. 상대의 기습으로 시작되었기에, 그들은 정체를 들킬 우려가 있는 상황에서 작전을 전개할 수 없다며 기사단 투입을 포기했사옵니다."
"뭣이? 이런 망할 놈들! 내 이것들을……."
"그 쓸모없는 것들을 모두 다 처치해 버리는 것은 어떻겠사옵니까?"

크로네티오는 분노에 찬 노성을 내뱉었다.

"닥쳐라."

"옛, 대마왕님."

"지금은 그래도 그놈들은 아직 쓸모가 있다. 그것들을 동부 전선으로 보내 성기사단을 상대하도록 해라."

잠시 궁리하던 마왕은 마음을 정했는지 불칸을 쏘아보며 말했다.

"네놈에게 발록 열 마리와 전체 마신군(魔神軍)의 절반을 주겠다. 그 알량한 호비트 족속들을 완전히 쓸어버려라."

"제게 그렇게 큰 영광을 주셔서 감사하옵니다."

불칸이 쿵쾅거리며 나간 후 대마왕은 미간을 찌푸렸다. 벌써 바크로니아와 비슈누를 설득하기 시작한 지도 4일째……. 어떻게 해야만 그들을 설득할 수 있을 것인지 최대한 머리를 쥐어짜고 있었지만, 아무래도 좋은 방법이 떠오르지 않고 있었다. 이래가지고는 자신이 가진 힘의 절반 정도를 간신히 낼 수 있을 뿐이었다. 그 망할 드래곤을 확실하게 가지고 놀면서 처참하게 끝장내기 위해서는 네 명의 마왕들 중에서 최소한 셋 이상의 협력이 필요했기 때문이다.

성질 더러운 아르티어스

"아웅, 며칠 침대에서 뒹굴었더니 온몸이 다 찌뿌둥하네. 뭔가 재미있는 일이라도 없나? 이거 심심해서 죽겠네."

한껏 기지개를 켠 후 다크가 심심하다는 표정으로 중얼거리자 옆에서 열심히 일을 하고 있던 아르티어스는 순간적으로 얼굴에 힘줄이 뻗쳤다. 모든 일을 애비에게 떠넘기고 저런 소리가 나올 수가 있는 거야? 아무리 사랑하는 아들놈이라도 말이다. 하지만 곧이어 아르티어스는 무슨 생각을 했는지 마음을 고쳐먹고 은근한 목소리로 아들놈에게 말을 건넸다.

"음, 이럴 때는 여행이 최고지. 한적한 산길을 걸으며 머리도 식히고, 또 알아! 순진하고 예쁜 엘프라도 나타나면 꼬시는 재미도 쏠쏠하잖아. 그래, 간혹 겁 대가리를 상실한 오크라도 뛰어나오면 맛있는 별식을 즐길 수도 있고, 허 그러고 보니 나도 여행을 떠나고 싶군."

아르티어스의 은근한 부추김에 잠시 생각해 보던 다크는 뭔가 생각이 났다는 듯 말했다.

"맞아, 예전에 언제 한번 붙어 보자고 약속한 엘프가 있었지. 그래, 그 녀석에게 놀러 가면 되겠네."

다크가 손뼉을 치며 좋아하자 아르티어스는 얼른 표정 관리를 하며 부럽다는 듯이 말했다.

"하, 오랜만에 너와 오붓하게 여행을 가면 좋을 텐데, 급히 처리해야 할 일이 산더미처럼 쌓여 있으니 정말 안타깝구나."

다크가 여행을 떠나면 즉시 모든 일을 호비트들에게 떠맡기고 여유롭게 휴식을 취하고 싶은 아르티어스였다.

"그래요, 그럼 할 수 없죠, 뭐."

그때였다. 뭔가 쿠당탕하는 소리가 들려왔기에 아르티어스와 다크가 그쪽으로 시선을 돌렸다. 집무실 한쪽 구석의 책상 위에 놓인 서류 더미에 파묻혀 머리만 보이던 카르토 백작이었기에 다크와 아르티어스는 잠시 그의 존재를 망각하고 있었던 것이다. 그런데 그가 얼마나 황급히 일어섰는지 의자가 뒤로 넘어지며 큰 소리를 낸 것이다. 그는 일어서자마자 다급한 표정으로 말했다.

"함께 가십시오, 어르신. 모든 일은 제가 맡아서 처리하겠습니다."

다크는 급하게 말을 내뱉는 카르토 백작의 얼굴을 기묘한 표정으로 잠시 바라봤다. 한 며칠 그를 못 봤기에 얼굴이 온통 퉁퉁 붓고, 푸르죽죽한 멍으로 물들어 있는 것을 그때 처음으로 발견한 것이다.

"쟤 얼굴이 왜 저래요? 아빠가 그랬어요?"

싸늘한 다크의 시선에 아르티어스는 당황해서 주절주절 변명을 늘어놓았다.

"그, 그러니까… 애들이 게으름을 피우기에 조금 교육을 시켰을 뿐인데……."

"내가 나 모르게 아무도 손대지 말라고 했잖아욧!"

다크의 눈초리가 높게 올라가며 사나운 눈빛을 보이자 아르티어스는 당황하면서도 열심히 변명했다.

"그, 그러니까 그게 말이다. 그 약속을 하기 전에 한 거였거든. 사실 너도 생각해 봐라. 열심히 두들겨 패고 치료 마법으로 증거 인멸을 할 수 있는데도 내가 왜 그냥 놔뒀겠냐? 이것은 너하고 한 약속 이전에 벌어진 일이기 때문에 그런 거야."

"뭐, 그렇다면 할 수 없죠. 하지만 제발 적당히 하세요. 아빠가 마음먹고 패면 최소 사망이라구요. 그건 그렇고, 카르토 백작. 아빠와 함께 가라고?"

다크의 질문에 카르토 백작은 힘차게 대답했다. 하지만 속마음은 아르티어스가 제발 어디론가 사라져 버리기를 신에게 갈구할 만큼 간절하기만 했다.

"옛, 전하. 두 분께서 오붓하게 여행을 다녀오십시오. 모든 것은 제가 책임을 지고 확실하게 처리해 두겠사옵니다."

"그래? 그럼 잘됐네. 아빠도 함께 가죠."

"그, 그래? 오랜만에 함께 가자꾸나."

아르티어스는 당황해서 말했다. 잠시 동안이라도 여유로운 휴식을 만끽하려던 그의 모든 계획이 틀어지는 순간이었기 때문이다.

아르티어스가 카르토 백작을 향해 사나운 눈초리를 보내고 있을 때, 아르티엔이 대낮부터 무슨 포도주를 그렇게나 많이 마셨는지 비틀거리며 들어왔다.

"뭐, 여행을 간다고?"

아르티어스는 황당하다는 듯 아버지에게 물었다.

"아니, 여행 간다는 말이 언제 나왔는데, 벌써 오십니까?"

"하하, 전에 네 녀석이 나를 떼놓고 놀러갔잖냐. 그래서 나도 나름대로 준비를 해 뒀지. 그래, 어디로 갈 건데?"

다크가 말하는 엘프가 누구인지 알 수 없었던 아르티어스는 대충 얼버무리며 다크에게 떠넘겨 버렸다.

"그, 그… 그러니까 얘야, 네가 말씀드려라."

"카렐이라는 엘프한테 놀러갈 건데요."

아르티엔은 잠시 생각해 보더니 말했다. 카렐이라는 이름이 낯설지 않았기 때문이다.

"그래, 카렐이라……. 혹시 그 키아드리아스하고 함께 사는 별종 엘프 말이냐?"

"예."

다크와 아르티엔의 대화를 옆에서 듣고 있던 아르티어스의 안색이 더욱 찌푸려졌다. 안 그래도 가기 싫은 여행을 따라가야 하는 데다가, 아버지까지 같이 간다는 것이 영 불만이었다. 뭐, 거기까지는 그래도 참을 만했다. 하지만 사이가 좋지 못한 키아드리아스의 집을 방문해야 한다니…….

"일단 준비 좀 해야 하지 않겠냐?"

아르티어스의 말에 다크는 심드렁하게 대꾸했다.

"뭐 준비할 거나 있나요. 아빠가 옆에 있을 건데……."
"그, 그래도 한 며칠 신세지려면 이것저것 좀 챙겨야 할 것도 있을 테고, 뭐 그렇잖냐?"
 황급히 얼버무리듯 대답하는 아르티어스의 말에 그런 대로 수긍을 하던 다크는 세린을 떠올리고 대답했다.
"그러죠, 뭐. 세린한테 준비하라고 이를게요."
 다크가 나가고 난 후 아르티어스는 카르토 백작을 향해 으르렁거렸다.
"너, 이 자식. 빨리 이쪽으로 튀어 와!"
"예? 왜, 왜 그러십니까?"
"내가 하는 일에 끝까지 방해를 해? 넌 이제 죽었다."

 아르티어스는 만족한 표정으로 손을 탈탈 털며 밖으로 나오다가 기겁을 했다. 문에서 그렇게 멀리 떨어지지 않은 곳에서 다크와 수녀가 얘기하고 있는 것이 보였던 것이다. 그것을 본 아르티어스는 뭔가 자신이 해야 할 일이 있다는 사실을 기억해 낼 수 있었다. 아르티어스는 즉시 방 안으로 다시 뛰어 들어가서 카르토 백작을 불렀다.
"야! 야, 이 자식아. 빨리 튀어 와."
 아르티어스에게 얼마나 두들겨 맞았던지 바닥에 축 늘어져 있던 카르토 백작은 사력을 다해 엉금엉금 일어서며 겨우 입을 벌려 대답했다.
"에?? 예. 에 그어시니가? 어으시.(왜 그러십니까? 어르신.)"
"빨리 안 와?"

아르티어스가 으르렁거리자 작은 기적이 일어났다. 거의 실신 지경이었던 카르토 백작이 좀비가 마법으로 움직이듯 비틀거리며 아르티어스에게 필사적으로 걸어갔던 것이다. 카르토 백작의 육신은 이미 한계를 벗어난 지 오래였다. 하지만 아르티어스에 대한 두려움이 무의식을 자극해 힘겹지만 그의 몸을 움직이게 한 것이다. 아르티어스는 카르토 백작의 멱살을 틀어잡아 쓰러지려는 그를 바로 세운 후, 치료 주문을 사용하며 투덜거렸다.

"젠장, 내가 호비트의 멍 자국 따위를 없애려고 힘들게 마법을 배웠나. 내 신세가 어쩌다 이렇게 되어 버렸지?"

이때 아르티어스의 목에 걸려 있던 목걸이가 부르르르 진동했다. 아르티어스는 신경질 난다는 듯 멱살을 잡고 있던 카르토 백작을 놔 버렸다. 카르토 백작은 거의 반쯤 실신해 있는지 아르티어스가 손을 놓자마자 풀썩 쓰러져 버렸다. 겉에 보이는 멍 자국은 없어졌는지 모르지만, 속으로 든 골병은 하나도 치료가 안 되었던 것이다.

아르티어스는 보석으로 아름답게 세공된 목걸이를 쓱 꺼내 들었다.

"이상하네. 레어에 누가 침입한 줄 알았더니 누가 통신을 보내는 거지?"

슬며시 주문을 외우자 곧이어 목걸이에 박혀 있는 붉은 보석 위로 금발을 길게 기른 근육질의 사내가 등장했다.

"여어, 내 친구여. 오랜만이야."

반갑게 인사하는 상대에게 아르티어스는 버럭 화부터 냈다.

"뭐야, 새꺄? 친구 좋아하고 있네."

성질 더러운 아르티어스

"에이, 너무 화내지 말라구. 친구 좋다는 게 뭔가. 우리가 어디 하루 이틀 사귄 사이야? 무려 수천 년을 함께한, 형제보다도 더욱 끈끈하게 맺어진 우정이 아닌가?"

느물거리는 듯한 브로마네스의 말투에 더욱 화가 치밀어 오르는 아르티어스였다.

"우정 좋아하고 있네. 그런 놈이 나를 아버지한테 팔아넘겨? 아버지의 마수에서 벗어나고 싶다는 자네 마음은 십분 이해해. 나라도 그랬을 테니까. 하지만 그러자고 나까지 걸고 넘어져? 그러고도 이제 와서 친구와 우정을 찾냐?"

"에이, 그러니까 미안하다고 하잖아. 그건 그렇고 어르신은 어때? 선물이 마음에 든다고 하시던?"

그 말에 아르티어스는 머리꼭지가 확 도는 것을 느꼈다. 그 포도주가 어디서 나온 것인가? 원래부터 그 반은 자기 것이 아니던가. 그것을 선심 쓰듯 선물로 써먹는 것도 모자라서 효도가 어떻고, 불효자가 어떻고 주절거려 괜히 아버지의 눈총을 받지 않았던가. 아르티어스는 치밀어 오르는 화를 겨우 참다가 선물이라는 말에 뭔가 생각났다는 듯 브로마네스에게 말했다.

"아, 그러고 보니 아버지가 너 빨리 튀어 오래."

아르티어스의 말에 브로마네스는 흠칫하는 듯하더니 곧이어 억지로 미소 지으며 말했다.

"뭐? 왜? 에이~ 너 농담하고 있는 거지? 그렇지? 하지만 농담이라도 섬뜩하다, 야."

아르티어스는 일부러 정색을 하고는 퉁명스런 어조로 말했.

"농담 좋아하고 있네. 너 그 포도주 시음이라도 하고 아버지한테

드린 거냐?"

"뭐? 내가 먹던 걸 어떻게 어르신에게 선물을 해. 왜? 선물에 무슨 문제가 있었냐?"

"야, 아무리 다급해도 그렇지. 상한 걸 선물하면 어쩌자는 거야?"

아르티어스의 말에 브로마네스는 기겁을 할 정도로 놀랐다.

"뭐? 상했다고?"

"그래, 밀봉이 좀 부족했는지 한 모금 드시더니 바로 뱉어 내며 불같이 화를 내시는데, 애꿎은 나만 왕창 깨졌잖아."

"그, 그래? 이거 큰일 났구나. 어, 어쩌지? 큰일 났네."

허둥거리며 당황해하는 브로마네스를 보면서 아르티어스는 속으로 회심의 미소를 지었다.

"행여 어디로 도망칠 생각은 꿈에도 하지 마라. 너, 아버지가 어떤 분인지 잘 알고 있지? 대륙 끝까지 도망쳐 봐라, 못 찾아내시는지. 그리고 도망치다가 붙잡히면 아예 죽었다고 생각하는 게 좋을 걸!"

"그러니까 내가 사정하잖아. 어떻게 하지? 어쩌면 좋을까?"

역시 물에 빠져서 정신이 없으면 지푸라기라도 잡으려고 드는 것은 당연한 심리였다. 그것을 느긋하게 즐기며 아르티어스는 아주 묵직한 쇳덩어리를 던져 줬다. 아예 이것을 잡고 그대로 침몰해 버리라고 간구하며.

"어쩌긴 뭘 어째. 아버지 명령대로 해야지. 노여워하시며 그러시던데, 아버지가 가실 때까지 내 레어에 꿇어앉아서 두 손 들고 있으래."

"뭐? 그럼, 언제 오시는데?"

"몰라, 임마. 나도 지금까지 깨지다가 아버지가 뭔가 볼일이 있으시다고 어디 가셨어. 그 덕분에 지금 겨우 쉬고 있는 거 안 보여? 아마 나중에 레어에 가셨을 때 너 없으면 죽이려고 드실걸."

그 말을 들은 브로마네스는 아르티어스의 얼굴을 꼼꼼히 살펴봤다. 혹시나 자기를 놀린다고 거짓말하는 것이 아닌가하는 의심이 들었기 때문이다. 하지만 기대와 달리 다크에게 매일 혹사당하고 있던 아르티어스의 얼굴은 그야말로 가관이었다. 깔끔하던 그가 눈곱까지 끼어 있는 데다가, 왠지 수척해 보이기까지 하지 않는가? 브로마네스는 그것이 다 아르티엔에게 들볶여서 생긴 흔적인 줄로 착각하고 안색이 더욱 창백해졌다.

"야, 임마! 나 지금 바빠. 언제 아버지가 오실지 모른단 말이야. 이만 끊자구."

그 말에 브로마네스는 모든 것을 체념했는지, 풀이 죽은 음성으로 대답했다.

"우리, 다음에 살아서 만날 수 있는 거지?"

브로마네스의 일그러진 얼굴을 보던 아르티어스는 도저히 웃음을 참아 낼 수 없을 것 같자 재빨리 통신을 끊었다. 그런 다음 아르티어스는 수백 년 묵은 체증이 쫙 내려간 듯 통쾌하게 웃음을 터뜨렸다.

"하하핫, 이제야 기분이 좀 풀리는군. 짜식, 거기서 수백 년을 기다려 봐라. 아버지가 가시는지……."

아르티어스는 이번에는 얼굴 가득 미소를 띠고는 여유롭게 휘파람을 불면서 문밖으로 나갔다. 그때까지도 라나와 다크는 입씨름을 벌이고 있었다.

"하지만, 여기는 너무 불안해요. 아저씨도 느끼실 거예요. 며칠 전부터 엄청나게 사악한 기운이 소용돌이치잖아요. 밤에도 몇 번씩이나 악몽을 꾸다가 깬다구요. 그러니까……."

"아, 짜증나게 계속 그러네. 마왕이니 뭐니 그런 거는 없다니까."

"그렇게도 저를 못 믿으시는 건가요?"

"이건 믿고 안 믿고의 문제가 아니야. 내가 설명했잖아. 저 이상한 기운은 뭔가 피치 못할 사정에 의해 만들어진 거라고 말이야. 그리고 그 이상은 국가 비밀이기 때문에 말할 수 없어. 그리고 내가 너한테 꼭 알려 줄 이유도 없고 말이야."

완강한 다크의 태도에도 불구하고 라나는 포기할 수 없었다. 그동안 어찌해야 할지 고민하던 그녀는 이제야 신탁의 임무를 완수할 수 있는 작은 실마리를 발견한 것이다.

"그렇다면, 좋아요. 저도 여행에 함께 데려가 주세요."

"그것도 안 돼. 그냥 떠나는 여행이라면 몰라도 나는 키아드리아스라는 드래곤의 둥지에 갈 거야. 거기에 너를 데리고 갈 이유가 없잖아."

"그래도……."

"자자, 며칠 내로 돌아올 거야. 그동안 아무 일도 일어나지 않을 테니까 안심하고 기다리라구."

거칠게 말을 내뱉은 다크는 더 이상의 대화는 짜증난다는 듯 서둘러서 걸어가 버렸다.

엘프 최강의 전사 카렐

 엄청난 드래곤의 존재감에 레어에서 하릴없이 빈둥거리고 있던 키아드리아스는 후다닥 밖으로 튀어나갔다. 이리저리 주위를 둘러보던 키아드리아스는 곧 반갑지 않은 방문객을 볼 수 있었다. 순간 평온하던 키아드리아스의 얼굴이 소태를 씹은 듯 일그러졌다. 그곳에는 재수 없는 아르티어스와 다크가 한 늙은이와 서 있는 것이었다. 그녀는 아르티어스를 향해 쌀쌀맞게 말했다.
 "흥, 오늘은 또 무슨 트집을 잡으려고 찾아온 거죠?"
 "젠장, 겨우 날개 한 번 부쉈다고 너무 그러지 마."
 "뭐요, 겨우 날개 한 번? 정말 상종 못할 드래곤이군. 내가 당신의 날개를 부숴 볼까요? 그딴 소리가 나오는지……."
 적당히 달래서 넘어가려고 하던 아르티어스는 같잖게 보던 상대가 계속 강짜를 부리자, 성질을 참지 못하고 으르렁대기 시작했다.

"이게 가만히 듣고 있자니까……. 너 정말 죽으려고 환장했냐?"

둘의 대화를 가만히 듣고 있던 아르티엔은 아르티어스의 뒤통수를 사정없이 갈기며 한심하다는 듯이 말했다.

"이놈은 심심하면 애들을 괴롭히네. 너는 언제 철들래?"

그 장면을 키아드리아스는 황당한 듯 바라봤다. 이 세상에 그 누가 있어서 저 개망나니 드래곤의 뒤통수를 태연히 갈길 수 있다는 말인가? 하지만 그 궁금증은 곧 풀렸다.

"에이 씨, 아버지는 가만히 좀 있어 봐요. 이게 자꾸 까불잖아요."

"이게 아직도 정신을 못 차리네. 너 정말 죽을래?"

인상을 확 구기며 아르티엔이 한쪽 손을 번쩍 들자 아르티어스는 재빨리 표정을 바꾸어 비굴하게 미소 지으며 말했다.

"아, 아닙니다. 제가 뭐라고 했습니까?"

키아드리아스는 '아버지' 라는 말이 들리자 잠시 어리둥절한 표정을 짓더니 뭔가 깨달은 듯 재빨리 앞으로 나서며 공손히 말했다.

"혹, 아르티엔 님 아니십니까?"

"여, 정말 오랜만이군. 처음 봤을 때는 날개가 부러졌다고 징징 울고 짜고 하던 꼬질꼬질한 꼬맹이더니 그동안 많이 컸구먼."

키아드리아스는 떨떠름한 표정으로 정중히 인사를 했다. 하지만 그 속마음은 결코 편하지 못했다.

'울고 짜고, 꼬질꼬질 꼬맹이? 빌어먹을! 꼭 표현을 해도 그딴 식으로 하다니!'

혹시 누가 들었을까 두려워 은근히 주위를 살피는 키아드리아스였다.

"정말 오랜만에 뵙습니다. 그동안 안녕히 지내셨는지요."
"오냐오냐. 그래, 너도 잘 있었냐?"
"예."
"그건 그렇고 어떤 일로 여기까지 오셨습니까?"
아르티엔은 자상한 눈길로 다크를 쳐다보며 말했다.
"아, 내 손자 녀석이 카렐이 보고 싶다고 해서 말이야."
아르티엔의 말을 들은 키아드리아스는 왠지 수상쩍다는 눈빛으로 쳐다보며 말했다.
"예? 제 남편을⋯요? 무슨 일로 말입니까?"
이때 다크가 앞으로 나서며 말했다.
"카렐과 전에 약속한 게 있거든. 그래서 약속을 지키러 왔어."
다크의 말을 들은 키아드리아스는 내심 투덜거렸다.
'빌어먹을 놈, 그 애비나 아들이나 싸가지 없기는 마찬가지구만. 나이도 어린 게 계속 반말을 찍찍 내갈기고 있어.'
키아드리아스는 분을 삭이느라 길게 한숨을 내쉰 후에 말했다.
"제 남편을 불러오겠습니다. 아니, 그쪽으로 가시는 게 어떻겠습니까?"
"그게 좋겠다. 그럼 안내해."
빙그레 웃으며 끝까지 반말을 해 키아드리아스의 복장을 뒤집는 다크였다.

다크 일행은 키아드리아스의 안내를 받아서 카렐의 집으로 갔다. 다크는 집 뒤쪽에서 명상에 잠겨 있는 카렐을 발견하고는 반가운 듯 소리쳤다.

"이봐, 카렐!"

카렐은 자신의 명상을 방해하는 인물이 누군가하여 눈을 살며시 떴다. 오랜만에 장시간 명상을 하기 위해 키아드리아스까지 레어로 돌려보냈는데 방해를 받자 약간 짜증이 난 것이다. 하지만 그를 부른 사람이 다크라는 것을 알자, 반가운 듯 미소 지으며 일어섰다.

"여, 다크, 안녕. 안녕하십니까, 어르신. 그리고 이쪽은……."

"응, 할아버지셔."

다크의 말을 보충하듯 키아드리아스는 카렐에게 텔레파시를 보냈다.

〈골드 일족의 최고 연장자인 데다가, 아주 성질 더럽기로 소문난 존재니까 조심하세요.〉

"아, 그래. 안녕하십니까, 저는 카렐 아미타유스라고 합니다."

골드 일족의 최고 연장자라는 말에 카렐은 정중하게 인사를 건넨 후 이채롭다는 듯 살그머니 상대를 관찰했다. 아르티엔은 인자하게 미소 지으며 말했다.

"그래, 자네가 그 엘프의 이단아라는 카렐이로군. 만나서 반갑네."

"예, 안으로 드시지요. 차라도 한잔하시지 않겠습니까?"

다음 날 아침 다크와 카렐이 검술 시합을 벌이겠다며 나가자, 키아드리아스는 연인의 실력을 믿으면서도 그에게 걱정스런 시선을 보냈다. 하지만 그 외에는 모두들 화끈한 구경거리가 생겼다고 좋아서 따라 나섰다. 아르티엔은 누가 이기든 오랜만에 보는 싸움 구경에 관심이 있었고, 아르티어스는 꼴 보기 싫었던 건방진 키아드리아스의 남편이 자신의 아들에게 박살 나는 광경을 보고 싶었던 것이었다.

"자 그럼 시작해 볼까?"

카렐의 말에 다크는 천천히 검을 뽑아 들었다. 황금빛 찬란한 검신을 가슴으로 끌어당긴 후 고개를 끄덕여 상대에 대한 경의를 표한 후 천천히 기를 집중하기 시작했다. 둘 다 대륙에서 자신이 최고라고 자부하는 인물들끼리의 싸움이었기에, 처음은 상대에 대한 탐색전으로 시작되었다. 서로의 검이 불타오르는 듯한 광채를 뿜어내며 대기를 가르기 시작했다. 둘의 치열한 접전을 지켜보던 아르티엔은 재미있다는 듯 말했다.

"와우, 저게 뭐냐? 화려한 것 하면 마법인 줄 알았더니, 검술이라는 것도 연출 효과가 대단한데?"

아르티어스도 고개를 끄덕이며 맞장구를 쳤다.

"글쎄 말입니다. 쇠막대기 가지고 하는 체조도 상당히 볼 만하죠? 역시 내 아들이라니까요."

히히덕거리면서 그들이 지켜보는 동안 두 고수는 점점 더 치열한 싸움을 전개해 나갔다. 하지만 그 둘은 줄곧 싸우면서도 3미터 이상을 떨어지지 않았다. 지근거리에서 어검술이 부딪치면서 간혹 엄청난 충격파를 만들어 냈지만, 그들은 떨어지지 않고 자신이 익히고 있던 모든 몸놀림을 화려하게 펼쳤다.

점점 더 격전이 치열해지자 드래곤조차도 인상을 찡그릴 정도로 그들의 몸놀림은 빨라졌다. 웬만한 기사들이 봤다고 해도 희미한 잔상밖에 보지 못할 정도로 그들의 몸놀림은 쾌속했고, 그들의 검은 더욱더 빨라서 새하얀 궤적만을 간신히 볼 수 있을 정도였다.

꽈꽝.

한동안 치열하게 싸우던 그들은 갑자기 검을 부딪치며 엄청난 충격파를 만들어 냈다. 귀청을 찢는 폭발음과 함께 사방으로 그 충격파가 휩쓸고 지나갔기에, 미처 대비하지 못했던 키아드리아스나 아르티어스가 약간 비틀거렸다. 아르티어스는 가볍게 기침을 하며 손을 휘휘 내저으며 투덜거렸다.

"콜록콜록. 젠장, 살살 좀 하지. 이게 도대체 뭐야?"

몸에 묻은 먼지를 털어 내며 투덜거리는 아르티어스에게 시선도 보내지 않은 채, 아르티엔은 아주 흥미롭다는 듯 눈을 빛내며 말했다.

"검술이라는 것을 나는 여태껏 몸 풀기 위한 체조 정도로만 생각하고 있었는데, 제법이군. 아주 날카로워. 다시 봤는걸."

"참 내, 아버지가 그때 말리지만 않았다면, 저도 저 정도는 했을 거라구요. 역시 마법보다는 검이 훨씬 더 멋지잖습니까?"

"헛소리 마. 만약 네가 계속 익혔다고 해도 체조 수준을 절대로 벗어날 수 없었을걸? 너는 저 아이들처럼 검술에 마나를 사용할 생각은 하지도 않고, 무조건 근육만 잔뜩 붙인 몸매를 선호했잖아. 그래서는 아무리 수련해 봐야 체조 수준이겠지. 그건 그렇고 정말 볼 만하군."

다크와 카렐은 서로의 검을 세차게 부딪치며 약속이나 한 듯 거리를 넓게 벌렸다. 그런 다음 곧이어 시작된 이기어검술 간의 싸움. 서로의 검이 불타오르며 대기를 날아다녔다. 그들의 검은 마치 그 하나하나가 의식을 가지고 있는 생명체라도 된 듯, 마음껏 허공을 누비며 서로를 견제하기도 하고 또 충돌하기도 했다. 그것을 바라보며 아르티엔은 놀랍다는 듯 말했다.

"굉장하군. 저 하나하나에 엄청난 파괴력이 담겨 있잖아? 저런 식으로 사용한다면 거리의 제약이 거의 없어지겠군. 정말 대단한 기술이야. 그뿐만 아니라 보기에도 멋이 있군."

이윽고 어검술 하나만으로는 도저히 결론이 나지 않는다고 생각되자, 그 둘은 본격적으로 강기를 사용하기 시작했다. 서로의 검이 이기어검술에 의해 본격적으로 움직이는 한편, 그들은 강기를 이용하여 상대의 빈틈을 노리기도 했고, 또 없는 빈틈이라도 만들기 위해 상대를 압박해 들어갔던 것이다.

서로 간의 강기 다발이 곳곳에서 부딪치면서 엄청난 폭발음이 휘황찬란한 빛과 함께 터져 나오기 시작했다. 두 강자들 간의 사력을 다한 대결은 엄청나게 빨랐다. 하지만 그 하나하나에 담긴 위력이 얼마나 강한지 알아볼 수 있는 능력을 가진 드래곤들로서는 자연 탄성을 터뜨릴 수밖에 없었다. 아르티어스가 진정한 아들의 실력을 보며 입을 다물지 못하고 있을 때, 아르티엔 또한 자신이 경시했던 호비트가 발전시켜 온 검술에 감탄했다는 듯 말했다.

"정말 저게 검술이란 말인가? 대단하군. 처음에는 몰랐는데 가만히 보니까 서로 간에 주고받는 공격들의 태반 이상이 가짜잖아. 지근거리에서 맞붙는다면 어떤 것이 진짜인지 알기 힘들겠어. 아마 저런 식으로 상대방의 시야를 현혹시키는 거겠지. 직접 맞붙어 보면 아주 상대하기가 까다롭겠어."

잠시 더 대결을 바라보던 아르티엔은 뭔가를 깨달은 듯 놀라움을 금치 못했다.

"세상에, 말도 안 돼. 저 빛줄기 하나하나가 6사이클급 마법과 거의 비슷한 위력인 것 같은데? 아니지, 마법의 특성상 넓게 퍼지는 것에 비해 저것은 거의 한 점에 모든 힘이 집중되고 있지 않은가? 그렇다면 그 부분이 받는 충격은 8, 9사이클 이상이라고 봐야겠군. 웬만한 방어 마법은 그냥 뚫고 들어가겠어. 한낱 호비트나 엘프 따위가 저런 엄청난 위력을 발휘할 수 있다니……. 정말 직접 보면서도 도저히 믿을 수가 없군."

시간이 가는 줄도 모르고 하루 종일 칼부림을 해 대던 그들은 이윽고 서로 간에 무언의 합의를 했는지 검을 멈추고 풀썩 제자리에 주저앉았다. 둘 다 오랜만에 전력을 다했던 탓인지 숨을 헐떡이고는 있었지만, 얼굴에는 환한 미소가 어려 있었다.

"내가 검술을 배운 후로 이렇게 후련하게 싸워 본 것은 오늘이 처음인 것 같아."

카렐의 말에 다크는 환하게 미소 지었다. 온몸이 녹초가 된 듯했다. 모든 근육들이 탈진을 호소하고 있었지만, 그 뻐근한 느낌조차도 황홀했다. 그녀는 카렐이 자신의 몸 상태를 생각해서 이쯤에서 그친 것을 알고 있었다. 남자였을 때의 자신이었다면 이틀 밤낮을 싸운다고 해도 견뎌 냈을 것이다. 하지만 이 가는 팔과 다리는 아무리 내공이 받쳐 준다고 해도 이것이 한계인 것이다. 가쁘게 숨을 몰아쉬고 있는 다크에게 카렐은 나직한 어조로 속삭였다.

"너의 자존심을 건드리자고 하는 말은 아니지만, 네 검술은 조금 이상한 것 같아. 아주 대단한 실력이라는 것은 잘 알아. 하지만 아무래도 뭔가 부족하단 말이야."

카렐의 말에 약간 기분이 상하기는 했지만, 무공에 대한 호기심에 다크는 슬쩍 질문을 던졌다.
"뭐가?"
"너의 검은 순간순간 아주 적절하면서도 매끄러운 움직임을 보여 줬어. 굉장한 속도, 그러면서도 아주 다각적인 공격력, 눈이 어지러울 정도로 극심한 변화……. 이 모든 것들 때문에 나는 네 공격을 막아 낸다는 것이 처음에는 아주 힘들었어. 왜냐하면 그런 검술을 쓰는 사람은 네가 처음이었거든."
카렐의 검술은 이 세계의 모든 기사들이 그러하듯 변화보다는 한 점에 집중되는 파괴력을 중시하는 것이었기에 다크는 고개를 끄덕여 수긍했다.
"하지만 조금씩 시간이 지나면서 어느 정도 적응이 되자 나는 너를 압도할 수 있음을 깨달았지. 너의 검술은 거의 완벽하다고 할 수 있어. 엄청난 속도와 그 변화, 그러면서도 네 검격은 엄청난 힘을 싣고 있었지. 어쩌면 너와 전장에서 목숨을 걸고 격투를 했다면 그 허점을 알아내기도 전에 내가 목숨을 잃었을 거야. 그만큼 너의 검술은 무서웠다고 할 수 있지."
잠시 다크를 쳐다보던 카렐은 다크가 그런대로 담담한 얼굴로 앉아 있자 말을 이었다.
"하지만 검이란 한 점을 향해서 무한한 자유를 가지고 폭발적으로 터져 나가야 할 텐데, 이상하게 그것이 뭔가에 구속되어 있다는 느낌을 받았단 말이야. 나는 이런 느낌을 형식에 얽매여 있는 자들에게서 느꼈거든. 바로 그 느낌을 자네에게서 받았단 말이지."
"구속된다고? 글쎄……. 내가 아주 오래전부터 검술 하나를 연구하고 있는데, 그 때문인가? 사실, 내가 사용하는 모든 것은 거기에 뿌리를 두고 있거든. 어쩌면 그 때문인지도……."

"검술이라고? 한번 설명해 봐. 너 정도 수준이라면 사실 검술이라는 틀에 얽매여서는 절대로 안 되지. 그리고 또 틀에 얽매여 있어서는 결코 네 수준에 올라설 수가 없어."

카렐의 말에 다크는 어이없다는 듯 항변했다.

"하지만 나는 그게 가능했어. 그래서 나는 여태껏 내가 잘못 알고 있다고는 생각한 적이 없었거든."

다크는 자신의 사부 유백이 창안한 방법을 카렐에게 자세히 설명했다. 검술을 쪼개고, 쪼개고, 또 쪼개서 더 이상 쪼갤 수 없을 만큼 쪼개어 그것을 개별적으로 격투에 응용하는 방법을 말이다. 사부는 이 방법을 통해 모든 검술을 '잊을 수 있다'면 최강의 대열에 설 수 있을 것이라고 생각했던 것이다. 그 설명을 한참 듣고 있던 카렐은 고개를 주억거리며 말했다.

"아아, 그래서 그렇게 된 거군. 그렇다면 너는 진정한 의미에서 '잊었다'고 할 수 없어. 최고의 경지란 그런 식으로 쪼개어 나가는 것이 아니야. 진짜로 잊어야만 해. 완벽하게 자신을 잊고, 검을 잊고, 정해진 투로(鬪路)를 잊었을 때, 그때가 돼야 검술은 새로운 경지를 향해 뻗어 나가기 시작한다고 생각해. 그런데 참 이상하군. 형식이라는 것에 얽매여 있는 한, 의식과 한계 이상으로 성장한 무의식이 충돌하면서 정신 이상이 되는 경우가 많은데 너는 어떻게 그 고비를 넘긴 거지? 나로서는 도저히 이해할 수가 없군."

다크는 곰곰이 생각해 보았다.

"글쎄, 나는 그런 것을 한 번도 느낀 적이 없었어. 아, 참, 예전에 사부님께 검술을 배울 때, 어느 날 명상을 하다가 검술의 이치를 깨달은 적이 있어. 하지만 그것은 완벽한 무(無)를 통한 검술은 아니었지. 하지만 그 후 내 검술은 비약적으로 발전해서 사부님을 능가했거든. 그래서 나는 그런 식으로 벽을 넘었다고 생각했지."

"허, 참, 그렇다면 한 가지 물어보세. 자네의 사부는 마스터였었나?"

"마스터? 아니."

다크는 잠시 생각해 봤다. 유백은 조금 수준 높은 그래듀에이트 정도……. 그렇다면 마스터는 아니었다. 다크의 대답을 들은 카렐은 미간을 찌푸리며 잠시 생각하는 듯하더니 말했다.

"그런데 너는 그런 사부에게 검술을 익혀서 최강의 자리에 올랐다 이거지?"

"응."

"그것은 내 상식으로는 이해할 수 없는 일이야. 원래가 어떤 검술을 완벽하게 소화해 나가다 보면, 그 마지막으로 자신을 가로막는 벽이 생기지. 그것을 뚫었을 때, 비로소 그 검술을 완벽하게 사용할 수 있는 마스터의 칭호를 얻을 수 있어. 그런 다음 형식의 틀에 얽매이지 않고 완벽한 자유를 향해 일보를 내디딘 사람을 그랜드 마스터라고 부르지. 내가 봤을 때, 넌 형식에 얽매어 있어.

네 검술이 빠르고, 아주 심한 변화를 보였기에 내가 상대하기 힘들었지만, 결국 너는 그 틀 속에서의 변화와 틀 속에서의 자유를 누리고 있었을 뿐이야. 나는 네 검술처럼 완벽한 검술을 단 한 번도 본 적이 없어. 하지만 너는 바로 그 함정에 빠져 있는 거야. 나는 내가 익혔던 검술의 한계를 깨닫고 그 형식을 버렸어.

"하지만 너는 검술의 한계를 깨닫지 못한 것 같아. 왜냐하면 네 검술은 너보다 한 차원 높은 나까지도 당황하게 만들 만큼 완벽했거든. 그게 바로 함정이라는 거지."

너무나도 완벽하기에 오히려 방해가 된다는 말에 다크는 조금 어이가 없는 듯한 표정을 지었다.

"내가 도저히 이해할 수 없는 게 또 하나 있어."

"뭐가?"

"너의 몸은 이미 그랜드 마스터의 것이야. 나는 한눈에 그것을 알아볼 수 있었어. 단전에 가득 차 있는 그 엄청난 마나… 도저히 마스터로서는 감당할 수 없는 강함이지. 정신은 마스터에 머물러 있는데, 몸은 그랜드에 들어서 있다? 이건 도저히 말도 안 돼.

의식이 그 정도까지 성장하지 못했다면 한계 이상으로 성장한 무의식과 충돌하면서 정신 이상이 되어야만 하는데, 너는 의식이 뒤떨어져 있는 채로 무의식이 스스로 동작하여 육체를 재구성했으니 불가사의한 일이 아니겠어?"

카렐의 말을 곰곰이 생각해 보던 다크는 뭔가 떠올랐다는 듯 말했다.

"오래전에, 적의 계략에 빠져서 기억의 끈을 한순간 놓친 적이 있었어. 그런 다음 다시 기억을 되찾았을 때, 뭔가 나도 모르지만 내 무공은 한 단계 더 진보해 있는 듯한 느낌을 받았었어. 나는 그게 마나를 거의 무한대로 쓸 수 있게 해주는 '북명신공'이라는 무공의 영향일지도 모르고, 그게 아니면 '생사경'이 가까웠기에 일어나는 현상이라고 생각했지. '생사경'은 내가 예전에 살던 곳에서는 무술인이 도달할 수 있는 최강의 경지를 말하는 것이거든."

"놀랍군. 너는 그런 식으로 해서 의식과 무의식의 충돌을 교묘하게 피한 것이야. 너의 육체가 그랜드로 탈바꿈하고 있을 때, 네 의식은 저 깊은 곳에 묻혀 있었던 거지. 정말 하늘의 도움이 아니면 그런 행운을 누릴 수 없었겠지. 그 계략이 정신 이상이 됐어야 할 너를 구했다고 봐야 하겠군."

"그, 그런가?"

다크는 어이가 없어서 되물었다. 자신이 목표로 하던 생사경은 커녕, 현경에조차 제대로 도달하지 못했다는 것에 어이가 없었던 것이다.

"네가 연구하고 있다는 그 검술을 기억 속에서 한시바삐 지워 버리는 것이 좋을 거야. 그것이 뇌리에서 완전히 사라졌을 때, 그리고 자아까지도 완전하게 지울 수 있을 때, 완벽한 자유라는 것이 뭔지를 깨달을 수 있을 거라고 생각해."

이때 다크는 한 가지 깨달을 수 있었다. 오래전, 나이아드에게 잡혀서 정령계에 갔을 때… 내공을 거의 끌어올릴 수 없었던 그때, 자신도 모르게 발휘되었던 어떤 무공. 그 덕분에 목숨을 건졌는데, 바로 그것이 현경의 무공인 모양이었다. 그는 그때 살아남아야 한다는 생각밖에 없었다. 언제든지 응용해서 발출할 수 있는 무상 검법도, 나이아드도 관심 밖이었다. 그렇기에 그의 의식은 베일에 가려져 있었던 현경의 발치를 슬쩍 엿볼 수 있었던 것이다.

생각에 잠겨 있던 다크는 뭔가 떠오르는 것이 있었다. 과거 자신이 국광의 이름으로 불리던 시절, 그때 몽고 벌판에서 수많은 몽고 병사들을 상대로 혼자서 분투했던 기억이 선명하게 떠올랐던 것이다. 그때 자신은 황궁의 무공을 사용했었다. 그리고 그것을 이용하여 벌 떼같이 달라붙던 적들을 베고 또 베었다.
 머리가 어지러울 정도로 짙은 피비린내가 진동했을 정도로 그는 수많은 적을 상대로 무아의 상태로 싸웠다. 황궁의 무학이 가지는 단순함, 그것을 수많은 상대를 향해 사용하기에는 무리가 있었다. 그리고 그것이 그에게는 엄청난 부담을 안겨 줬었다.
 하지만 그것이 부담이 된다는 생각을 할 겨를조차 없을 정도로 적은 엄청나게 몰려들었다. 그렇기에 그는 적이고 아군이고 초식이고 생각할 겨를도 없이 무조건 자신이 아는 모든 수법을 동원해서 공격해야만 했다. 그러다가 갑자기 불안정하게 흘러가던 기의 유통이 원활하게 풀리며 전개되었던 어검술…….
 다크는 카렐과 대화하던 상태 그대로 멍하니 굳어 버렸다. 이때 먼저 집 안으로 들어가 있던 아르티어스가 슬그머니 다가오더니 말을 건넸다.
 "이봐, 다 싸웠으면 들어와야 할 것 아냐. 네 마누라가 식사 준비까지 다 끝냈는데 말이야."
 한참 카렐을 향해 말하던 아르티어스는 멍하니 앉아 있는 다크의 눈앞에 자신의 손을 쓱쓱 휘둘러 보더니 카렐에게 의아하다는 듯이 말했다.
 "너 무슨 짓을 한거지? 얘가 왜 이렇게 정신이 빠져 있느냐구."
 카렐은 천천히 일어서면서 담담한 어조로 말했다.
 "뭔가 큰 깨달음을 얻고 있는 모양입니다. 자신이 가지고 있는 한계를 뛰어넘는 한 과정이라고 보시면 될 겁니다."
 "그거 좋은 거야?"
 "물론이죠. 최고의 검객으로 성장하려면 저런 과정을 여러 번 거쳐야 되거든요. 언제 끝날지 모르니 안으로 들어가서 향기로운 차라도 한잔하시며 기다리시죠."
"그럴까?"
카렐을 따라서 들어가며 아르티어스는 궁시렁거렸다.
"젠장, 더 이상 강해지지 않아도 되는데 말이야."
"예? 뭐라고 하셨습니까?"
"아, 아니야. 음식 향기가 그럴듯하다고……."

드래곤과 드라군의 차이

 말토리오 산맥을 조심스럽게 주위를 살피며 올라가는 사람들이 있었다. 그들은 울창한 수풀을 헤치면서 앞으로 천천히 나가고 있었는데, 복장이나 전체적인 분위기로 보아 사냥꾼들은 절대로 아니었다. 하지만 그들은 숲 속의 작은 흔적이라도 놓치지 않겠다는 듯 구석구석을 뒤지면서 전진하고 있었기에 속도는 상당히 느린 것이었다. 이때 제일 앞에서 걸어가던 험상궂게 생긴 사내가 말했다.
 "젠장, 엄청나게 광활하군. 이봐!"
 "옛, 단장님."
 "그 흉폭한 드라군(Dragoon)이 있다는 곳이 여기가 맞기는 맞는 거야?"
 단장의 질문에 부단장 겸 참모 역할을 하고 있는 미노시가 즉시 대답했다.
"옛, 여기가 틀림없습니다. 이곳으로 오기 전에 저쪽 마법사들이 우리 쪽 마법사들에게 좌표 설명을 정확히 했다면 말입니다. 그리고 공간 이동을 마친 지점에서 북쪽으로 30킬로미터쯤 북상했으니 슬슬 드라군의 서식지에 들어설 때가 되었습니다."
미노시는 자신만만하게 대답했지만, 단장은 인상을 찌푸리며 투덜거렸다.
"그래? 하지만 아무리 그래도 그렇지. 드라군의 서식지면 발자국이라도 하나 눈에 띄어야 하는데 말이야. 그건 그렇고, 정찰 보낸 놈들은 아직 안 돌아왔나?"
"글쎄요. 올 시간이 넘었는데 말입니다."
단장은 고개를 갸웃하며 말했다.
"그래? 설마… 벌써 드라군하고 싸움이 붙은 것은 아니겠지? 지원 부대를 보내야 하는 건 아닐까? 놈이 숲 속 깊숙이 도망가면 찾기도 힘든데 말이야."
이때 미노시가 왼쪽 숲 앞을 손가락으로 가리키며 말했다.
"아, 저쪽에서 옵니다."
미노시의 말을 증명하듯, 숲을 헤치고 10여 명의 기사들이 콧노래를 부르며 다가오고 있었다. 그들은 오크 다섯 마리를 잡아서 길쭉한 장대에 묶어 가지고 오는 중이었다. 그것을 본 미노시는 가장 앞장서서 오는 사내에게 벌컥 화를 냈다.
"이봐! 뭐 하다가 이렇게 늦은 거야?"
그 말에 맨 앞에서 걸어오던 사내가 등에 지고 있던 장대를 내리면서 말했다. 그는 노미란 이름의 뛰어난 검술 실력을 가지고 있는 검객이었다. 또한 어떤 상황에서도 능숙하게 일을 처리했기에, 보통 정찰대 혹은 전위 부대를 이끌고 선행하는 경우가 많았다.

"오다가 보니까 포동포동한 피그 대여섯 마리가 겁도 없이 달려들잖아. 잘됐다 싶어서 잡아 왔지, 뭐."

노미의 대답에 미노시는 한꺼풀 꺾인 어조로 질책했다. 그만큼 노미가 잡아온 오크는 아주 맛있는 별식이었던 것이다.

"잘하기는 했지만, 그래도 위험한 드라군의 서식지니까 조심했어야지."

말을 마친 미노시는 단장의 허락을 받은 후 모두에게 식사 준비를 할 것을 명령했다. 물론 어디에서 몬스터가 출몰할지 모르는 상황이었기에 그들 중의 몇 명은 경계를 서야만 했다. 오크들을 통나무에 꿰어 불 위에서 빙글빙글 돌리며 통구이를 하자, 얼마 지나지 않아서 구수한 냄새가 흘러나오기 시작했다. 모두들 훨훨 타오르는 불 위로 기름이 뚝뚝 떨어지는 것을 보며 저마다 입맛을 다셨다. 오크 통구이는 아주 맛있는 별미들 중의 하나로 용병단이 가장 좋아하는 음식이었다.

"이쪽 대륙 놈들은 음식 아까운 줄을 모른다니까. 식량이 남아도는지, 그 많은 피그들을 잡아 놓고도 그냥 버리다니 말이야. 안 그래?"

단장의 말에 엄청난 거구를 자랑하는 다쿠다가 지글거리는 오크의 넓적다리를 탐욕스러운 눈초리로 바라보며 말했다.

"음식 함부로 버리면 벌 받는데 말입니다. 안 그렇습니까, 단장님?"

다쿠다의 말에 단장은 고개를 끄덕여 수긍했다. 그런 후 그는 알카사스 놈들의 괴상한 행동에 짜증난다는 듯 투덜거렸다.
 "맞아, 전투가 끝난 후에 배도 고프고 해서 피그 다리통 하나 잘라 구워 먹으려는데, 자식들이 영 못 먹을 걸 먹는 것처럼 구역질 난다는 듯 쳐다보잖아. 에이, 재수 없는 자식들."
 이윽고 고기가 다 익은 듯하자, 정찰을 담당했던 노미가 군침을 삼키며 말했다.
 "단장님, 고기가 다 익은 것 같은데 빨리 먹지요."
 그는 단장이 고개를 끄덕이며 오크의 넓적다리를 잡자, 행여 딴 놈이 잡을세라 재빨리 자신이 눈독을 들이고 있던 그 반대편 다리를 움켜잡았다. 그런 후 다소 여유 있는 목소리로 외쳤다.
 "누구 술 가진 거 없나?"
 "위험한 드라군을 앞에 두고 술을 마시겠다니, 제정신이야? 아차 실수하는 날에는 아무리 자이언트에 타고 있다고 해도 위험하다는 것을 모르나! 나도 예전에 한 번 방심했다가 그놈한테 물려서 자이언트의 발목이 박살 난 적이 있어. 그놈들 빠르기만 한 것이 아니라 힘도 엄청나다는 것을 명심해야 해. 자, 쓸데없는 소리 하지 말고 조용히 식사나 해라."
 단장은 근엄한 표정으로 부하를 질책한 후 넓적다리를 크게 베어 물었다.

 아르티어스의 레어에서 한쪽 눈두덩이가 퍼렇게 변색되어 있는 상태에서도 열심히 청소를 하고 있던 어스무스 그랜딜은 갑작스럽게 들려오는 마법 경보음을 듣고 놀라서 그곳으로 달려갔다. 그곳에는 이미 얼스웨이가 와 있었다.

"무슨 일인가?"

"예, 공작 전하. 적들이 어르신의 영토 안으로 침입한 모양입니다. 여기에 있는 상황판에 따르면 영토 외곽에서 폭넓게 포진하여 올라오고 있는 것 같습니다."

"그래? 큰일이군. 빨리 가 보세."

"예."

레어 밖으로 슬쩍 나가서 정찰을 한 후 그들은 적들의 규모와 실력이 상상 이상이라는 것에 의견 일치를 봤다.

"아무래도 브로마네스 어르신께 알려야 할 것 같습니다."

"그래도… 우리들보고 얼씬도 하지 말라는 엄명을 내리셨는데……. 허~참, 난감하군."

어제 브로마네스가 찾아온 것까지는 좋았는데, 그는 오자마자 곧장 무릎을 꿇고 앉더니 양손을 번쩍 드는 것이었다. 꼭 아이들이 벌을 받는 것과 같은 모습을 하고 있는 브로마네스를 보고, 그가 드래곤이라는 사실도 잊고 키득키득 웃었던 것이 화근이었다. 그때 그 둘은 브로마네스한테 그야말로 비 온 뒤 먼지 나도록 두들겨 맞았던 것이다. 그 후 브로마네스는 방 하나를 정해서 그곳에서 그짓을 하면서 엘프들에게는 그 방에 얼씬도 하지 말라는 엄명을 내려놓은 상태였다. 그랜딜 공작은 문 가까이까지 슬그머니 다가간 후 조용히 불렀다.

"저, 어르신."

용기를 내어 불러 봤지만 아무런 대답이 없자, 그는 조금 더 큰 소리로 불렀다.

"어르신!"

곧이어 짜증이 가득 담긴 브로마네스의 목소리가 들려왔다.
"무슨 일이냐?"
"큰일 났습니다."
"뭐냐?"
"침입자들이 나타났습니다."
대답이 끝나자마자 레어가 떠나갈 듯 노기에 가득 찬 브로마네스의 목소리가 들려왔다.
"이런 망할 녀석들! 네놈들이 처치하면 될 거 아냐! 좀도둑 몇 놈 가지고 또다시 나를 귀찮게 하면 너희들을 먼저 파묻어 버릴 테다."
그랜딜 공작은 기겁을 해서 물러났다. 그런 후 얼스웨이와 수군거리기 시작했다. 아무래도 자신들의 힘으로 처리할 수밖에 없었다. 또 다시 그 지옥과도 같은 고통을 당하고 싶지는 않았던 것이다.
"아무래도 저놈들과 싸우는 편이, 어르신께 맞는 것보다는 낫겠지?"
"물론입니다, 공작 전하."
"그럼, 가자."
"옛."

이윽고 그 토실토실하던 오크들이 전부 뼈다귀로 바뀌었을 때, 단장은 부른 배를 쓰다듬으며 말했다.
"드라군 사냥은 정말 오랜만이군. 드라군은 사냥하기는 아주 힘들어도 고기 맛은 아주 끝내 주지. 자네들은 먹어 봤나?"

주위를 천천히 살펴본 후 단장은 말을 계속 이었다.

"이런 피그 따위는 드라군에 비하면 정말 먹을 것이 못 돼. 아마 그 때문에 드라군이 거의 멸종당했는지도 모르지."

그 말에 미노시는 고개를 끄덕이며 말했다.

"그래서 그놈들이 드라군의 사체를 달라고 하는 것 같습니다. 12미터짜리 드라군 한 마리를 잡으면 고기가 얼마나 많이 나옵니까? 우리들한테 조금 주는 것도 아까워서 하나도 안 주겠다고 하다니, 쩨쩨한 놈들."

미노시가 투덜거리자, 노미는 고개를 설레설레 저으면서 말했다.

"설마, 본국에도 거의 멸종됐는데, 여기에 그렇게 큰 놈이 남아 있겠어? 10미터만 되도 수지맞는 거라구. 하긴 드라군 고기 맛을 한 번 본 사람은 절대로 못 잊지. 그것만 해도 엄청난 돈을 벌 수 있겠지만, 그 가죽하고 뼈는 얼마나 귀하냐? 게다가 여기는 마법사들이 많다니까 그것으로 무기나 갑옷 따위를 만들어서 고가에 팔 수 있을 것 아냐?"

부하들의 잡담이 계속되자 단장은 약간 짜증스러운 듯 말했다.

"야야, 그건 놈을 잡았을 때 얘기고……. 일단 드라군을 포착하면 무엇보다 확실하게 한 번에 잡아야 한다. 놈의 발은 정말 빠르거든. 상처만 입히고 놓치면 아예 추격을 포기해야 하지. 내 경험에 의하면 놈의 발을 묶는 것이 이 사냥이 성공하느냐 그렇지 못하느냐를 결정하는 관건이 될 거야. 너희들은 드라군이 나타나면 내 명령대로 일사분란하게 움직이기만 하면 돼."

이때 옆에서 조용히 듣고 있던 작은 덩치의 라누마가 궁금하다는 듯 물었다. 그는 매우 행동이 재빠르고 전투 실력이 탁월했기에 동료들 사이에서 돌격대장이라는 칭호를 받고 있는 인물이었다. 그는 언제나 전투가 시작되면 가장 앞에서 싸웠는데도 아직까지 큰 부상을 입은 적이 없는 것을 보면, 그가 단순히 빠르기만 하지는 않다는 것을 알 수 있었다.

"그런데 단장, 여기서는 드라군이 보물도 모으는 모양이죠?"

단장은 고개를 갸우뚱거리다 말했다.

"글쎄… 하기야 대륙이 다르니까 그런 변종이 있을 수도 있겠지. 사실 별의별 데빌들이 다 돌아다니는 곳이니까 말이야. 여기 와서 싸워봤잖아. 이쪽 대륙의 데빌들은 덩치는 우리 쪽과 비슷하고 생긴 것도 마찬가지지만, 그 힘이 두 배는 되는 것 같더라. 거기에다가 수만 마리씩 여러 종류의 데빌들이 뭉쳐서 다니니까 상대하기가 아주 까다로웠잖아? 그걸 보면 이쪽 데빌들은 뭔가 좀 다른 모양이지."

라누마는 설마 하는 듯 억지로 미소 지으며 말했다.

"보물을 모은다면……. 설마, 테로돈을 말하는 것은 아니겠죠? 하하."

서로 간의 오해는 여기에서 시작된 것이었다. 그들은 드래곤을 테로돈이라고 부르고 있었고, 저쪽에서 말한 드래곤을 자신들이 말하는 드라군이라고 알아들었던 것이다. 그 드라군이라는 것은 이쪽 말로 렙터라는 초대형 파충류를 말하는 것이었다.

"하하하, 당연하지. 어떻게 감히 테로돈을 자이언트 가지고 잡을 생각을 한단 말이냐? 이봐, 드라군이라고 한 것이 확실하지?"

단장도 불안감을 웃음으로 흘리며 호쾌하게 대답했지만, 아무래도 못 미더웠는지 미노시를 향해 질문을 던졌다. 그만큼 테로돈은 공포의 상징이었던 것이다.

"물론입니다. 드래곤이라고 하더니 이쪽에서 못 알아들으니까 엄청나게 거대한 도마뱀이라고 했잖습니까? 이봐, 너도 그때 들었잖아. 그 녀석 발음이 좀 안 좋아서 그렇지 드라군을 드래곤으로 잘못 발음한 걸 겁니다."

"그래? 자, 이제 잡담은 그만 하고 전진하자."

"알겠습니다, 단장님. 자, 모두들 짐을 챙겨라. 이동한다."

모두들 전진하고 있을 때, 갑자기 붉고 푸른 빛 덩어리들이 엄청난 기세로 주위에 떨어져 내렸다. 그리고 그 덩어리가 지면에 닿은 즉시 폭발을 일으켰다.

"콰콰쾅!"

사방에서 폭발음이 울려 퍼지는 가운데, 모두들 그 폭발에 휘말리지 않기 위해 허둥지둥 피하기 바빴다. 그런 가운데 행동이 재빠른 라누마와 미노시가 타이탄을 꺼냈다.

"이봐, 놈들은 몇 명 안 되는 것 같다. 미노시! 자이언트로 빨리 앞에서 막아."

"맡겨 주십시오, 단장님."

미노시가 타이탄으로 동료들의 앞을 가로 막았을 때, 라누마는 이미 단장의 명령을 기다리지도 않고 앞으로 돌진해 들어가고 있는 상태였다. 단장은 미노시가 앞을 가로막고 있는 상황이었기에, 세밀히 전방을 살펴볼 수 있었다. 곧이어 그는 자신들을 향해 공격 마법을 퍼붓고 있는 상대를 발견했다.

"어? 귀가 뾰족한 거 보니 저거 샬로테 아냐? 왜 샬로테가 우리를 공격하는 거지?"

그 말에 미노시가 타이탄에 탄 채 답해왔다.

"글쎄요, 혹시 저것들 숲의 파수꾼이라고 자처하고 있으니까 몇 마리 남지 않은 드라군을 보호하기 위해서 저러는 게 아닐까요?"

"에이, 안 그래도 할 일이 많은데, 별것들이 다 사람 고생시키는군."

"저도 돌진할까요? 상대는 몇 안 되는 것 같습니다."

"아니, 라누마 혼자서도 충분해. 혹시 저것들 외에도 있을지 모르니까 자네는 자이언트에 탄 상태로 경계 태세를 유지해."

"옛."

하지만 라누마는 엘프를 단 한 명도 해치우지 못한 채 돌아왔다. 산꼭대기까지 재빨리 돌진해 올라갔지만, 상대는 어디로 튀었는지 흔적조차 모호할 정도로 모습을 감춰 버렸던 것이다.

"젠장."

타이탄을 돌려보낸 후 투덜거리면서 라누마가 털레털레 걸어오는데, 방금 전 엘프가 사라졌던 곳에서 또 다른 근육질의 잘생긴 금발의 사내가 엘프들과 함께 모습을 드러냈다. 그것을 본 미노시가 말했다.

"단장님, 아무래도 저놈들… 혹시, 경쟁자가 아닐까요?"

"경쟁자? 아하, 그러니까 저놈들도 드라군 사냥을 하기 위해 여기 왔다는 말인가?"

"예, 안 그러면 갑자기 우리들을 공격할 이유가 없잖습니까? 저놈들은 우리들을 내쫓고 드라군을 독식하려고 하는 것이 분명합니다."

새로 나타난 상대를 보자 다쿠다가 앞으로 쓱 나섰다. 그는 크로우 용병단원들 중에서 가장 키가 컸고, 또 머릿속까지 근육질일 정도로 우람한 몸매를 과시하는 사내였다. 그는 저쪽에 자기처럼 엄청난 근육질의 사내가 있다는 것을 본 순간 치밀어 오르는 호승심을 도저히 참을 수 없었던 것이다. 그는 건들거리면서 상대를 도발했다.

"이봐, 네놈도 힘 좀 쓰게 생겼는데, 나하고 한판 할 용기가 있냐? 응?"

거리가 워낙 떨어져 있었기에 상대의 말을 알아들을 수 없었는지, 금발의 사내는 인상을 일그러뜨리며 투덜거렸다.

"젠장, 뭐라고 하는 거야? 빌어먹을 놈들. 인상을 봐서는 분명 내 욕을 하고 있는 것 같은데, 감히 내가 누군 줄 알고……."

잠시 혼자 씩씩거리던 금발의 사내가 갑자기 주먹을 꽉 쥐자 우두두둑 하는 소리가 들려왔다. 그는 손가락을 까닥거리며 외쳤다.

"이리로 올라와라. 내 지옥이 뭔지 가르쳐 줄 테니."

다쿠다는 상대가 건방지게 뭐라고 씨부렁거리며 손가락을 까닥거리자 얼굴이 벌게질 정도로 화가 치밀어 올랐다.

"빌어먹을 자식, 올라오라면 내가 못 올라갈 줄 알아?"

다쿠다는 잠시 단장 쪽으로 시선을 돌렸다. 단장은 한숨을 내쉰 후 고개를 살짝 끄덕였다. 단장의 허락이 떨어지자 그는 그 육중한 몸매에도 불구하고 엄청난 속도로 산꼭대기를 향해 달려 올라갔다. 그리고 곧 이어 시작된 육중한 사내들끼리의 육박전. 힘으로는 금발의 사내가 조금 우위를 점하고 있었지만, 기술 쪽은 다쿠다가 한 수 위였다. 한동안 탐색전을 벌이던 다쿠다는 이윽고 빈틈을 잡고 그 육중한 근육질의 주먹으로 금발 사내의 면상을 직격했다.

"퍽!"

상대를 얕보고 있던 금발 사내의 머리가 충격 때문에 확 튕겨질 듯 젖혀졌다. 그리고 곧 그림으로 그린 것 같던 잘생긴 그의 코가 찌부러진 것이 보였고, 거기에서 엄청난 양의 피가 쏟아져 나오고 있었다. 금발 사내는 슬쩍 코를 만져 보다가 손에 붉은 액체가 묻어 있는 것을 보고 분통을 터뜨리고야 말았다.

"이런 벌레 같은 자식! 죽여 버리겠다."

곧이어 금발 사내는 손에서 희뿌연 오라를 뿜어내기 시작했고, 도저히 근육과 뼈로 이뤄진 손으로는 만들기 힘든 동작을 그리기 시작했다.

퍼버벅!

한동안 북 치는 소리가 울리기 시작했다. 금발 사내가 엄청난 힘으로 다쿠다를 두들겨 패기 시작한 것이다. 한참 동안 다쿠다를 두들겨 패던 그는 이미 기절해 있는 다쿠다를 발로 차서 산 밑으로 굴러 떨어뜨렸다. 그런 다음 동료를 구출하기 위해 달려 올라오고 있는 용병 기사들을 향해 엄청난 마법 공격을 퍼붓기 시작했다. 엄청난 폭발이 사방에서 일어나는 가운데, 위로 돌격했던 기사들이 재빨리 뒤로 도망쳐 내려왔다. 단장은 한심하다는 듯 투덜거렸다.

"전장의 사신이라는 명예로운 칭호를 받은 우리가, 한낱 마법사 한 놈 때문에 쫓겨 내려온다는 말이냐?"

그 말에 노미가 옆에서 발끈한 듯 대답했다. 아무래도 단장의 말이 그의 자존심을 건드린 것 같았다.

"상대는 엄청난 마법사입니다, 단장. 여태껏 수많은 전장을 돌아다녀봤지만, 저렇듯 폭발적인 마법 공격을 가해 오는 놈은 본 적이 없습니다. 게다가 상대는 산꼭대기에 있습니다. 아무래도 이쪽이 불리한 것이 사실입니다."

"멍청하기는, 모두들 자이언트를 꺼내라. 아무리 마법 공격이 강력하다고 해도 자이언트의 철갑을 뚫겠느냐? 모두 돌격하라!"

여기저기에서 타이탄들이 모습을 드러내자, 광폭한 웃음을 터뜨리며 마법 공격을 가하고 있던 금발 사내도 약간 움찔하는 것 같았다. 그도 그럴 것이 거의 40여 대가 넘는 타이탄들이 모습을 드러냈으니 마법사라면 위압감부터 느껴야 하는 것이 당연할 것이다. 하지만 그는 더욱 기고만장하게 웃음을 터뜨렸다. 그리고 곧 그가 서 있던 산 정상은 푸른빛에 뒤덮이고 말았다.

"저게 뭐냐?"

모두들 갑자기 일어난 괴이한 사태에 잠시 할 말을 잃었다. 곧이어 그 광채 속에서 모습을 드러내는 거대한 존재. 50미터는 족히 될 것 같은 장대한 체구의 레드 드래곤이 빛 무리 속에서 그 모습을 드러낸 것이다.

"이럴 수가! 테로돈이다! 모두들 피해라."

단장의 명령이 채 끝나기도 전에 산 위로 돌진해 올라가던 타이탄들은 드래곤을 발견하자마자 기겁을 하고는 모두들 재빨리 뒤로 돌아서 아래쪽으로 사력을 다해 도망치기 시작했다. 맹렬히 돌격할 때의 폭발적인 기세와는 달리, 온통 흩어져서 도망치는 그들의 표정은 겁에 질려 일그러질 대로 일그러져 있었다. 그런 인간들의 모습을 여유 있게 바라보던 레드 드래곤은 천천히 숨을 들이마시기 시작했다.

몸이 완전히 부풀어 오를 때까지 숨을 들이쉰 레드 드래곤은 그 정점에서 입을 쩌억 벌리며 폭발적으로 숨을 토해 냈다. 입속에서 시뻘건 광채가 맺히는가 싶더니, 한순간 어마어마한 붉은빛의 다발이 앞으로 쏘아져 나갔다. 그와 동시에 뒤쪽으로 쳐졌던 타이탄들부터 엄청난 열기에 먼지처럼 흩날리는 것이 보였고, 곧이어 그 모습조차도 검붉은 화염 속에서 사라져 버렸다. 그리고 곧장 이어지는 엄청난 대 폭발…….

모든 것이 끝난 후 산 정상에는 금발의 사내가 주위를 둘러보며 무표정하게 서 있었다. 화산이 대 폭발이라도 일으킨 듯 주위는 온통 잿더미로 화해 있었고, 여기저기에서는 허연 연기가 피어오르고 있었다. 그리고 저 멀리서는 산불이 났는지 검붉은 연기가 화염과 함께 치솟고 있었다.

그리고 군데군데 반쯤 녹아 버린 타이탄의 잔해가 방금 전에 있었던 말도 안 되는 붉은빛 다발의 위력을 대변해 주는 듯했다. 한참 동안 자신이 만들어 놓은 작품을 감상하고 있던 그는 찌부러진 코를 쓱쓱 쓰다듬으며 투덜거렸다.

"내가 너무 심했나? 그래도 시야가 확 트여서 좋긴 하구먼. 젠장, 그런데… 아르티어스에게는 뭐라고 변명을 하지?"

신탁의 영웅은 누구?

　아직도 여름의 열기를 간직하고 있는 태양이 맑게 갠 하늘 위에서 지상을 굽어보고 있었다. 하지만 이제 서서히 다가오고 있는 겨울의 영향 때문인지 한낮인데도 서늘한 바람이 불어와 저마다 아름다움을 뽐내고 있는 꽃잎들을 흔들고 있었다. 거대한 정원에 피어 있는 수많은 꽃들이 바람에 따라 이리저리 흔들리는 모습은 화려하면서도 포근한 평화로움을 자아내고 있었다. 하지만 아름다운 정원을 산책하고 있는 여인은 그런 대지의 축복에 눈길조차 주지 않고 습관적으로 걸음을 옮기고 있었다. 그녀는 수심 가득한 표정으로 한숨을 내쉬었다.
　"마왕이 벌써 그 모습을 드러냈다는데, 나는 지금 뭘 하고 있는 건지……. 아데나 여신님, 저는 지금 어떻게 해야 합니까?"
　라나는 그 커다란 갈색 눈망울로 잠시 드높은 푸른 하늘을 바라보더니, 곧 고개를 살래살래 내저으며 다시금 시선을 정원으로 옮겼다. 수많은 화초들이 가을을 맞이하여 저마다 자신만의 꽃을 피워 아름다움을 뽐내고 있었다. 하지만 그녀에게는 그들의 아름다움이 눈길에서만 머물 뿐, 가슴속까지 와 닿지 못하고 있었다.
"아무리 아저씨가 싫다고 했어도 따라갔어야 했어. 그래야……."
그때, 그녀의 눈에 뭔가 휙 하고 건물 사이를 빠르게 지나가는 그림자가 보였다.
'기사? 아니야. 기사가 마음먹고 움직인 거라면, 나라도 알아 챌 수 없을 정도로 빨랐을 거야. 그렇다면?'
라나는 재빨리 몸을 놀려 움직이기 시작했다. 지금 이곳엔 대공 관저를 호위하기 위한 약간의 병사들만 남아 있을 뿐, 거의 무방비 상태로 노출되어 있었다. 대공 직속에 2개 사단이 있었지만, 그들은 거의가 다 아르곤 국경이나 말토리오 산맥 쪽에 배치되어 있었던 것이다. 그리고 평상시에는 제2친위 기사단이 머물러 있었지만, 그들도 모두 전선으로 이동해 버렸기에 텅 비다시피 한 상황이었다. 그랬기에 사람과 싸우는 것에 대한 교육을 정식적으로 배운 것은 아니었지만, 현재 이곳에 남아 있는 사람들 중에서는 그녀보다 더 뛰어난 사람은 없을 정도였다. 그녀는 보통 때라면 하지 않을 행동을 했다. 곧장 그 침입자를 향해 돌진해 들어갔던 것이다.
'첩자인가? 아니면 마법사?'
그녀가 정체불명의 인물을 향해 쏜살같이 거리를 좁히고 있을 때, 상대는 살그머니 대공의 침실과 집무실 쪽을 기웃거리고 있었다. 그러다가 그는 원하는 뭔가를 발견할 수 없었는지 난감한 표정으로 고개를 숙이고 뭔가 궁리를 하는 듯하다가 갑자기 고개를 들었다.

그리고 그때 그 사내와 돌진하고 있던 라나의 시선이 뒤엉켰다. 정체불명의 인물은 멈칫하더니 재빨리 도망치기 시작했다. 그는 뭔가 마법이라도 쓰는 것인지, 상당한 속도로 달려가고 있었다. 하지만 그녀도 무녀로서 근육 강화의 신성 마법을 쓰고 있었기에 쫓아가는 데 크게 어려움은 없었다.

"서라!"

하지만 도망치는 놈이 서라고 한다고 서겠는가? 상대는 뒤를 힐끗거리며 열심히 달아나기 시작했다. 그렇게 해서 자연히 쫓고 쫓기는 추격이 시작되었다. 라나는 있는 힘을 다해 쫓아갔지만, 괴한과의 거리를 조금도 좁힐 수가 없었다. 바로 이때, 괴한은 대공 관저에서 한참을 벗어나 숲에 이르자 드디어 라나에게 공격 마법을 가해 오기 시작했다. 하지만 괴한은 라나를 죽일 생각이 없는지 처음부터 그녀를 목표로 하지 않고, 그 주변에 마법을 직격시켜 그녀로 하여금 포기하고 돌아가도록 유도하고 있었다.

꽝.

주위에서 불꽃이 작열하며 굉음을 울렸지만, 그녀는 이를 악 물고 악착같이 상대를 쫓아갔다. 한참을 더 달리자 도망치는 상대의 거친 숨소리가 들려왔다. 아무래도 괴한은 공격 마법과 속도 증가의 마법을 한꺼번에 쓰는 것이 힘에 겨운 것이 분명했다. 그것에 힘을 얻은 라나는 더욱 용기를 얻어 앞으로 달려 나갔다.

"거기 섯!"

이때 괴한은 다시 한 번 라나를 향해 공격을 가했다. 이번에는 라나의 주위를 향한 위협 공격 정도가 아니라, 그의 옆에 서 있는 나무를 향해서였다. 아름드리나무의 밑동이 박살 나면서 맹렬한 기세로 쓰러졌다. 그것도 괴한이 어떤 교묘한 수법을 사용했는지 모르지만, 라나와 그 괴한의 사이로 쓰러지기 시작했던 것이다.

　나무는 바로 지척에서 쓰러져 내리고 있었다. 이 상태에서 옆으로 돌아간다면 괴한을 놓칠지도 모르는 노릇이었다. 그렇다고 나무의 위쪽으로 뛰어오를 수도 없는 상태였다. 완전히 나무가 주저앉은 상태라면 모르겠지만, 지금은 너무 높았다. 또 속도를 줄였다가 다시금 지금의 속도로 달릴 수도 없었다. 라나는 이를 악 물고 더욱더 힘껏 달렸다. 선택의 여지가 없었다. 괴한을 추격하려면 나무가 쓰러지기 전에 그 밑을 통과해야 하는 것이다.

　쿵!

　"꺄아악!"

　굉장한 소리와 함께 라나의 비명이 숲 속에 울려 퍼졌다. 간발의 차이로 나무 밑을 통과하는 데 실패했던 것이다. 라나가 나무에 깔려 허우적거리고 있을 때, 괴한은 속도를 멈추고 섰다가 이쪽으로 몇 발자국 다가오는 듯하더니 발길을 돌렸다. 하지만 곧 그는 욕설을 내뱉으며 발길을 되돌렸다.

　"젠장, 젠장, 제엔장!"

　괴한은 라나에게 다가와서 마법을 사용해서 굵은 가지들을 잘라내며 퉁명스러운 어조로 물었다.

　"괜찮소?"

　라나는 상대가 아주 특이한 인물이라고 생각했다. 그리고 자신이 나무에 깔린 것을 보고 도망치지 않고 돌아와서 도와주는 것으로 보아 그렇게 나쁜 사람은 아니라고 확신했다. 하지만 이곳으로 돌아오기 전에 잠시 망설인 것으로 보아 도망쳐야 하는 어떤 이유가 있으리라 생각했다.
"예, 덕분에 괜찮습니다. 고맙습니다."
라나는 잠시 상대를 관찰한 후 말을 이었다. 이마의 땀을 훔치는 사내의 얼굴은 상당히 준수한 편이었다. 그것을 보면서 라나는 더욱 아리송함을 느꼈다. 그녀가 국가의 일을 잘 모르기는 하지만, 그래도 마법사를 첩자로 부려먹지는 않는다는 상식 정도는 잘 알고 있었다. 아무래도 고생해서 키운 마법사를 첩자나 정탐꾼 정도로 소모하기에는 너무나도 아까운 노릇인 것이다.
"무슨 일로 대공 관저를 정탐하시는 것입니까?"
라나가 상대를 자세히 관찰한 것처럼 상대 또한 마찬가지였다. 상대는 라나가 신성 마법으로 상처를 치료하는 것을 잠시 노려보더니 퉁명스럽게 말했다.
"개인적인 사정이 있어서 그렇소. 말이 나온 김에 물어봅시다. 대공 전하께서는 어디에 계시는 것이오?"
"전하께서는 지금 여행을 가셨습니다. 언제 돌아오실지는 저도 잘 모르겠습니다."
"그렇소, 휴~~. 전하께서 돌아오셨다는 소문을 듣고 겨우겨우 이곳까지 왔건만……."
"대공 전하를 뵙기 위해 오셨다면 응당 정문의 경비병들에게 면회를 신청하시면 될 텐데, 왜 그렇게 숨어서 안을 살피신 거지요?"
사내는 씁쓸한 미소를 지으면서 대답했다.
"아마도 그대가 무녀가 아니었다면, 나는 당신을 죽였을지도 모르오."

"예?"

"나는 마왕의 존재를 알리기 위해 치레아 대공 전하를 찾아왔소. 지금 크라레스 내부에는 마왕의 뿌리가 너무 깊게 내려있는 상황이라 누가 적인지 아군인지 도저히 알 수 없기 때문이오."

"그렇다면 왜 저에게는 그런 말씀을 하시는 것이죠?"

상대는 손가락으로 희뿌연 빛을 발하고 있는 라나의 손을 가리켰다.

"신성 마법 때문이오. 마왕을 따르는 자라면 절대로 신성 마법을 쓸 수 없을 테니까 말이오."

"아, 그렇군요."

라나는 고개를 끄덕이며 수긍한 후, 상대를 향해 물었다.

"그런데 저는 어떻게 당신을 믿지요?"

그 말에 상대는 피식 미소 지으며 말했다.

"당신이 나를 믿건, 그렇지 않건 그건 당신 자유요. 왜냐하면 나는 이제 떠날 거니까 말이오. 그럼, 잘 있으시오."

상대가 미련 없이 돌아서서 걸어가자 라나는 당황해서 외쳤다.

"당신은 어떻게 마왕의 존재에 대해서 아시게 된 거죠? 얼마 전에 코린트의 제임스 드 발렌시아드 후작님도 대공님께 마왕의 존재에 대해서 말하러 오셨어요."

그녀의 말이 상대의 흥미를 끈 것은 확실했다. 상대는 다시금 되돌아와서 당혹감을 감추며 질문을 던졌다.

"그 말이 정말이요? 그래서 어떻게 되었소?"

"그건 저도 잘 몰라요. 나중에 카르토 백작님께 들으니까 코린트와 치레아 공국 사이에 동맹 및 불가침 협정이 맺어졌다고 하더군요."

 그 말에 약간 놀란 사내는 잠시 후 뭔가 깨달았다는 듯 되물었다.

 "분명히 크라레스 제국이 아니라 치레아 공국과의 동맹이오?"
 "예, 그렇게 들었습니다."
 "허 참, 그렇다면 그분께서도 크라레스를 의심하시는 것이 분명하군. 무녀님도 오래 살고 싶다면 빨리 이곳을 떠나시오. 코린트나 뭐 그런 딴 나라로 가시란 말이오. 지금 마왕이 그 힘을 키우고 있는 곳은 크라레스의 수도인 크라레인시요. 마왕의 꼭두각시가 된 인간이 얼마나 많은지 알 수 없는 지금, 한시라도 빨리 이 땅에서 벗어나는 것이 좋을 거요."
 "분명히 크라레스라고 하셨습니까?"
 상대가 고개를 끄덕이자 라나는 뭔가 깨닫는 것이 있었다. 지금 자신이 영웅이라고 생각하고 있는 다크는 이 자리에 없었다. 하지만 아데나 여신의 뜻인지, 자신은 이곳에 남아서 이 남자를 만나게 된 것이다. 신탁에 의하면 그녀는 영웅을 도와야 할 사명을 지닌 자. 그렇다면 어쩌면… 이 남자와 다크를 만나게 하는 것도 그 사명의 하나에 들어가는 것이 아닐까? 그리고 진짜 다크가 영웅임이 확실하다면 마왕의 세력권에서 가능한 한 멀리 떨어져서 힘을 기를 시간이 필요할 것이다. 마왕의 토벌을 위해서…….
 "지금 대공 전하께서는 키아드리아스라는 드래곤을 찾아가셨습니다. 아마 지금 그의 레어에 계시겠죠."
 "키아드리아스……. 꽤 유명한 블루 드래곤을 찾아가셨군요. 참, 그런데 아르티어스 님도 함께 가셨습니까?"

상대가 아르티어스의 존재에 대해서도 알고 있자 라나는 더욱 신뢰감을 가질 수 있었다.

"예, 지금 바로 가시는 것이 좋겠습니다. 만약 당신이 한 말이 사실이라면, 그분께 빨리 알리는 게 좋을 것 같습니다."

"아, 예. 그럼 이만……."

상대가 인사만 하고는 떠나려고 하자, 라나는 다급한 어조로 사정했다.

"이보세요. 저도 함께 가면 안 될까요?"

"예? 하지만……."

"저는 아데나 여신님을 섬기는 무녀인 라나 슈바이텐베르크 수녀라고 합니다."

"아, 예. 저는 다론 패터슨이라고 합니다. 그냥 다론이라고 불러주십시오. 모두들 그렇게 부르니까요."

밝혀지는 마왕의 정체

드래곤의 경우 한번 둥지를 틀게 되면 보통 세 가지 정도의 행동 양식을 보인다. 그 첫 번째는 자리를 잡은 드래곤이 매우 온순해서 죽은 듯이 살고 있기에 아예 사람들이 자신들의 뒷산에 드래곤이 사는지조차 모르는 경우이다. 이런 식으로 틀어박혀 있는 드래곤을 수소문해서 찾아낸다는 것은 거의 불가능에 가깝다.

두 번째는 자리를 잡은 드래곤이 매우 호전적인 경우다. 이 경우는 자신의 영역에 침입하는 모든 생명체를 아예 말살해 버리게 된다. 이렇게 되면 아예 소문을 퍼뜨리고 다닐 생존자가 없어지기에 그의 레어가 드러나지 않게 되는 것이다. 왜냐하면 죽은 자는 말이 없으니까.

세 번째는 위협을 통해 평화를 얻고자 하는 경우이다. 지나가는 호비트 몇 마리를 잡아다가 잔뜩 겁을 준 후에 놔 준다. 이때 명심

할 것은 다음에 또 걸리면 잡아먹을 것이라는 협박을 잊어서는 안 된다는 점이다. 몇 번 이렇게 해 놓으면 그곳에 드래곤이 산다는 소문이 그 일대는 물론 대륙 전체에 쫙 퍼져서 아무도 접근하지 않게 된다. 하지만 드래곤의 보물을 노린다든지, 혹은 드래곤을 잡아 영웅이 되고 싶다는 망상을 품은 놈들의 공격을 받을 우려가 가끔 있다.

키아드리아스의 레어는 알 만한 사람들 사이에 소문이 쫙 퍼져 있는 그런 곳이었기에, 다론은 찾아가는 데 별로 어려움을 느끼지 못했다. 하지만 그의 둥지가 워낙 널리 알려져 있으니까 드래곤의 유형들 중에서 세 번째에 해당되는 그런 대로 온순한 놈이 아닐까 하고 생각할 수도 있다. 하지만 그건 어마어마한 착각이었다.

키아드리아스는 정확히 말하면 위에서 언급한 세 가지 유형중 그 어느 것에도 해당되지 않는 네 번째 유형에 속한다고 볼 수 있다. 왜 네 번째 유형이라고 정의하는가 하면, 그런 독특한 성격의 드래곤은 거의 없기 때문이다. 그것은 바로 예전의 아르티어스처럼 자신의 영역에 사는 모든 생명체들을 들볶으며 괴롭히는 스타일을 말하는 것이다. 그 악행에 얼마나 치를 떨었는지, 안 될 것을 뻔히 알면서도 여러 차례의 토벌대가 동원되기도 했지만, 토벌대 중에서 살아서 돌아온 자는 전무했다. 그러다가 요 근래 몇백 년간 조용히 지내고 있는 중인데, 주위의 사람들은 오히려 그 점을 더 불안하게 생각하고 있었다.

"대공 전하께서는 매우 성격이 특이한 드래곤들을 좋아하시는 모양이군요."

예의상 드래곤의 영역 밖에서 공간 이동한 후 천천히 안으로 걸어 들어가며 다론이 라나에게 말을 걸었다.

"예? 그건 무슨 말씀이십니까? 특이한 성격이라니요."

"아르티어스 님도 그렇고, 키아드리아스 님도 그렇고……. 모두 다 아주 까다로운 성격의 소유자들이라는 말입니다. 아르티어스 님의 경우 아주 오래전에는 광룡(狂龍)이라는 칭호를 받으셨고, 키아드리아스 님도 그건 마찬가지거든요."

"그, 그런가요?"

"예, 그분들의 레어가 있는 장소는 웬만한 지리 서적을 조사해 보면 거의 다 나올 정도로 유명하죠. 물론 한 가지 재미있는 점이 있다면, 아르티어스 님이 그 뒤처리에 있어서 좀 더 치밀하다는 것 정도죠. 사실 그분은 돌아가신 것으로 기록되어 있으니까요."

"예?"

의아해하는 라나를 보고, 다론은 피식 웃으며 말을 이었다.

"말토리오 산맥의 폭군, 혹은 광룡이라고 불렸던 드래곤을 잡은 드래곤 슬레이어의 이름이 뭔지 아십니까?"

"그, 글쎄요."

"아르티어스라는 용사죠."

그 말에 라나는 황당함을 금치 못했다.

"예에?"

"코린트에서 성장하셨으니 잘 모르시겠지만, 「아르티어스 애가(哀歌)」라는 드래곤 슬레이어를 찬미한 노래는 말토리오 산맥에 살고 있는 사람이라면 모르는 이가 거의 없을 겁니다. 이것도 예전에 크루마에서 아르티어스라는 드래곤을 조사해 달라는 요청 때문에 알아낸 사실이죠. 여태껏 주위 사람들을 괴롭히다가 그게 심드렁해지자 아주 기발하게 뒷마무리를 해 버리는 것을 보면 아르티어스 님도 아주 재미있는 드래곤이죠."

이런 저런 잡담을 나누며 걷다 언덕을 넘자 눈앞이 탁 트여 있었다. 자신들의 발밑으로 드넓은 구릉 지대가 이어져 있었던 것이다. 다론은 구릉 지대 옆에 쭉 나열되어 있는 산들을 가리키며 말했다.

"아마 키아드리아스 님의 둥지는 저쪽에 있는 산들 중에서 어딘가에 있을 겁니다."

"앞으로도 갈 길이 험하군요. 하기야 드래곤의 영토는 레어를 중심으로 반경 수십 킬로미터씩이나 된다고 들었으니까 당연하겠죠."

"자, 가시죠. 구릉 밑으로 내려갔다가 올라가는 것보다는 이쪽으로 질러가는 것이 시간을 단축할 수 있을 듯합니다. 힘은 더 들겠지만요."

이리저리 경치를 둘러보던 라나가 이상하다는 듯 물었다.

"다론 님은 저게 뭐라고 생각하시나요? 저쪽에 돌무더기들이 많이 보이는데……."

"돌무더기라구요?"

다론은 드래곤의 레어라면 높은 산의 중턱쯤에 있을 거라는 생각에, 레어가 있을 만한 곳만 둘러봤을 뿐, 밑에 펼쳐진 구릉 쪽은 자세히 바라보지 않았던 것이다.

"클레어보이언스(Clairvoyance : 천리안)!"

다론은 지체 없이 마법을 사용하여 구릉을 자세히 관찰했다. 과연 수많은 돌무더기들이 보였다. 그리고 그 돌무더기의 사이에 집이 한 채 서 있는 것이 보였다.

"이상하군요. 이런 곳에 집이 있을 턱이 없는데……."
"혹시 저것이 키아드리아스의 레어가 아닐까요?"
"그럴 리가 없습니다. 드래곤이 레어 대신 집에서 산다는 말은 들어 본 적도 없거든요."
"일단 한번 내려가 보는 게 좋지 않을까요? 혹시 저곳에 사람이 살고 있다면 키아드리아스에 대해서 물어볼 수도 있을 것 아닙니까."
"그러죠, 그것이 좋겠습니다."
그들이 집을 향해 한참 걸어갈 때, 아름답긴 하지만 쌀쌀맞은 목소리가 들려왔다.
"이곳에는 왜 왔지? 길을 잘못 든 거라면 좋게 말할 때 돌아가라."
그들이 목소리가 들려온 곳으로 시선을 돌렸을 때, 그곳에는 초록색의 머리카락을 길게 기른 육감적인 몸매의 엘프 여성이 자신들을 내려다보며 나무 위에 앉아 있었다. 다론은 정중하게 그녀에게 물었다.
"혹시 저 집에 사십니까?"
"그렇다면?"
"이 근처에 키아드리아스 님이 사신다고 들었습니다. 혹시 그 위치를 아십니까?"
"흥, 그 블루 드래곤에게는 무슨 볼일이 있는 거지? 설마 너희 둘이서 드래곤 슬레이어 놀이라도 하자는 것이냐?"
다론은 깜짝 놀라 연신 손을 흔들며 말했다.
"드래곤 슬레이어라니요. 당치도 않습니다. 치레아 대공 전하께서 그분의 레어로 가셨다고 하셔서요."

"혹시 다크라는 꼬마 계집애를 만나러 온 거냐? 키는 요만하고 금발에다가 갈색 눈을 지닌 깡마른 계집애 말이다."

상대가 치레아 대공을 알고 있음에도 불구하고, 꼬마 계집애라고 하는 것을 보고, 다론은 존경 어린 어조로 대답했다. 혹시나 상대가 키아드리아스일지도 모른다고 생각했던 것이다.

"예, 그렇습니다."

"젠장, 요즘은 별의별 잡것들이 다 이곳에 기어 들어오는군."

엘프는 턱짓으로 집을 가리키며 싸늘한 어조로 말했다.

"저쪽에 가 봐. 거기에 있을 거니까 말이야."

"예, 감사합니다."

갑자기 자신을 찾아온 다론과 라나를 본 다크는 어이없어했다. 그리고 그 둘이 하는 말은 그녀를 더욱 어처구니없게 했다. 다크는 도저히 믿을 수 없다는 듯 중얼거렸다.

"토지에르가 마왕이라고?"

다론은 자신의 경험까지 덧붙여서 가능한 한 상세하게 설명했다.

"예, 대공 전하. 저는 스승님을 모시면서 많은 흑마법사들이 계약을 맺었던 악마에게 육신을 뺏기는 것을 몇 번인가 봤사옵니다."

"뺏겨? 그게 무슨 말이야?"

"겉모습은 그대로지만, 그 영혼은 악마의 것이라는 말이옵니다. 육체라든지 능력, 그 모든 것이 악마의 것으로 바뀌는 거지요."

"그, 그렇다면 나와의 계약은 어떻게 되는 거야? 응?"

"아마도 마왕은 그 계약이 뭔지조차 모를 것이옵니다."

다크는 허탈한 시선으로 하늘을 올려다봤다. 토지에르가 도와주는 한 언젠가는 자신이 살았던 세상으로 갈 수 있을 거라고 굳게 믿고 있었는데, 그것이 무너진 것이다. 그렇다면 나는 이제 어떻게 해야 하나?

이때 다론이 조심스러운 어조로 말했다.

"스승님께서는 변을 당하시기 전에 제게 책 한 권을 맡겼사옵니다. 스승님은 대공 전하께서 그 책을 원하실 거라고 하셨습니다. 오래전에 잊혀진 차원과 공간, 그리고 시간을 거슬러 올라가는 마법이 기록된 것이니까요."

"뭣이라고? 다시 한 번 더 말해 봐."

"대공 전하께서 스승님께 부탁하셨던 그것을 제가 받았다고 했사옵니다."

다크는 다론의 멱살을 잡고 흔들며 다급하게 말했다.

"다, 당장 내놔."

"대공 전하, 제가 그 책을 받은 것은 사실이옵니다. 하지만… 지금 그 책을 전하께 드릴 수는 없사옵니다."

"어째서?"

"스승님을…, 아니 마왕을 죽여 주시옵소서."

이제야 다론의 속셈을 눈치 챈 다크는 가소롭다는 듯이 말했다.

"허허! 하여간 스승이나 그 제자 놈이나 잔머리 굴리는 데는 질려 버리겠군. 내가 마왕하고 싸우느니 그 시간에 네놈을 족치는 쪽이 훨씬 빠르다는 것을 네놈에게 확실히 가르쳐 주마!"

그 말을 증명이라도 하듯 다크는 다론의 멱살을 틀어쥐며 살기 어린 미소를 지었다. 다론은 안색이 하얗게 질리며 황급히 변명했다.

"저, 전하를 이용하려는 것은 절대로 아니옵니다. 제가 스승님께 책을 받은 것은 사실이옵니다. 하지만 원체 다급하게 황궁을 탈출하다 보니, 숨겨 놨던 책을 회수할 시간이 없었사옵니다. 책은 지금 황궁 지하에 감춰져 있사옵니다. 정말이옵니다, 대공 전하."

다크는 틀어쥐고 있던 다론의 멱살을 슬쩍 풀어 주며 중얼거렸다.

"뭐야! 황궁 지하라고……?"

"예, 전하. 황궁 지하의 마법 연구소이온데, 지금 마왕이 기거하고 있는 곳이라서 저로서는 도저히 그 책을……."

다크는 욕설을 내뱉으며 투덜거렸다.

"젠장, 그렇다면 어쩔 수 없이 마왕하고 싸울 수밖에 없잖아. 아빠, 당장 그 빌어먹을 황궁으로 공간 이동해 줘요."

성급하게 크라레인시로 가겠다는 다크의 말에 기겁을 한 다론이 말렸다.

"마왕의 힘은 대단히 강대하옵니다, 전하. 스승님 정도의 능력을 가지고 있다고 착각하시면 안 되옵니다. 또한 마왕의 능력도 엄청나지만, 그 수하들의 힘도 무시할 수 없사옵니다."

그때 옆에서 말을 듣고 있던 라나가 기억을 떠올리며 끼어들었다.

"아저씨, 전에 제임스 님께서 오셨을 때 저에게 해 주신 말이 있습니다. 코린트에서 다섯 손가락 안에 들어가는 기사와 그 부하들이 마왕도 아닌 발록에게 거의 전멸에 가까운 피해를 입었다고 하더군요."

그 말이 끝나자마자 다론이 옆에서 보충 설명을 했다. 그는 크라레스의 황궁이라든지 마왕의 동태를 감시하던 중이었기에 비교적 자세한 정보를 알고 있었던 것이다.

"수녀님이 말씀하신 발록이 한두 마리가 아닙니다. 그리고 수많은 몬스터들에다가 흑마법사들, 그리고 이상하게 생긴 괴물들까지……."

"그렇게 많아? 에이 씨, 그럼 할 수 없이 루빈스키를 만나 봐야겠군. 치레아 기사단을 돌려받으면 충분하겠지?"

다론은 슬쩍 아르티어스의 눈치를 살핀 다음 다크에게 속삭였다.

"저… 어르신도 도와주시는 건가요?"

"아빠가? 아빠가 왜? 나는 내가 할 수 있는 일은 내가 알아서 처리한다구. 물론 귀찮은 거 몇 가지는 가끔 떠넘기기도 하지만 말이야."

퉁명스레 말하는 다크 때문에 다론은 속이 타서 말했다. 그러면서도 그는 아르티어스를 힐끔거렸다. 아무래도 어르신이 도와줬으면 하는 기대감을 가득 담고 말이다.

"그래도 아르티어스 어르신께 도와 달라고 하시는 게 좋지 않겠사옵니까? 스승님의 육신을 빼앗은 놈은 그냥 마왕도 아니고 어둠의 대마왕 크로네티오라고 하옵니다."

그 말에 여태껏 뒷짐을 지고 나 몰라라 하고 있던 아르티어스가 처음으로 반응을 보였다.

"분명히 대마왕 크로네티오라고 했느냐?"

"예, 어르신."

갑자기 아르티어스가 끼어들어 다론에게 질문을 던지자 다크는 그가 뭔가를 알고 있다는 것을 느낄 수 있었다.

"어? 아빠가 그놈을 알아요? 하긴 나도 어디선가 들어 본 적이 있는 듯한 이름이기는 한데……."

"조, 조금 알고 있지."

"그놈 세요?"

"발록 몇 마리 정도라면 아주 가볍게……."

아르티어스가 슬며시 딴청을 부리자 다크는 짜증 섞인 목소리로 채근했다.

"발록이 아니라 대마왕 말이에요. 대 · 마 · 왕."

아르티어스는 조금 겸연쩍은 얼굴로 말을 시작하다가, 갑자기 아르티엔을 힐끔 쳐다본 후 아주 자신감 있는 어조로 말을 끝맺었다.

"그, 글쎄, 대마왕이라. 아, 참, 그렇지. 현존하는 최강의 드래곤이자 대마왕 사냥을 취미로 하시는 대마왕 슬레이어께서 여기 계시지 않느냐?"

자신에게 은근슬쩍 떠넘기는 그 속셈을 잘 알고 있는 아르티엔은 떨떠름한 표정으로 아르티어스를 바라봤다. 한 대 쥐어박을까 생각하다가 의도는 불순했지만 자신에 대한 칭찬이 대부분이었기에 참기로 했다.

"흠흠, 내가 왜 그놈하고 싸워야 하지?"

"예? 무슨 말씀이세요? 전에 그놈이 나타났을 때 아버지를 포함한 각 드래곤 종족의 수장들이 협공을 가해서 겨우 끝장을 냈다는 기록을 분명히 읽었는데 말입니다."

그 말에 라나와 다론의 안색이 새하얗게 질려 버렸다. 드래곤이 얼마나 강한 존재인가? 게다가 각 종족의 수장들이라면 적어도 에인션트급일텐데, 그런 드래곤이 몇 마리씩이나 뭉쳐야 겨우 상대할 수 있었다니……. 그렇다면 인간은 아무리 많이 덤벼도 죽음을 재촉하는 것 외에는 아무것도 아니라는 말인가?

아르티엔은 나지막한 어조로 아르티어스에게 말했다.

"그것은 그놈이 드래곤을 건드렸기에 일어난 결과였다. 하지만 지금은 호비트들만을 상대하고 있어. 이런 상황에서 내가 왜 그 녀석과 대적한다는 말이냐?"

바로 이때, 뭔가 궁리하고 있던 다크가 뭔가 떠오른 듯 외쳤다.

"앗! 생각났다, 크로네티오……. 어디선가 들어 본 이름이라고 생각했더니, 내 몸을 이 꼬라지로 만든 저주의 원흉이 크로네티오잖아. 안 그래? 다론."

다론은 씁쓸한 표정으로 고개를 주억거리며 말했다.

"예, 맞사옵니다, 대공 전하. 스승님께서 흑마법을 익히기 위해서 계약을 맺은 상대는 어둠의 대마왕 크로네티오이옵니다."

"그렇다면 저주의 원흉을 없애 버리면 자동적으로 저주도 풀리는 거야?"

그 말에 다론은 잠시 궁리를 했다. 물론 저주의 힘의 원천을 없애면 저주는 풀리게 된다. 하지만 그게 어디 쉬운 일인가? 하지만, 다크를 끌어들이려면 이것밖에는 방법이 없겠다고 생각한 다론은 시원스럽게 대답했다.

"물론이옵니다, 전하. 전하의 저주를 유지하고 있는 힘의 원천은 대마왕 크로네티오이옵니다. 그를 소멸시킨다면 저주 또한 사라질 것이옵니다."

"호오, 이거 구미가 당기는데?"

그 말에 아르티어스는 황당하다는 듯 말했다.

"너는 방금 내가 한 말을 하나도 듣지 않았냐? 어둠의 대마왕을 마계로 소환시키는 데도 에인션트급 드래곤 다섯이 동원되었다. 그런데 소멸이라니……. 그게 말이 된다고 생각하냐?"

"그래도 한번 해 봐야죠. 원상태로 돌아갈 수 있는 유일한 해결 책인데 말이에요. 그건 그렇고 드래곤 다섯과 동등한 힘이라구요? 그것 참……."

다크는 어떻게 하면 대마왕을 처치할 수 있을지 궁리하기 시작했다. 아무래도 자기 혼자 쳐들어가 이길 수 있을 만한 상대는 아님이 분명했다. 아무리 다크라고 해도, 아르티어스급 드래곤 다섯을 상대로 이길 자신은 없었으니까 말이다. 그렇다면 어떻게 해야 할까? 다크는 먼저 아르티어스를 힐끔 쳐다봤다. 아마, 아르티어스라면 도와줄 것이다. 그런 후 또 다른 실력자들을 끌어 모아야 하는 것이다. 다크는 여태껏 조용히 듣고 있던 카렐에게 말했다.

"도와주겠어? 사실 이건 인간들의 문제이기에 너에게 부탁하기는 좀 그렇지만……."

카렐은 빙긋이 미소 지으며 말했다.

"친구의 일인데 도와야지. 사실 대마왕이 인간들을 정복한 다음엔 또 다른 종족들을 건드리기 시작할 건데 뭐."

카렐의 말에 그의 옆에 서 있던 키아드리아스는 다크를 섬뜩한 눈빛으로 노려봤다. 자신의 연인을 그렇게 위험한 곳으로 끌고 들어가는 것에 대한 분노의 표출이었다. 하지만 카렐이 옆에 있었기에 그것을 직접적으로 표현하지 못한 대신 그녀는 다급하게 말했다.

"저도 갈 거예요."

"그렇다면 모두 일단 크라레스로 가기로 하자. 그곳에서 루빈스키를 끌어들이는 거야. 그런 후에 코린트로 가서 로체스터 공작에게 힘을 빌려 달라고 하면 될 거야."

대륙 동맹군의 결성

 코린트의 수도 케락스는 난데없는 손님들의 방문으로 분주해지기 시작했다. 황궁 외곽에 만들어져 있는 이동 마법진에 수백 명이 넘는 사람들이 모습을 드러내자 경비병들은 일순 기겁을 할 정도로 놀랐다. 이때 먼저 연락을 받았는지 기사 한 명이 달려 나오며 그들을 맞이했다.
 "빨리 오셨군요. 연락을 받자마자 달려 나왔는데 늦어서 죄송합니다. 로체스터 공작 전하께 연락을 드렸으니 기다리고 계실 것입니다. 자, 이쪽으로 오십시오."
 로체스터 공작은 일이 이런 식으로 진행될 줄 예상하고 있었다는 듯 그들을 환대했다. 로체스터 일행은 회의실에서 기다리고 있었다. 그들은 들어서는 다크 일행 중에서 우선 아르티엔과 아르티어스에게 인사를 건넸다. 다크는 한눈에 용병대장이 누구인지 눈치 챘다. 그렇기에 빙긋이 미소 지으며 말했다.
"이야~, 역시 살아 있었군. 하기야 처음부터 나는 자네가 죽었다는 소문을 믿지 않았어. 그때 죽을 정도로 깊은 상처를 입히지 않았으니까 말이야."
그 말에 용병대장은 해골 가면 밑으로 일그러진 미소를 띠었다. 출혈 과다로 거의 죽을 뻔하게 만들어 놓고는 저딴 소리를 내뱉다니 말이다.
"자네는 그때나 지금이나 하나도 변한 것 같지 않군."
"참, 소개할게. 이쪽은 카렐이야. 숲 속에서 조용히 사는 친구인데, 내가 끌어냈지."
"설마, 그랜드 마스터?"
고수는 고수를 알아보는 법. 용병대장은 한눈에 카렐의 실력을 알아보고 경악했다. 그런 그를 보고 카렐은 빙긋 미소 지으며 말했다.
"다크 외에도 이렇듯 대단한 실력을 지닌 사람이 있을 거라고는 생각하지 못했소. 나는 카렐 아미타유스라고 하오. 그리고 이쪽은 내 아내인 키아드리아스라고 하지요."
아내라는 말에 로체스터 등은 놀란 듯했다. 드래곤을 데리고 사는 엘프가 존재할 거라고는 생각해 본 적도 없었기 때문이다. 그것도 전 대륙에 성질 더럽기로 소문이 난 블루 드래곤이라면 더 말할 필요도 없었다.
"처음 뵙겠습니다, 위대한 분이시여. 저는 키에리 발렌시아드라고 합니다. 그리고 이쪽은 현재 코린트의 총사령관인 까뮤 드 로체스터 공작입니다. 그리고 저쪽은……."

키에리의 소개에 따라 회의실에 모여 있던 로젠, 제임스, 까미유 등이 카렐, 키아드리아스, 그리고 루빈스키와 인사를 나눴다. 일단 서로 간에 소개와 인사가 끝난 후 로체스터의 권유에 따라 모두들 자리에 앉았다. 하지만 그 자리에 아르티엔과 아르티어스는 없었다. 아르티엔이 자신은 그 자리에 있을 이유가 없다고 밖으로 나가면서 아르티어스의 귀를 잡아당겨 같이 나가 버렸던 것이다.

"현재 마왕군의 세력은 알카사스 쪽으로 점차 집중되고 있소."

얼마 전까지 마왕 편에 가담해서 싸웠기에 누구보다도 상황을 잘 알고 있다고 자부하던 루빈스키는 이해할 수 없다는 듯 물었다.

"확실한 정보입니까?"

"그렇소, 새로운 마수들이 대거 등장한 덕분에 알카사스의 기사단이 뒤로 밀리고 있다는 보고를 받았소."

로체스터 공작의 말에 루빈스키가 도저히 이해를 못하겠다는 듯 고개를 갸우뚱했다. 며칠 전 서부 전선에 투입된 몬스터의 대군은 알카사스 기사단의 허를 찌르는 기습 작전으로 3만에 이르는 막심한 피해를 입은 후 점차 뒤로 후퇴하는 중이었다.

그 전투는 알카사스의 주력을 한꺼번에 투입하여 아주 짧은 시간에 끝내 버린 것이었기에, 루빈스키 대공으로서는 뒤로 빠져 있던 기사단을 투입할 여유가 없었다. 그 때문에 무려 3만이라는 몬스터를 잃고 대패했던 것이다. 그 전투가 끝난 후 토지에르에게서 새로운 지시가 내려왔다. 모든 기사단을 뒤로 후퇴시키라는 것이었다. 그렇다면 도대체 왜 그런 지시가 내려왔던 것일까? 토지에르는 서쪽에 대량의 몬스터를 추가 투입한 모양인데…….

"그렇다면 알카사스 쪽에는 마왕 토벌군을 보내 달라는 말을 할 수 없겠군."

다크의 말에 로체스터 공작은 고개를 끄덕이며 말했다.

"아마도 그럴 거요. 그들은 지금 자기들 앞가림을 하기에도 벅찰 테니까 말이요."

"그렇다면 어떻게 한다? 뭔가 좋은 방법이 없어?"

"일단 크루마와 아르곤에 마왕 토벌대를 파견해 달라는 공문을 보내도록 합시다."

"크루마에는 공문 같은 거 보낼 필요가 없어. 통신으로 내가 미네르바에게 부탁하면 되겠지. 하지만 아르곤도 지금 몬스터와 전쟁 중인데 보내 줄까?"

"글쎄, 하지만 시도는 한번 해 봐야지요. 일단 병력을 치레아 공국에 집결시키는 것이 좋겠다고 생각하오. 안전을 위해서 실력이 우수한 몇 명은 타이탄에 탄 채로 공간 이동하는 쪽이 좋지 않을까 합니다. 그러려면 공간 이동을 위한 거리가 짧은 것이 훨씬 유리하지 않겠소? 그런 면에서 치레아가 가장 적격인 것 같소. 치레아 공국 북쪽에 있는 치론시 근처를 기점으로 잡으면 어떻겠소?"

다크는 고개를 끄덕여 동의했다. 다크가 동의하자 로체스터 공작은 지금껏 자신이 짜 놓은 작전을 설명했다.

"먼저 마왕의 주력 부대는 이쪽 알카사스에 있소. 하지만 우리 쪽 정찰대가 상대해 본 결과 발록을 주축으로 하는 상급 마족들의 경우 상당한 수준의 마법을 사용할 수 있다고 하오. 그놈들은 공간 이동 마법을 사용할 수 있기에 어디로든지 이동 가능하다는 말이 되는 것이지요. 그렇기에 이쪽에서 기습 공격을 가한다고 해도, 그들은 곧 크라레인시로 돌아올 거요. 하지만 그 많은 부하들까지 함께 거느리고 오지는 못할 테니, 엄청난 수의 마물들과의 격전은 피할 수 있어 다행이 아닌가하오."

"그렇다면 마왕을 처치한 후에 남은 마물들은 어떻게 되는 거지?"

"그 마물들은 마왕이 불러낸 것들이오. 그런 만큼 그들을 소환한 주체인 마왕이 사라지면 그들 또한 마계로 돌아갈 거라는 것이 우리 쪽 마법사들의 의견이오."

"그래? 그렇다면 알카사스가 엄청난 피해를 입으면서 마왕군과 격전을 벌이고 있는 것은 아무런 도움도 안 된다는 말이군."

다크의 말에 로체스터 공작은 고개를 끄덕이며 동의했다.

"그건 치레아 대공의 말이 맞소."

"흐음, 그래?"

잠시 머리를 굴리던 다크는 루빈스키에게 말했다.

"이봐, 이 기회에 알카사스에도 빚을 만들어 두는 게 좋지 않을까?"

그 말에 루빈스키는 어이없다는 듯 대꾸했다.

"방금 전에 말했던, 그 의미 없는 싸움에 끼어들어서 본국도 피를 흘리자는 말인가?"

"아니, 그게 아니야. 기습 작전에는 근위 기사단만 있으면 돼. 그러니까 나머지는 알카사스로 보내 그놈들을 도와주는 거야. 현재 격전을 벌이고 있을 테니까, 그들이 마왕군을 피해서 후퇴할 수 있게만 해 주면 되지 않겠어?"

루빈스키는 다크의 말에 뭔가 깨달았다는 듯 손가락을 딱 튕기며 말했다.

"아하, 그러니까 정면충돌은 할 필요 없고, 후퇴할 수 있도록 도와주라는 말이군."

"맞아, 그렇게 해두면 알카사스와의 관계 개선에 많은 도움이 되겠지. 그리고 마왕의 능력이 그렇게 강하다면 웬만한 기사들로서는 보탬이 될 수 없거든. 그들을 보호하는 차원에서라도 그 작전에 투입해야 해. 안 그러면 황제를 구출하는 신성한 작전에 자기들이 빠질 수 없다고 난리를 부릴 테니까 말이야."

"자네 말이 맞는 것 같군. 좋아, 그렇게 하도록 하지."

"그쪽은 대충 끝내 놓고 빨리 돌아와. 여기도 자네가 필요하니까 말이야."

"황제 폐하를 구출하는 일인데, 내가 빠질 수는 없지 않겠나? 조금만 기다려. 금방 끝내고 돌아올 테니까."

그렇게 말한 후, 루빈스키 대공은 기사단을 거느리고 알카사스로 떠났다.

다크와 통신을 끝낸 미네르바는 한동안 생각에 잠겼다. 그것을 보고 이블리스가 슬쩍 말을 건넸다.

"근위 기사단에 출동 명령을 내릴까요?"

한동안 어떻게 하는 것이 크루마에 도움이 될 것인지 머리를 굴리던 미네르바는 이윽고 결심했는지 명령을 내렸다.

"아니, 지발틴 기사단에 출동 명령을 내려라. 상대는 마왕…, 아마 피해가 클 수밖에 없는 싸움이 될 것이다. 하지만 본국의 영광을 위한 전쟁도 아닌데 근위 기사단의 엘리트들을 낭비할 수는 없다. 이런 명분만 세워 주면 되는 싸움에는 일류 정도만 데려가도 충분히 생색을 낼 수 있어."

이블리스는 미네르바의 현명한 결정에 감탄했다.

"지당하신 말씀이옵니다, 전하. 곧, 알프레드 쟉센 후작에게 지시하겠사옵니다."

"참, 오너들만 집합시켜라."

미네르바의 말에 이블리스는 의아해했다. 타이탄이 움직이면 당연히 부수적으로 함께 이동해야 하는 보조들이 있는 것이다. 그런데 왜 타이탄을 지급받은 오너만을 집합시키라는 것일까?

"예? 오너들만 말이옵니까? 하지만 타이탄을 보조하기 위해서는 정찰조와 마법사가……."

"마물들을 상대로 정찰조는 무의미해. 기습해서 마왕의 본거지를 박살 내는 작전이다. 오직 마물을 상대하기 위한 타이탄만이 필요할 뿐, 그 외에는 아무것도 필요 없다."

"옛! 그렇게 전하겠사옵니다, 전하. 그런데 전하께옵서도 가실 것이옵니까?"

"물론이지."

당연하다는 듯 말하는 미네르바에게 이블리스는 기겁을 한 듯 만류했다.

"그건 너무 위험하옵니다."

"후후, 괜찮다. 내 몸은 내가 지킬 수 있으니까. 그럼, 준비하도록."

"옛! 전하."

최후의 전쟁

　아르곤은 마법사를 사용하지 않는 체제 때문에 연락소라는 특이한 기관을 필요로 하는 국가였다. 왜냐하면 신성 마법과 마법의 차이점 때문이었다. 마법사들을 거느리고 있는 국가 간에는 서로가 약속하여 개방해 놓은 통신 채널을 통해 마법 통신을 주고받을 수 있었다. 하지만 마법사가 존재하지 않는 아르곤 제국과 그런 식으로 통신을 주고받을 수는 없는 노릇이었다.
　물론 아르곤 내부에서는 통신의 권능을 가지고 있는 사제들끼리는 통신을 하고 있었다. 하지만 통신의 권능을 가진 사제와 마법사 간에는 서로 간의 불일치점 때문에 통신이 불가능했던 것이다.
　그래서 마왕을 토벌하기 위해 힘을 보태 달라는 로체스터 공작이 띄운 공문은 일단 아르곤에 있는 코린트 연락소에 상주하는 마법사를 통해 수신되었다. 그런 후 연락소에 근무하는 병사나 관리가 그 공문을 가지고 아르곤 쪽에 전달하는 것이다. 그리고 아르곤에서 코린트에 연락을 보낼 때는 그 역순으로 일이 진행되었다. 아르곤의 수도에 이런 연락소를 설치해 놓은 국가는 상당히 많았다.

왜냐하면 이런 식으로 해 놓지 않으면 서로 간에 연락 한 번 하기 위해서 최소한 한 달 이상이라는 시간이 필요하기 때문이다.

마왕이 출현했다는 공문은 아주 빠르게 위쪽으로 위쪽으로 전달되어 갔고, 공문을 받은 지 채 다섯 시간도 지나지 않아서 최고의 권력 기관인 주교원까지 도착했다. 아마 이토록 빨리 아래쪽에서 위쪽까지 이동된 서류는 아르곤 역사상 없었을 것이다.

루빈스키가 기사단들을 거느리고 알카사스에 도착했을 때, 알카사스는 그야말로 풍전등화의 위기에 몰려 있었다. 갑자기 쏟아져 나온 마물들 때문에, 근위 기사단까지 투입한 상태였지만 전세는 결코 호전되지 않고 있었다. 또한 발록과 처음 보는 마물들은 타이탄을 능가하는 위력을 보였기에 알카사스 기사단도 고전을 면치 못하고 있었던 것이다. 루빈스키는 모습을 드러내자마자 부하들에게 신속히 명령을 내렸다.

"모두들 타이탄을 꺼내라, 빨리."

"옛!"

"각자 자신의 능력껏 싸워라. 나는 이곳에서 승리하는 것을 원하지는 않는다. 그리고 사상자 또한 나오지 않기를 바란다. 알겠는가?"

"옛! 전하."

"자, 그럼 돌격하라."

알카사스의 병사들은 갑자기 후방에 나타난 대규모의 타이탄부대 때문에 잠시 혼란에 빠졌다. 이들이 적인지, 아군인지 구분할 수가 없었던 것이다. 하지만 뒤에서 돌진해 들어온 타이탄 부대들은 대비 태세를 갖추고 있던 그들을 비껴 지나가서 마물들에게로 공격해 들어갔다. 이 모습을 본 알카사스의 기사들은 용기백배하기 시작했다. 드디어 원군이 온 것이다. 그것도 엄청난 규모의. 그들도 뒤쳐지지 않고 적들을 향해 달려들었다.

루빈스키 대공은 자신을 향해 달려드는 마물들을 아주 능숙한 솜씨로 베면서 돌진했다. 확실히 마스터인 그의 실력은 부하들보다 월등하게 뛰어난 것이었다. 부하들이 한 마리 잡는 것도 힘에 부쳐서 난타전을 벌이고 있을 때, 그는 거의 칼질 한 번에 한 마리씩 끝을 내니 말이다. 그는 주위에 서 있는 붉은 매의 문장이 그려진 타이탄을 타고 있는 기사에게 물었다.

"귀국의 총사령관은 어디에 계시나?"

"예, 쥬프티안 공작 전하께서는 선두에 계셨습니다. 하지만 마물들의 세력이 더욱 증가한 이후는……."

"알았다."

루빈스키는 마물들을 베면서 앞으로 돌진해 들어갔다. 그리고 그의 뒤에는 크라레스의 정예라고 할 수 있는 스바시에 기사단과 치레아 기사단이 아그리오스 후작의 지휘 아래 뒤따르며 엄호했다.

"쥬프티안 공작!"

상대편 총사령관을 찾으며 점차 앞으로 진격해 가던 루빈스키는 점점 더 많은 마물들이 자신을 가로막는 것을 느끼고 다시금 뒤로 후퇴해야만 했다. 아무래도 쥬프티안 공작이 살아 있을 가능성은 없다고 생각했던 것이다.

철갑과도 같은 두꺼운 껍질을 뒤집어쓰고 있는 마물들. 마물들의 모양은 가지각색이었고, 4미터부터 시작해서 10미터 정도로 크기도 들쭉날쭉했다. 마물들은 강철보다 튼튼한 것 같은 두꺼운 껍질로 싸여 있었고, 별의별 희한한 무기들을 가지고 공격해 왔다. 가위처럼 날카로운 날을 가진 거대한 집게발이라든지, 칼 같은 형태로 진화한 앞발, 강력한 철침 같은 꼬리 등등…….

"이것들은 뭐야? 이렇게 생긴 몬스터가 있다는 말은 들어 본 적도 없어."

미디아가 마물들의 흉측한 모습에 기겁을 해서 외치자, 팔시온은 그들을 향해 덤벼드는 거대한 마물의 집게발을 향해 방패를 들이밀며 악을 썼다.

"닥치고 싸워!"

팔시온과 싸우는 마물은 그의 타이탄보다 거의 2미터 정도 키가 더 컸고, 떡 벌어진 어깨에 양손에는 집게발 같은 것이 붙어 있으면서 두 발로 돌아다니는 특이한 형태였다. 전체적으로 인간과 비슷한 체형을 가지고 있었지만, 인간보다 훨씬 더 어깨의 폭이 넓었고 두터운 장갑판 같은 천연 갑옷을 두르고 있는 데다가 끔찍한 생김새를 하고 있었다. 팔시온의 거대한 검이 대기를 가르며 마물의 집게발 아래를 향해 직격했다. 하지만 불꽃이 번쩍 튀었을 뿐, 검은 튕겨져 나갔다.

"이, 이럴 수가……."

팔시온이 앞에 있는 마물과 서로의 장갑이 얼마나 두터운지 내기라도 하듯 난타전을 벌이고 있을 때, 뒤에 쳐져 있던 미디아의 타이탄이 하늘 높이 뛰어올랐다가 아래로 떨어져 내렸다. 미디아는 위에서 아래로 내리꽂는 타이탄의 무게를 십분 이용하여 앞으로 검을 쭉 내밀며 충격에 대비했다.

퍽!

검이 마물의 어깨 부분에 깊숙이 박혔다. 하지만 마물은 더욱 괴성을 질러 대며 반대편 집게발을 쳐들어 타이탄을 떨쳐 내 버렸다. 쩡하는 소리와 함께 미디아의 검이 부러졌고, 그녀의 타이탄은 땅바닥에 나뒹굴었다. 그녀는 재빨리 몸을 일으킨 후 검 끝에 마나를 주입했다. 그러자 검에서 빛이 나며 순식간에 검이 재생되었다.

"젠장, 엄청나게 강하네. 집게손이 두 개니까 각자 하나씩 맡자, 좋지?"

미디아의 말을 알아들은 팔시온은 약간 후퇴한 후 다시금 방패를 앞으로 밀며 마물에게 돌격했다. 마물의 오른쪽 집게를 팔시온이 후려치며 파고드는 순간, 미디아는 옆에서 마물의 왼손 집게를 방패로 저지했다. 그리고 곧이어 팔시온은 검을 곧장 심장이 있음 직한 마물의 왼쪽 가슴을 향해 힘껏 찔렀다. 하지만 불꽃만 번쩍였을 뿐, 그의 검은 옆으로 튕겨져 나갔다. 또다시 마물의 공격에 뒤로 후퇴한 후, 미디아는 팔시온에게 투덜거렸다.

"야, 그냥 힘으로 찌르면 어떻게 해? 여태껏 배운 고급 검술은 어디에 써먹으려는 거야? 힘만으로 해결하려고 하다니. 저런 돌대가리를 믿은 내가 잘못이지."

"뭐야? 나도 힘껏 하는 중이라구."

말이 안 통하는 팔시온에게 약이 바짝 오른 미디아가 악을 썼다.

"뭐가 힘껏 하는 거야? 이렇게 하란 말이야!"

미디아의 검이 위에서 아래로 수직으로 휘둘러지자, 엄청난 마나의 회오리가 앞으로 쏘아져 나갔다. 그리고 마물의 머리 위에서부터 시작해서 아래쪽으로 피보라가 터진 것도 그 순간이었다. 아무리 공격을 퍼부어도 끄덕도 않던 마물이 너무나 싱겁게 두 토막으로 갈라지며 좌우로 무너져 내렸다.

"뭐야? 검기를 쓰라는 말이었냐? 그렇다면 진작 말했으면 좋았을 거 아냐?"

아무래도 타이탄을 탄 상태에서 검기를 구사하는 것은 타이탄에 따라 다르지만 표준 출력(1.0)을 기준으로 따진다면 약 네 배의 마나가 더 필요했다. 그렇기에 미디아는 순간적인 마나의 방출로 인해 숨을 헐떡거리며 말했다.

"그 정도는 알아들었어야지, 이 돌머리야. 자, 빨리 가자."

알카사스의 주력 부대는 크라레스군의 도움으로 겨우 전선에서 후퇴할 수 있었다. 하지만 그들이 입은 피해는 너무나도 막심한 것이었다. 거의 태반에 가까운 기사가 전사한 것이다. 사실 크라레스의 도움이 없었다면 전멸당했을지도 모를 일이었다. 그렇기에 적들로부터 멀찌감치 떨어진 후 어느 정도 정신을 차리자 그들은 크라레스의 도움에 감사를 표했다.

"이 자리에 계시지는 않지만 국왕 폐하를 대신해서 귀국의 도움에 충심으로 감사를 드립니다. 오늘, 귀국의 도움이 없었다면 본국의 기사단은 아마 전멸했을지도 몰랐습니다."

상대편 노기사의 말에 루빈스키는 겸손하게 대답했다.
"자자, 우리는 당연히 해야만 하는 일을 했을 뿐이오. 알카사스와 크라레스는 오랫동안 평화를 유지해 왔지 않소? 귀국의 어려움을 모른 척할 수는 없는 노릇이었소."
"그나저나, 큰일이군요. 본국은 오늘 전투로 총사령관 전하께서 전사하실 정도로 지독한 피해를 입었습니다. 그런 상태에서 어떻게 저것들을 상대로 계속 싸울 수 있을지 걱정이 앞서는군요. 귀국의 상황도 어려울 텐데, 본국을 계속 도와 달라고 할 수도 없는 노릇이고 말입니다."
가만히 말을 듣고 있던 루빈스키 대공은 가만히 미소를 지으며 말했다.
"적과 꼭 맞서 싸울 필요는 없을 거요."
"예? 그건 무슨 말씀이십니까?"
"내일이면 본국을 비롯해서 코린트, 크루마, 아르곤의 연합 부대가 마왕을 해치우기 위해 움직일 거외다. 모든 국가에서 자랑하는 최고의 기사들에다가 드래곤들까지 동원되는 전쟁이니 승리할 것이 분명하오. 그때까지 귀국은 적들과 전쟁을 벌이지 말고 적당히 막으며 계속 후퇴만 하면 되오."
루빈스키의 조언에 상대는 믿어지지 않는다는 듯 말했다.
"드래곤들까지……. 그, 그게 정말입니까?"
"사실, 귀국의 기사단이 마왕군에게 전멸당하도록 그냥 놔둘 수도 있었소. 하지만 여태껏 귀국과의 관계를 생각해서 도저히 그렇게 할 수는 없었소. 귀국과는 요 근래 몇 년을 제외하고 아주 좋은 이웃이었지 않소?"

"제2차 제국 전쟁을 기회로 귀국을 공격한 본국을 위해 이렇게까지 힘을 써 주시다니 감사할 따름입니다."

"뭘요. 기사도에 따라 응당 해야 할 일을 했을 뿐이오. 그건 그렇고, 이만 실례해야겠소. 뒷일은 아그리오스 후작이 알아서 도와주게 될 것이오."

루빈스키 대공은 서둘러서 아그리오스 후작을 찾았다. 자신이 빠져나간다면 이곳에 주둔하게 될 크라레스 기사단의 지휘권을 맡을 만한 경력과 지위를 지닌 사람은 아그리오스 후작뿐이었다. 연락을 받은 아그리오스 후작이 다가오자, 루빈스키 대공은 서둘러서 말했다.

"여기 일은 어느 정도 수습되었으니, 나는 치레아 대공과 합류하겠다. 뒷일은 경이 알아서 처리해 주기 바란다."

"예, 전하."

"황제 폐하를 구출하는 작전이다. 거기에 내가 빠질 수는 없지."

신의 검을 뽑아 든 성기사단

 드디어 마왕의 본거지를 습격하기로 결정된 그날. 코린트의 근위 기사단과 크라레스의 근위 기사단, 그리고 다크 일행은 점심 식사 후 공간 이동하여 치레아 공국의 북쪽에 위치한 작은 도시, 치론에 도착했다. 마법사들이 크라레인시로 갈 수 있는 공간 이동 마법진을 만들고 있는 동안 다른 사람들은 각자 시간을 보내며 크루마와 아르곤에서 보내올 병력을 기다렸다.
 다크 일행이 기다리기 시작한 지 두 시간 정도가 지나자 지면에서 4미터 정도 높이에서 빛이 번쩍하더니 크루마의 기사단이 모습을 드러냈다. 미네르바는 뛰어난 기사답게 지면에 우아하게 착지한 후 먼저 기다리고 있는 사람들과 드래곤들에게 차분히 인사했다.
 "저것들은 뭐야?"

다크가 자신의 부하들을 가리키며 말하자, 미네르바는 '눈치도 빠르군' 하고 생각하면서도 태연하게 시치미를 뗐다.

"뭘 말하는 거지?"

"네가 데리고 온 떨거지들을 말하는 거다. 나는 분명히 마왕과의 싸움인 만큼 가장 실력 있는 기사들만을 거느리고 오라 말했을 텐데."

"물론이야. 지발틴 기사단은 가장 우수한 기사들로 이루어진 크루마의 정예라구. 제2차 제국 전쟁 때, 반 정도를 잃었기에 40명 정도밖에 남지 않았지만 말이야."

"내 말은 근위 기사단은 어떻게 했느냐는 말이야. 가장 우수한 기사는 근위 기사단에 소속되어 있다는 것을 모를 정도로 내가 바보야? 하여튼 잔머리 굴리는 데 있어서는 토지에르와 비슷하군."

미네르바는 당치도 않다는 듯 깜짝 놀라는 척하며 항변했다.

"잔머리라니, 무슨 그런 말을……. 내가 움직일 수 있는 한도 내에서 가장 우수한 기사들을 데리고 왔다구. 얼마 전에 황태자 전하께서 새로운 황제로 즉위하셨지. 선황제께서 도저히 황권을 계속 이어 나가실 상태가 아니었기 때문이야. 선황제께서 황제 폐하의 위를 유지하고 계셨다면 근위 기사단을 이끌고 올 수 있었을 거야. 하지만 신임 황제께서 즉위하신 지 얼마 되지 않았을뿐더러 현 황제 폐하는 원로원파와 친하거든. 그런 상태에서 근위 기사단을 빌려 달라는 부탁은 도저히 할 수 없었던 내 처지를 이해해 줘. 그리고 내 처지가 이렇게 된 것도 사실 따지고 보면 다 너 때문이잖아."

미네르바는 마지막에 그 책임을 슬그머니 다크에게로 밀어붙였다. 다크도 일단 지은 죄가 있었기에 더 이상 그 일에 대해서 추궁하지는 않았다. 미네르바의 변명이 제법 그럴듯하게 들렸기 때문이다.

"뭐, 어쩔 수 없지. 네 부하들에게도 공간 이동할 준비를 하고 대기하라고 해. 아르곤에서 병력이 도착하는 대로 공간 이동할 거니까 말이야."

"알았어. 그런데 용케도 아르곤을 끌어들였군. 그 녀석들은 타국의 일에 절대 참견을 않기로 유명한데 말이야."

"글쎄, 자세한 내막은 잘 모르지만 별로 어렵지 않았어. 마왕이 나타났으니 병력을 좀 보내 달라고 했더니, 그쪽에서 쾌히 승낙했거든."

"그래? 이상한 일이군."

이때 루빈스키가 앞으로 쓱 나서면서 말했다.

"아르곤의 성기사단이 도착하면 그 즉시 움직이기 시작할 테니까, 아무래도 지금 대략적인 작전을 짜 두는 것이 좋을 것 같습니다."

키에리는 탐색하듯 루빈스키의 표정을 바라보며 점잖은 어조로 말했다.

"그렇게 말씀하시는 것을 보니, 뭔가 좋은 작전이라도 있소?"

"예, 마왕이 끌어 모은 마물들의 수가 얼마나 엄청난지는 알 수 없지만, 알카사스에 구원차 달려가 본 제 경험으로 미루어 말씀드리지요."

여기까지 말한 루빈스키는 모여 있는 각국이 자랑하는 기사들을 둘러봤다. 로체스터나 미네르바의 경우 아직까지 직접 마물들과 싸워 본 경험이 없었던 탓인지 꽤 흥미롭다는 듯한 표정을 짓고 있었다.

"마물들은 대단히 강력한 능력을 지니고 있습니다. 그리고 그 숫자 또한 엄청나지요. 그런 적들을 향해서 무모한 싸움을 벌여 봐야 득 될 것이 없습니다. 그런 만큼 속전속결이 가장 우선일 것입니다. 마왕군과 접촉하는 그 순간, 그들을 돌파하여 마왕과의 접전을 시작하는 것이 상책입니다. 마왕은 황궁의 지하에 있을 가능성이 큽니다. 최단시간에 그곳까지 돌진해 들어가는 것이지요."

키에리는 고개를 갸웃하며 말했다.

"지하가 얼마나 넓은지 알 수 없지만, 그건 아주 무모한 작전이요. 타이탄의 크기 때문에, 지하 같은 좁은 공간에서 적과 싸운다는 것은 무리요."

"하지만 그에 따른 이점도 있다고 봐야 합니다. 마물들의 덩치는 웬만한 타이탄보다도 큽니다. 그런 만큼 좁은 공간이 우리 쪽에만 불리하게 작용하지는 않을 겁니다."

여기까지 들은 미네르바는 눈치 챘다는 듯 재빨리 말을 이어받았다.

"그러니까 좁은 지역이 방어에는 유리하다는 말이로군요. 일단 침투해 들어간 후, 소수의 기사들이 마물들을 막고 있는 동안 나머지 기사들이 지하로 내려가서 마왕을 해치우자는 말이죠?"

"바로 그렇습니다."

루빈스키 대공이 이런 작전을 짠 것은 황제의 구출에 대한 목적이 더 컸다. 다크와 다른 기사들이 마왕을 상대하고 있을 때, 자신은 근위 기사단을 이끌고 황제를 구출할 수 있는 것이다. 루빈스키에게는 마왕 토벌보다도 황제의 구출이 더욱 중요했던 것이다.

"별다른 선택의 여지가 있는 것은 아니니, 일단 그렇게 작전을 수행하기로 합시다."

일단 간단한 작전 토의를 끝낸 후, 그들은 아르곤에서 도착할 기사단을 기다렸다. 하지만 금방 도착할 것 같았던 아르곤의 기사단은 좀처럼 그 모습을 드러내지 않았다. 그렇기에 기다리다가 짜증이 난 다크는 키에리에게 투덜거렸다.

"이 자식들 혹시, 무서워서 꽁무니를 빼 버린 거 아냐?"

포도주를 마시며 다크가 투덜거리자 키에리는 그녀를 달랬다.

"그건 아닐 걸세. 아르곤은 공간 이동 마법을 사용할 수 없지. 마법사가 없으니까 말이야. 아마도 그 때문에 도착이 늦어지는 것 같군."

"마법사가 없다고? 그렇다면 어떻게 이동한다는 말이야? 설마 여기까지 말을 타고 오거나 달려서 온다는 소리는 아니겠지? 거리가 얼마나 먼데……."

"물론 그건 아닐세. 아르곤 제국은 아주 부유한 국가지. 그들은 그 막대한 자금력을 바탕으로 와이번을 사 모으고 있지."

"와이번? 아, 그 드래곤 닮은 도마뱀?"

키에리는 고개를 끄덕였다.

"몇 년 전부터는 그것들을 기사단에 대량으로 배치해서 부족한 기동력을 보충한다고 들었네. 아마도 날아서 오기 때문에 시간이 걸리는 모양이야. 그러니까 조금만 더 기다려 보기로 하지."

"그걸 잘 알면서 왜 아르곤 제국에 미리 마법사를 보내지 않은 거야?"

"이쪽에도 준비할 것이 많아 미처 거기까지 생각하지 못했네."
"지금이라도 아르곤에 마법사를 보낸다면?"
"글쎄…, 와이번 타고 날아오는 중일 텐데, 지금 마법사를 보내 봐야 아무런 도움이 안 되겠지."
다크는 신경질적으로 포도주를 잔에 따르며 투덜거렸다.
"젠장, 그렇다면 기다리는 수밖에 없군."
바로 그때, 카렐이 하늘을 가리키며 말했다.
"저게 뭐지? 뭔가 엄청나게 많이 날아오는 것 같은데……."
다크가 시선을 돌렸을 때, 동쪽 하늘 위에는 수백 개의 점들이 찍혀 있었다. 아직 거리가 너무나도 멀어 그것이 뭔지 알 수는 없는 상황이었다.
"전투 준비를 해 두는 것이 좋겠군. 마왕이 눈치 채고 부하들을 보낸 건지도 모르니까 말이야."
다크의 말에 키에리가 일어서며 말했다.
"마왕군이라면 북쪽에서 내려올 가능성이 크겠지만, 뭐 만약이라는 것도 있으니 준비해 둬서 나쁠 것은 없겠지."
코린트, 크루마, 크라레스의 연합군이 전투 준비를 갖추고 기다리고 있을 때, 하늘 위의 점들은 점점 더 커지기 시작하더니 잠시 후 확실하게 그 정체를 알아볼 수 있을 만큼 가까워졌다.
"아르곤 제국의 성기사단이다!"
로체스터 공작이 상대의 복장이나 문장을 보고 외치자, 모두들 꺼냈던 타이탄들을 돌려보냈다. 그런 와중에 수백 마리나 되는 와이번들이 서서히 착륙을 시작했다. 와이번 위에는 두 명씩 타고 있었는데, 그런 와이번 4백여 마리가 일제히 착륙하자 그 모습은 일대 장관이었다.

그런데 가만히 보면, 대부분 와이번들이 등에 메고 있는 안장이 가죽에 금실이나 은실 따위를 써서 멋을 낸 정도였지만, 그중 몇 마리는 아예 도금을 했는지 안장 전체가 금은으로 만들어져 있었다.

금색 안장이 달려 있는 와이번에서 내린 유려한 외모의 남자가 천천히 로체스터 공작에게로 다가오자, 그는 그 남자가 누군지 알아본 듯 상당히 놀란 듯한 표정으로 인사했다.

"안녕하시옵니까, 교황 성하!"

"오오, 로체스터 경. 경이 보낸 공문을 받자마자 10개 성기사단을 이끌고 서둘러서 달려왔다네. 짐이 직접 성전에 참가할 수 있는 영광을 얻게 될 줄이야, 이것도 다 샤이하드 님의 은혜로다."

말을 하던 교황은 마음의 격동을 참기 어려운 듯 감격 어린 어조로 중얼거렸다.

"그건 그렇고, 언제 출발할 건가? 아직 다 안 온 것 같은데……."

"다 도착했사옵니다, 교황 성하. 기습을 통한 단기 결전을 노리고 있기에 각국의 최고 정예 기사단들만 모여 있사옵니다."

"이게 다라고? 신성한 성전에… 겨우 이게 다라고?"

허탈한 듯 멍한 표정으로 중얼거리던 교황은 이윽고 결심한 듯 외쳤다.

"이렇게나 마왕의 무서움을 모르고 있다니…, 어쩔 수 없군. 짐이 직접 지휘하는 수밖에. 경들은 빨리 출발 준비를 서두르라. 내 직접 마왕에게 신께서 존재하심을 알리겠노라."

그런 다음 교황은 자신과 함께 온 성기사들에게 일장연설을 했다. 신의 뜻을 펼친다는 자신의 기분에 도취해서인지 그의 목소리는 광기에 어려 있었고, 그것을 듣고 있는 성기사들의 태도 또한 광신도들과 다를 바 없었다. 그런 교황의 뒷모습을 황당하다는 듯 바라보고 있던 다크가 로체스터 공작에게 소곤거렸다.

"저 멍청한 녀석은 뭐야?"

"아르곤의 지배자, 즉 교황이오."

"그런가? 나는 교황이라고 해서 상당한 인물인 줄 알았는데……. 저건 겨우 그래듀에이트를 통과했음직한 형편없는 놈이잖아."

다크의 말에 로체스터는 어깨를 으쓱하며 말했다.

"처음부터 교황은 검술 실력 같은 객관적인 자료로 뽑는 것이 아니오. 신앙심이라는 지극히 주관적인 기준에 따라 선출되는 것이지요."

다크는 그제야 이해가 간다는 듯 고개를 주억거리며 말했다.

"아, 신앙심. 그래서 저 모양이군. 이쪽 기사들의 실력도 한눈에 못 알아보는 주제에 숫자만 믿고 까부는 것을 보니 말이야."

"어쩔 수 없지 않소. 전쟁터에 도착할 때까지만 참아 주길 바라오. 마법사들의 일이 좀 더 늘어나겠군. 그건 그렇고, 저 많은 와이번들도 공간 이동을 시켜야 하나?"

로체스터 공작은 미간에 줄을 그으며 중얼거렸다.

마왕 정벌대는 크라레인시 외곽에 모습을 드러내자마자 저마다 타이탄들을 꺼냈다. 아르곤에서 교황과 법왕 두 명이 더해진 10개 성기사단이 가세한 상태였기에 타이탄의 수는 엄청난 것이었다.

교황은 자신의 전용 타이탄 '아르곤'을 꺼냈다. 아르곤은 실전용이라기보다는 교황을 위한 의전용으로 제작된 너무나도 아름다운 타이탄이었다. 어깨까지의 높이가 5.6미터나 되는 이 타이탄은 출력은 1.5 정도밖에 안 되었지만 드래곤 본과 와이번 본을 대량으로 사용했기에 무게는 67톤밖에 나가지 않았다. 교황은 타이탄의 검을 높이 빼 들며 외쳤다.

"샤이하드의 영광을 위하여!"

그리고 천천히 아르곤의 검이 크라레인시를 향해 세워졌다.

"신의 뜻을 받들어 모두 돌격하라!"

4백여 명의 성기사들이 오라 소드를 뽑아 들고 괴성을 질러 대며 와이번에 탄 채 하늘을 날아서 돌격하는 가운데, 3백여 대의 타이탄들이 그 뒤를 따랐다. 그 모습을 가만히 지켜보고 있던 다크는 도저히 참지 못하고 투덜거렸다.

"이건 전쟁이 아니라 마치 한 편의 연극을 보는 것 같군. 영광은 무슨 얼어 죽을 영광."

"신을 열심히 섬기다 보면 저런 믿음이 생기는 것이겠지. 마왕이나 마족 같은 미지의 적에게 생기는 두려움도 저런 믿음이 희석시키는 거야. 저들에게는 승리에 대한 신념이 굳게 자리 잡고 있을 테니까."

키에리가 빙그레 웃으며 다크에게 말했다.

"하지만 승리는 신념만으로 생기는 것이 아니지."

아르티엔, 마왕과 대 격돌

 거의 4백여 대의 타이탄이 크라레인시로 돌격하고 있을 때, 그들의 앞에 수없이 많은 각양각색의 모습을 한 마물들이 그 모습을 드러냈다. 그들은 이쪽의 공격을 이미 눈치 챘는지 크라레인시 쪽에서 마주 달려 나오고 있는 중이었다. 그들의 숫자는 상상할 수 없을 정도로 엄청나 앞서서 달려오는 마물들의 흉측한 모습만 보일 뿐, 그 뒤에 달려오는 마물들은 자욱한 먼지에 가려서 아예 보이지도 않을 정도였다.
 "이, 이게 뭐야? 주력 부대가 알카사스에 가 있다고 하더니 언제 다 돌아온 거야?"
 마물들의 엄청난 숫자에 놀란 다크가 어이없어하자 키에리도 가볍게 인상을 찡그렸다.
 "글쎄, 아무래도 저쪽에서 이미 대비를 하고 있었던 것 같은데,

일단 후퇴했다가 다음 기회를 노리는 것이 좋지 않을까?"

다크와 키에리가 수군거리고 있을 때, 이미 전투는 시작된 상태였다. 선두에 선 아르곤의 성기사단은 엄청난 수의 마물들이 나타났는데도 망설이지 않고, 그들을 향해 돌진해 들어갔다. 하늘을 나는 여러 종류의 마물들은 와이번을 타고 있는 성기사들과 공중에서 격전을 벌이기 시작했고, 땅에서는 타이탄과 마물들 간의 치열한 격투가 전개되기 시작했다.

"어쩔 수 없다, 돌격하라."

다크의 청기사, 키에리의 게레리아, 카렐의 골든 나이트가 앞장서서 돌격하자 로체스터가 코란 근위 기사단을 지휘하며 그 뒤를 따랐다. 그리고 그 뒤를 알카사스 전선에서 돌아온 루빈스키 대공이 지휘하는 크라레스의 스바시에 근위 기사단이 바짝 뒤따랐다. 미네르바는 슬금슬금 눈치를 보다가 제일 나중에서야 지발틴 기사단에 돌격을 명령했다. 이렇게 해서 4백여 대의 타이탄들과 4백여 명의 용기사들이 거의 5천에 이르는 마물들과 대 격돌을 벌이기 시작했던 것이다.

"아아악."

"쿠어, 쿠어억."

곧 처절한 비명과 마물들의 울부짖음이 전쟁터에 울려 퍼지기 시작했다. 땅은 순식간에 그들이 흘린 피로 붉게 물들었으며, 피비린내는 역겨우리만큼 진하게 풍겨 나왔다. 사방 여기저기에는 처참하게 박살 난 마물들의 시체와 파괴된 타이탄이 나뒹굴고 있었고, 이미 공포와 광기에 사로잡힌 기사들의 눈빛은 마물과 별 차이를 발견할 수 없을 만큼 미쳐 있었다.

일단 격전이 벌어지고 나자, 아르곤의 성기사들은 자신들의 능력이 얼마나 보잘것없는 것이었는지를 곧 깨달을 수 있었다. 순식간에 50여 대의 타이탄들이 고철이 되어 나뒹굴기 시작했고, 그다음부터 그들은 전투가 아닌 살기 위한 발악을 해야만 했기 때문이다. 그만큼 마물들의 겉을 둘러싸고 있는 껍질은 튼튼한 것이었다. 또한 어마어마한 힘으로 휘둘러지는 마물들의 각종 무기들은 타이탄의 장갑판까지도 관통할 만큼 막강한 것이었다.

하지만 그런 와중에서도 마물들의 중앙을 돌파해 나가는 무리들이 있었다. 세 명의 그랜드 마스터를 주축으로 하는 3국 연합군이었다. 그들은 아르곤의 기사단과는 달리 마물들과의 혼전 중에도 철저하게 지휘 체제를 유지하고 있었다. 세 명의 그랜드 마스터들은 각자의 판단에 따라, 마물들을 간단하게 처리하며 길을 개척하고 있었다. 그리고 그 뒤로는 각 기사단 단위로 로체스터, 미네르바, 론카르트의 명령에 따라 일사분란하게 움직이며 그 뒤를 떠받치고 있었다.

"정말 대단하구나. 오랫동안 레어에서 혼자 지내는 동안 호비트들이 이렇게까지 무섭게 성장했을 줄은 상상도 못했다. 마물들과 거의 동급으로 싸우다니 말이다."

아르티엔의 감탄에 아르티어스는 히죽거리며 맞장구를 쳤다.

"예? 헤헤, 굉장하죠. 특히나 저 앞에서 싸우고 있는 다크는 정말 대단하지 않아요? 마물들이 앞을 가로막을 엄두도 못 내고 있지 않습니까?"

이때 찢어지는 듯한 울부짖음이 터져 나오며 마물들의 후방에서 거대한 발록 두 마리가 모습을 드러냈다. 그것들은 갑자기 허공에 그 모습을 드러냄과 동시에 거대한 채찍을 날렸다. 다크의 청기사는 채찍을 간단하게 방패로 튕겨 낸 후 무시무시한 강기로 맞받아 쳤다. 하지만 시퍼런 광채가 하늘을 꿰뚫으며 통과하는 그 순간, 이미 발록은 그 자리에 없었다. 다크는 상대를 놓쳤다는 것을 깨달은 순간, 엄청난 속도로 달려 나갔다. 여태껏 세 명이 삼각형의 형태로 적당하게 길을 개척하는 정도의 격투를 벌이다 갑자기 다크가 앞으로 뛰쳐나가자 키에리와 카렐은 당혹스러웠다. 키에리가 다급하게 다크를 따라 달려 나가려는 순간, 카렐이 제지했다.

"잠깐! 뭔가 이상하오. 이렇게 분별없이 앞으로 튀어나갈 리가 없는데 말이오. 잠시만 상황을 지켜보기로 합시다."

그리고 그들은 곧이어 엄청난 대 폭발을 보고야 말았다. 도대체 어떻게 된 것인지 모르지만 청기사를 중심으로 가공할 만한 마나의 폭풍이 일어나더니 반구형으로 급속도로 퍼져 나가며 주위에 있는 모든 것들을 소멸시켜 버린 것이다. 그녀를 공격하던 발록 두 마리 중에서 한 마리는 미처 피하지 못하고, 그 엄청난 충격파에 휩쓸려 모래처럼 부서져 날아갔다.

그 기술을 보고 모두들 경악했다. 특히나 그 기술에 자신의 부하들이 치명타를 입었던 로젠이나 까미유는 그때의 공포스럽던 기억에 몸을 부르르 떨었을 정도였다. 하지만 저런 엄청난 기술을 사용하는 자가 적이라면 공포의 대상이 되겠지만, 아군이라면 얘기가 달라진다. 그들은 더욱 사기충천하여 마물들을 향해 달려들었다.

"호오! 저런 기술도 있었나? 저 아이는 정말 나를 놀라게 하는구나."

"지금 그런 얘기하실 때입니까? 아버지, 저 엄청난 마나의 회오리를 보라구요. 아무리 저 아이가 엄청난 힘을 가지고 있다 하더라도 저런 짓을 몇 번만 하면 거의 몸이 거덜난다구요. 그리고 저런 기술을 썼는데도 불구하고 마물은 겨우 1백 마리도 채 안 죽었잖아요? 안 되겠어요. 저 아이의 힘만 가지고는 도저히 이길 수 없을 것 같아요."

걱정이 된다는 듯 굳은 안색으로 아르티어스가 앞으로 튀어나가려 하자 아르티엔이 가볍게 팔을 잡으며 말렸다.

"그래서? 도와주고 싶다는 것이냐?"

"예."

단호한 아들의 대답에 아르티엔은 따스한 눈길로 다크를 바라보며 말했다.

"놔둬라. 아무리 대마왕이라고는 하나 크로네티오의 힘은 그렇게 강하지 못한단다. 그가 호비트의 육체를 빌리고 있는 한, 과거와 같은 그런 엄청난 힘을 낼 수는 없다는 말이야."

아르티엔의 말을 곰곰이 생각하다 뭔가 알겠다는 듯 아르티어스는 고개를 끄덕였다.

"그러니까 어렵기는 하겠지만, 충분히 해낼 수 있는 일이니 도와주지 말라는 말씀이십니까?"

"그래, 나는 새로운 신화가 만들어지는 것을 지켜보고 싶단다. 우리 드래곤의 도움을 받지 않고도 스스로의 힘으로 모든 것을 이룩해 낸 그런 영웅의 신화를 말이다. 더군다나 그 영웅이 우리의 사랑스런 다크라면 그 얼마나 기쁘겠냐? 너의 마음을 내가 모르는 바는 아니지만 지금은 가만히 지켜봐 주는 것이 다크를 위해 좋을 것 같구나."

아르티엔은 다크의 모습을 보며, 어릴 적 죽어라 말썽만 부리던 자식의 어깨를 부드럽게 토닥여 주었다.

"끄응, 알겠습니다. 아버지 말씀은 언제나 옳으셨으니까요. 하지만 마왕이 아버지의 예상보다 월등하게 강하다면 어떻게 합니까? 그때는 도와줘도 괜찮겠죠?"

"그럴 가능성은 없다니까 그러네."

아버지의 말에 아르티어스는 조마조마한 마음을 억누르며 참을 수밖에 없었다. 자신도 사랑스러운 아들이 위대한 대마왕 슬레이어로 탄생하기를 얼마나 바라고 있는가. 하지만 아무리 그렇다 하더라도 다크가 작은 상처 하나라도 입는 것은 죽기보다 싫은 그였다. 바로 이때 거의 1천여 마리에 달하는 엄청난 숫자의 마물들이 새로이 모습을 드러냈다. 이들은 알카사스를 향해 진격해 들어가던 마물들로서 그곳에 있던 불칸이 대마왕의 소환 명령을 받고 부하들을 이끌고 급히 돌아온 것이었다.

불칸 휘하에 있는 발록들이 이동용 마법진을 여는 역할을 한 것인데, 아무리 뛰어난 실력을 지닌 발록이라 하더라도 한번에 1백 마리 이상의 마물을 공간 이동시킨다는 것은 어려운 일이었다. 그렇기에 그들은 알카사스에 배치된 마물들 중에서 가장 강력한 놈들로 추려서 이곳으로 이끌고 온 것이었다.

새로운 마물들이 가세하자 전세는 급격히 기울기 시작했다. 이때 뒤에서 더 이상 남편의 안위를 무시할 수 없었던 키아드리아스가 급하게 본체로 돌아갔다. 그녀는 곧장 거대한 블루 드래곤으로 모습을 바꾼 후, 뒤쪽에서 달려드는 마물들을 향해 브레스를 뿜어

버렸다.

꽈꽈꽝.

푸른색 뇌전이 번쩍이며 대기를 관통하면서 엄청난 대 폭발이 일어났다. 그리고 그 순간이었다. 여유 있는 표정으로 전장을 바라보고 있던 아르티엔의 얼굴이 딱딱하게 굳은 것은…….

"설마 힘을 숨기고 있었단 말인가?"

아르티엔의 말에 아르티어스는 어리둥절한 표정으로 대꾸했다.

"무슨 말씀이십니까? 아버지."

아르티엔은 한심하다는 듯 아르티어스를 힐끔 바라봤다.

"너는 저쪽 황궁에서 새어 나오는 어마어마한 힘을 느낄 수 없다는 말이냐? 도대체 어떻게 이럴 수가 있지? 그놈이 1천5백 년 전에 드래곤의 몸을 빼앗았을 때도 이 정도는 아니었는데……. 강력하게 느껴지는 이 힘…, 주위를 압도하는 존재감…, 본신의 힘을 거의 태반이나 확보했다는 말인가? 도대체 어떻게 그게 가능할 수가 있는 거지?"

아르티엔은 도저히 믿기지 않는다는 듯 자신이 알고 있는 마계의 지식을 다시 한 번 점검해 보았다. 하지만 결론은 역시 불가능이었다. 거의 신에 필적하는 그들이 이곳에서 이 정도의 힘을 발휘할 수 있으려면 소멸을 각오하지 않고서는 불가능했기 때문이다. 한낱 유희를 위해 소멸을 각오한다는 것은 아르티엔의 머리로는 도저히 이해할 수도 없었다.

"서, 설마… 어둠의 대마왕이라는 녀석의 힘이 그렇게 엄청나다는 말씀이십니까?"

잠시 마왕이 있는 황궁을 노려보던 아르티엔은 고개를 돌려 가만히 자신의 말썽꾸러기 아들을 바라보며 입을 열었다.

"허허, 설마 내가 어릴 적에도 이렇게 철이 없었을까?"

아르티엔은 아들을 향해 애정이 가득한 눈길을 보냈다. 하지만 그런 눈길과는 달리 그는 아르티어스의 머리를 가볍게 쥐어박으며 놀리듯 말했다.

"으이그, 이 닭대가리. 어릴 때는 말썽이라는 말썽은 도맡아 피워 애비 속을 썩였지. 이제 좀 커서 철이 들었나 싶었더니 하찮은 호비트에게 빠져 이 모양이라니. 내 자식이지만 한심하다는 말밖에는 나오지 않는구나."

"우이씨, 왜 또 닭대가리라고 하는 거예요! 그리고 하찮은 호비트라니요. 다크는 엄연히 내 아들이라구요. 젠장, 비록 내가 낳지는 않았지만······."

머리를 만지며 투덜거리던 아르티어스는 걱정된다는 듯 다크를 좇아 연신 시선을 움직였다. 아르티엔은 그런 아르티어스의 모습을 보다 마음을 굳힌 듯 천천히 일어서며 말했다.

"내가 힘을 숨기고 있듯, 저놈도 자신의 힘을 숨기고 있으리라고는 생각도 못했구나. 너는 빨리 저 아이를 데리고 가능한 한 멀리 도망쳐라. 그리고 혹시나 내가 죽는다면 너는 이 사실을 각 종족의 드래곤 로드들에게 알려라. 아마 모든 드래곤들이 힘을 합친다면 대마왕을 이길 수도 있을 거라고 말이다."

"에이씨, 농담 좀 그만 해요, 아버지. 각 종족의 드래곤 로드들이 모두 달려들어도 충분히 이길 만큼 강한 분이 왜 자꾸 그러세요. 그리고 아버지가 모르셔서 그렇지 저도 제법 강하다구요."

아르티엔은 투덜거리는 아들놈에게 빙긋 미소를 보냈다. 그의 표정에는 약간의 자부심도 어려 있었다. 자신의 예상보다는 아들이 훨씬 훌륭하게 자라 준 게 사실이었으니까. 그는 자식의 머리를 한번 쓰다듬어 주고는 가볍게 허공으로 날아올랐다.
"빨리 이곳에서 피하도록 해라. 그리고 내가 한 말 잊지 말고."
말을 끝내자마자 아르티엔은 곧장 황궁 쪽으로 날아갔다. 그는 생명을 잃을지도 모른다는 말을 하면서도 드래곤으로의 현신은 하지 않았다. 이미 마법의 극한을 본 그에게 있어서 겉모습을 바꾼다는 것이 별 의미가 없었기 때문이다. 오히려 황궁같이 좁은 곳을 격전장으로 삼는다면 몸집이 작은 쪽이 훨씬 유리했다.
하늘을 날 수 있는 몇몇 마물들이 무시무시한 속도로 황궁을 향해 접근해 오고 있는 아르티엔을 가로막았다. 작은 소녀의 형상을 하고 있는 아르티엔의 앞을 막아선 마물들은 거의 타이탄에 필적할 만큼 거대한 덩치를 지니고 있었다. 거대한 날개, 그리고 단단해 보이는 표피. 날카로워 보이는 이빨을 드러내며 그것들은 아르티엔을 향해 달려들었다. 하지만 그들은 아르티엔의 앞에 채 다가서기도 전에 뭔가에 베이기라도 한 듯 반으로 쫙 갈라지며 지상으로 곤두박질쳐 버렸다.
황궁 위에 도착한 아르티엔은 잠시 허공에 정지하며 손을 앞으로 쓱 뻗었다. 그와 동시에 그의 손에서 폭발적인 광채가 황궁을 향해 뿜어져 나갔다.
콰쾅!
강력한 폭발음과 함께 엄청난 폭발이 뒤따랐다. 잠시 후 먼지가 어느 정도 가라앉았을 때, 지하 깊숙이까지 뚫려 있는 커다란 구멍이 드러났다. 아르티엔은 망설이지 않고 그곳으로 날아 들어갔다.

단 한 번의 공격으로 대마왕이 있는 곳까지의 통로가 개척되어 버린 것이다.

아르티엔의 손에서 뻗어 나간 광채 속에는 상상하기도 힘들 정도의 에너지를 내포하고 있었기에 대마왕이 있는 곳까지의 통로를 개척하는 것으로도 모자라서, 곧바로 대마왕을 향해 덮쳤었다. 하지만 그 광채는 대마왕에게 다다르지 못하고 마치 보이지 않는 무엇에라도 막힌 듯 일정 거리 위에서 대 폭발이 일어났다.

콰쾅!

주위의 공간이 비틀릴 정도의 엄청난 대 폭발! 그 폭발로 인해 대마왕의 근처에는 거대한 공동(空洞)이 만들어졌을 정도였다. 하지만 그런 것이 아무것도 아니라는 듯, 대마왕은 아직까지도 호화롭게 만들어놓은 거대한 왕좌(王座)에 앉아 태연자약한 표정을 짓고 있었다.

순간적으로 대마왕의 위치를 파악하고, 그곳을 향해 일격을 날린 아르티엔. 하지만 그는 그 정도의 공격에 대마왕이 피해를 입을 거라고는 생각도 하지 않았다. 하지만 대마왕의 주위 일정거리 안에 그 어떤 피해조차 없는 것을 보고 내심 신음성을 흘리지 않을 수 없었다. 상당한 위력의 공격을 가했음에도 불구하고, 상대의 방어막을 뚫지도 못한 것이다.

아르티엔은 싸늘한 표정으로 외쳤다.

"도대체 무슨 짓을 한 거지?"

아르티엔의 몸에서 어마어마한 살기가 뿜어져 나오고 있었지만, 대마왕은 그런 것쯤 신경도 쓰지 않는 모양이었다. 마치 그는 이미 눈앞의 이 골드 드래곤을 때려잡기라도 한 듯 태연자약한 표정으로 중얼거렸다.
 "큭큭큭, 이제야 나타나다니……. 하지만 예전처럼 될 거라고는 생각하지 않는 게 좋을걸?"
 "웃기고 있군. 네놈이 무슨 짓을 하더라도 변하는 건 없어. 이제 아예 네놈을 소멸시켜 주마. 다시는 이곳에 나타나지 못하도록 말이야."
 "좋을 대로 해. 나는 대신 네 녀석의 머리통을 잘라 내 침실을 꾸며 놓도록 하지, 크흐흐흣."
 대마왕의 손에서 검붉은 광채가 뿜어져 나오자, 아르티엔 또한 재빨리 뒤로 물러서며 마주 공격해 들어갔다. 그 둘의 몸에서 뻗어 나온 빛줄기는 찬란하지도 않았고, 그렇게 엄청난 위력을 내포한 것처럼 보이지도 않았다. 하지만 그 둘이 부딪치는 순간, 천지가 개벽하는 듯한 대 폭발이 지하에서 벌어졌다.

 황금색 궤적을 그리며 빛과 같은 속도로 아르티엔이 지하로 사라지고 나서 잠시 후 지축을 울리는 듯한 대 폭발이 벌어졌다. 유성 소환 마법이 일으키는 폭발이 엄청나다고 하지만, 이건 그것보다 수십 배는 더 강력한 것처럼 보였다. 폭발 한 번에 크라레인이라는 도시가 흔적도 없이 사라졌고, 엄청나게 거대한 구덩이만 남았으니까 말이다.
 대 폭발의 충격파는 웬만한 마물들은 물론이고 그것들을 상대하던 타이탄들까지 휩쓸고 지나갔다. 그랜드 마스터 정도 되는 막강한 검객들이 타고 있는 타이탄들은 강기로 재빨리 막아서인지 그래도 무사했지만, 제일 앞장서서 공격하던 아르곤의 타이탄들은 그 흔적조차 찾을 수 없을 정도로 산산조각 난 상태였다. 그리고 폭발의 진원지인 황궁의 폐허 위에는 거대한 황금빛 광채와 함께 거대한 드래곤이 얼핏 모습을 보였다. 그리고 그의 앞에는 이글이글 불타오르는 것 같은 특이한 모습을 한 존재가 허공에 떠 있는 것이 얼핏 보였다.

"후퇴하라!"

키에리가 부르짖듯 외치자 가장 뒤쪽에 쳐져 있던 미네르바가 거느리고 있는 지발틴 기사단이 재빨리 도망치기 시작했다. 그리고 그 뒤를 몇 명 남지 않은 각국의 기사단들이 뒤따랐다. 다크는 도대체 이게 어떻게 된 영문인지 알 수 없었지만, 직격당하지 않았는데도 이 정도 충격파를 안겨 줄 만큼 엄청난 폭발이라면 자신의 목숨이 열 개가 넘는다고 해도 절대 살아날 수 없다는 것을 깨닫고 서둘러서 도망치기 시작했다.

잠시 후 연속해서 엄청난 폭발이 크라레인시를 중심으로 일어나기 시작했다. 주위는 새하얀 빛줄기와 검붉은 화염이 만들어 내는 엄청난 충격파에 완전 아수라장이 되어 있었다. 미처 도망치지 못했던 마물들과 타이탄은 충격파에 휩쓸리며 마치 모래가 스러지듯 사라져 버렸고, 조금 전까지 수많은 마물들과 타이탄이 싸우던 전쟁터는 아무것도 존재할 수 없는 폐허로 변해 있었다. 그리고 그 중심부에는 공간마저 뒤틀릴 정도로 엄청난 공격을 주고받으며 신적인 존재들이 격돌하고 있었다.

다크가 전속력으로 크라레인시에서 한참 도망쳐 나왔을 때, 그녀의 앞에 거대한 골드 드래곤이 날아 내려왔다. 순간적으로 그 드래곤이 아르티어스임을 알아본 다크가 크게 외쳤다.

"아빠, 도대체 어떻게 된 일이에요?"

〈아버지가 마왕과 싸우고 계신 거다.〉

"하, 할아버지가요?"

〈아무래도 아버지가 제일 나중에 한 말이 걸리는구나. 뒷일은 키아드리아스에게 말해 뒀다. 혹시 내가 죽더라도 너는 복수 따윈 절대 생각하지 말고 네가 살던 세상으로 빨리 돌아가거라. 정말 너를 사랑했단다.〉

"아빠! 그, 그게 무슨 말……."

다크는 아르티어스에게 뭐라고 말하려고 했지만, 이미 아르티어스는 그곳에 없었다. 그녀가 재빨리 뒤로 고개를 돌렸을 때, 아르티어스는 빛처럼 빠르게 검은 연기가 치솟고 있는 폭발의 근원지를 향해 날아가고 있었다. 연속적으로 대 폭발이 일어나고 있는 가운데, 마왕 정벌대는 충격파가 미치는 범위를 벗어나기 위해 정신없이 도망쳤다. 하지만 거기에서 벗어났다고 해서 쉴 수 있는 상황도 아니었다. 그 폭발에서 인간들과 마찬가지로 열심히 도망쳐 나온 마물들과 또다시 대 격전이 벌어졌던 것이다.

물론 처음 폭발의 충격파로 가장 막대한 피해를 본 것은 마물들 쪽이었다. 하지만 불칸이나 발록 등을 주축으로 하는 마족들은 대부분 살아남았고, 6천에 다다르던 엄청난 수의 마물들도 몇백 정도밖에 안 되긴 했지만 그래도 살아 있는 상황이었다. 그들은 일단 위험 범위 밖으로 대피하자마자 타이탄들을 향해 달려들었다.

다크는 이동 마법을 사용하며 채찍이나 마법으로 자신을 공격하던 발록 세 마리를 상대로 엄청난 격전을 벌였다. 그녀가 간신히 그들 중의 한 마리를 해치웠을 때, 그녀의 앞에는 신장이 거의 10

미터에 달하는 검붉은 색의 거대한 불칸이 그 모습을 드러냈다.

불칸은 나타나자마자 다크를 향해 양손에서 검붉은 화염 덩어리를 뿜어내 공격하기 시작했다. 다크는 침착하게 마나를 잔뜩 주입한 방패로 막았지만 전혀 반격할 엄두를 내지 못했다. 화염 마법 따위에 방패가 뚫릴 위험은 없었지만 주위에서 맴돌며 틈을 노려 채찍을 휘두르는 발록 두 마리의 공격에 겨우 몸을 빼내는 데만 급급할 뿐이었다. 바로 그때였다.

꽈꽈꽝.

한순간 눈이 멀어 버릴 것 같은 빛이 번쩍이더니 귀청이 터져 나갈 것만 같은 폭발음이 터져 나왔다. 그리고 엄청난 위력의 충격파가 밀려왔다. 위험을 직감한 다크는 충격파에 견디기 위해 순간적으로 그것이 밀려오는 방향을 향해 커다란 청기사의 방패를 들이밀며 모든 내공을 끌어올려 강기의 막을 펼쳤다. 이번에 밀려온 충격파는 다크가 생명의 위험까지 느꼈을 정도로, 여태까지 밀려왔던 것들과는 그 파괴력에 있어서 차원을 달리하는 것이었다.

잠시 후 충격파가 휩쓸고 가 버린 전장에는 죽음과도 같은 정적만이 흘렀다. 거대한 대지는 자욱한 먼지 구름이 뒤덮여 있었고, 풀 한 포기 남아 있지 않을 정도로 황폐해져 있었다. 그리고 그 위에는 그 어떤 생명체도 살아남아 있지 않은 것처럼 보였다. 하지만 곧이어 충격파에 휩쓸려 수십 미터를 튕겨 나간 상태에서 쓰러진 채, 반쯤 땅에 파묻혀 있던 청기사가 튕기듯 일어섰다. 방패는 왼팔과 함께 녹아 내려 너덜너덜해진 상태였지만, 그 외의 부분은 비교적 피해가 없는 상태였다.

청기사는 피해가 없는 오른팔을 놀려 거대한 검을 들어 올리며 불시의 공격에 대비하며 주위를 살폈다. 하지만 다크의 우려와는 달리 그 어떤 것도 청기사를 공격해 오지 않았다.

방금 전까지 엄청난 위력의 불덩어리를 뿜어내며 청기사와 격전을 벌였던 마족들도 군데군데 쓰러져 있었지만, 그들은 청기사와 달리 아예 움직일 생각을 하지 않았다. 청기사는 만약의 사태에 대비하여 방어 준비를 갖춘 채, 쓰러져 있는 마족들에게 천천히 걸어갔다. 방금 전까지 자신과 동료들을 괴롭히고 있던 발록에게 다가간 청기사는 천천히 검을 들어 올렸다. 상대가 정신을 차리기 전에 확실히 저세상으로 보내려고 했던 것이다.

하지만 그 순간 발록의 모습이 조금씩 투명하게 바뀌기 시작했다. 이동 마법을 통한 이동이라면 빛과 함께 번쩍 사라지거나 나타나야 할 텐데, 전신이 마치 투명한 유리처럼 변하며 그 거대한 몸체가 서서히 먼지로 화해 흩어져 버리는 것이었다.

어리둥절해진 청기사는 주위의 마족들을 살펴보기 위해 두리번거렸다. 그 엄청난 충격파 속에서도 형체가 파괴되지 않고 남아 있던 마족은 그렇게 많지 않았지만, 그들 역시 발록처럼 서서히 먼지로 화하고 있는 중이었다.

청기사의 머리를 들어 올린 채, 다크는 어리둥절한 듯 주위를 두리번거리며 중얼거렸다.

"도대체 어떻게 된 일이지?"

마족들이 사라지고 난 후, 그들이 방금 전까지 쓰러져 있었던 땅은 마족의 형체를 따라 깊게 파여 있었다. 그것을 보면 방금 전에 자신이 본 것이 꿈이 아닌 것은 확실했다. 다크는 청기사에서 뛰어

내려 불칸의 흔적이 있는 곳으로 다가갔다. 묵직한 불칸의 무게에 눌려 있던 흙은 불칸의 형체를 고스란히 간직하고 있었다.

"이상한 일이군……."

다크가 멍청하게 마족들이 사라지고 난 후 파여 버린 깊은 곳을 쳐다보고 있을 때, 카렐의 골든 나이트가 옆으로 다가왔다. 군데군데 녹아 내려 흉물스럽게 변한 골든 나이트의 머리가 뒤로 젖혀지더니 카렐이 모습을 드러냈다.

"대마왕 크로네티오가 죽은 모양이군. 그가 소환한 모든 마족들이 마계로 돌아가는 것을 보니 말이야."

"그렇다면 할아버지가 이겼다는 말이야?"

"할아버지? 그러면 방금 전의 그 어마어마한 폭발들이…, 아르티엔 님이 마왕하고 격전을 벌인 것이란 말인가?"

다크는 불현듯 생각난 듯, 자신의 몸을 내려다 봤다. 하얗고 작은 손, 그리고 봉긋하게 솟아 있는 가슴……. 크로네티오가 죽었다면 자신은 남자로 변해야 정상이 아닌가? 그렇다면 이건 또 어떻게 된 건가? 혹시 이 격렬했던 싸움의 승자는 크로네티오라는 말인가?

"아냐, 크로네티오가 이긴 것 같아. 그렇지 않다면 내 몸이 아직도 그대로일 수는 없잖아."

그 말에 카렐은 어이가 없다는 듯 대답했다.

"마족들이 마계로 돌아간 것을 보면 크로네티오가 죽은 게 틀림없어. 물론 진짜로 그가 죽었다는 것은 아니고, 강제 소환일 가능성이 크지. 네 몸에서 저주가 풀리지 않은 것은 크로네티오가 살아 있다는 말이야. 물론 이곳이 아닌 마계에 말이야."

"마계라고?"

"그래, 마족들을 죽인다, 즉 소멸시킨다는 것은 아주 힘들어. 마계로 강제로 돌려보내는 것이 고작이지. 그들은 이쪽 세상으로 나오기 아주 힘들기에, 돌려보내는 것만으로도 엄청난 의의가 있는 거야. 그는 어쩌면 다시는 이리로 못 올지도 모르니까 말이지."

"젠장, 이렇게 하나의 기회가 사라져 버렸군. 그건 그렇고 싸워서 이겼으면 이리로 돌아와야 할 텐데, 왜 소식이 없는 거지?"

다크는 저 멀리 보이는 엄청나게 큰 구덩이를 보며 짜증난다는 듯 투덜거렸다. 말이 구덩이지, 그 크기는 상상을 초월할 정도로 넓었다. 그것은 이제 흔적도 없어진 크라레인시가 차지하고 있던 면적보다도 더 넓은 것 같았다. 아르티엔과 대마왕의 역사상 유래가 없는 격돌로 인한 결과였다.

그런 다크를 보며, 카렐은 씁쓸하게 미소 지으며 말했다. 지금 아르티어스를 기다리는 틈을 이용해서 다크에게 물어보고 싶은 것이 있었던 것이다.

"아까 자네가 마수들을 향해 돌진해 들어간 다음 쓴 기술이 도대체 뭔가? 마수 1백여 마리를 한꺼번에 소멸시킬 정도로 엄청난 위력을 지닌 기술 말일세."

"아아, 그거? 아직 기술 이름을 정한 것은 아니야. 예전에 아주 엄청난 실력을 지니고 있던 선배와 한 번 겨뤄 본 적이 있었는데, 그분이 그런 기술을 쓰더라구. 그래서 나 나름대로 응용해서 한 번씩 써먹고 있는 거지."

"정말 대단하더군. 그런데 전에 나하고 대결하면서 왜 그걸 쓰지 않았나? 아마, 단번에 승리할 수 있었을 텐데 말이야."

"그건 너무 위험해서 아무한테나 쓸 수는 없거든. 너를 죽여야 되는 상황도 아닌데, 그런 강력한 기술을 쓸 이유가 없었지. 그건 그렇고, 너무 늦어. 아무래도 뭔가 이상해. 나는 할아버지에게 가 볼 테니까, 너는 살아남은 사람이 얼마나 있는지 점검 좀 해 줘."

"알았어."

다크는 아르티엔과 대마왕의 격전장을 향해 달려갔다. 그녀가 연기를 내뿜고 있는 거대한 구덩이에 도착했을 때, 구덩이의 저 아래쪽에 황금빛 찬란한 드래곤 두 마리가 엉켜 있는 모습이 보였다.

다크는 밑에 채 도착하기도 전에 자신의 우려대로 뭔가 잘못되었다는 것을 알 수 있었다. 거대한 드래곤 한 마리는 몸체의 거의 절반 가까이가 사라지고 없었던 것이다. 드래곤은 성장기를 마친 후 노화기에 들어가 있는 동안 피와 살로 이루어진 육신이 차지하는 부분은 점점 줄어들고, 대신 드래곤 본이라고 불리는 금속성 물질로 대체되기 시작한다. 아르티엔처럼 거의 수명을 다해가는 드래곤의 경우 그 몸은 드래곤 본과 마나의 덩어리라고 볼 수 있었다.

그 때문인지 그렇게도 심한 상처를 입었으면서도 아르티엔은 피 한 방울 흘리지 않고 있었다.

〈아버지, 제발 정신 좀 차리세요.〉

아르티어스가 정신없이 몸을 흔들자 아르티엔은 힘겹게 눈을 떴다.

〈괜찮아요, 괜찮죠? 헤헤, 걱정했잖아요.〉

말을 하는 아르티어스의 얼굴은 흘러내리는 눈물로 홍건히 젖어 있었다. 이미 아버지가 더 이상 살 수 없을 정도로 심하게 다쳤다는 것을 아르티어스는 알고 있었다. 하지만 그는 도저히 그 사실을 받아들일 수 없었다.

〈헤헤, 괜찮다고 말 좀 해 봐요. 드래곤 역사상 최강이라는 아버지가 이따위 마왕 하나 때문에 누워 있다는 게 말도 안 되잖아요. 그렇죠, 아버지? 헤헤, 괜히 나 놀리려고 일부러 그러시는 거죠? 아버지, 제발 말 좀 해 봐요.〉

아버지의 몸을 꽈악 안고 있는 아르티어스의 몸과 목소리는 가늘게 떨리고 있었다. 아르티엔은 힘겹게 눈을 떠 그의 아들을 보며 작은 목소리로 중얼거렸다.

〈헉헉, 우, 울지 말고……. 너, 너를 지, 진정으로 사랑해…….〉

겨우 말을 이어 가던 아르티엔은 끝내 말을 끝내지 못하고 고개를 떨구었다. 순간 아르티어스는 지금껏 몰랐던 아버지의 마음이 한순간에 왈칵 가슴으로 다가옴을 느낄 수 있었다. 그리고 이제는 아버지의 짓궂은 음성을 두 번 다시 들을 수 없다는 것도 알 수 있었다.

〈아버지, 장난 그만 치고 눈 좀 떠 봐요. 내가 잘못했어요. 이제는 말 잘 들을게요. 제발, 제발 눈 좀 떠 봐요.〉

하염없이 눈물을 흘리는 아르티어스의 음성은 어느덧 처절한 절규로 변하고 있었다.

〈아버지! 제발!〉

정신없이 아버지의 몸을 흔들며 울부짖던 아르티어스는 아버지의 몸에서 마나가 급속도로 흩어지는 것을 보며, 그가 숨을 거뒀다는 것을 알고 절규하기 시작했다.

〈쿠오오오오오!〉

엄청난 기세로 퍼져 나가는 아르티어스의 절규. 지상의 모든 것을 복종시킨다는 드래곤 로어가 울려 퍼지자 아르티어스에게 가까이 다가가던 다크조차 눈을 찡그렸다. 있는 힘껏 기를 끌어올려 몸을 보호했음에도 불구하고 다리가 후들거렸던 것이다.

하지만 다크는 아무 말도 할 수 없었다. 거대한 골드 드래곤의 두 눈에서 끊임없이 눈물이 흘러내리는 것을 봤기 때문이다. 아무 말도 없이 한참을 오열하던 아르티어스는 조용히 아버지의 시체를 안고 일어서며 중얼거렸다.

〈아버지를…, 대자연의 품에 돌려보내고 돌아오마.〉

"아, 아빠……."

다크가 뭐라고 말하기도 전에 아르티어스는 모습을 감춰 버렸다. 그 거대한 몸집째 공간 이동해 버린 것이다. 아버지를 대자연의 품에 돌려보내기 위해서…….

아르티어스가 사라진 곳을 다크가 망연히 바라보며 서 있을 때, 카렐과 로체스터 공작이 달려왔다. 카렐은 말끔한 모습이었지만, 로체스터 공작은 그렇지 못했다. 아르티엔과 대마왕의 격돌에서 뿜어져 나온 충격파에 휩쓸리며 생긴 상처인 듯, 옷의 이곳저곳에서 핏물이 조금씩 배어 나오고 있었다. 하지만 로체스터 공작은 그 정도 상처쯤은 아무것도 아니라는 듯 신경도 쓰지 않았다. 그는 자랑스러운 표정으로 말했다.

"위대한 승리였소. 대마왕을 처치하는 데 이 정도의 피해로 끝날 수 있었던 것도 다 그대의 도움 덕분이오. 아무튼 감사드리오."

다크는 로체스터 공작의 치하에 건성으로 대답하며 말했다.

"뭐, 내가 한 일도 아닌데……. 그런데 키에리는?"

로체스터 공작의 얼굴이 조금 어두워졌다.
"그는 중상을 입은 채, 지금 치료를 받고 있소."
"중상이라고? 설마? 마지막에 닥친 충격파가 아무리 강력했다고는 하지만, 그 정도의 실력자가 중상을 당했다는 말인가?"
"그 혼자라면 문제될 것이 없었을 것이오. 하지만 그는 강력한 충격파가 닥친다는 것을 눈치 챈 순간, 마물들과 격전을 벌이고 있던 기사들의 앞을 가로막았소. 그가 총력을 다해서 폭넓은 방어막을 펼친 덕분에 많은 기사들이 목숨을 건질 수 있었소. 대신 그는……."
"어떻게 된 일인지 이해하겠어. 역시, 키에리는 대단한 무인이야. 내가 만난 몇 안 되는 진짜 무인……. 그는 그렇고, 미네르바는?"
로체스터 공작은 쓸쓸한 어조로 말했다.
"그녀는 전쟁에 승리했다는 사실을 알자마자 부하들을 이끌고 크루마로 돌아갔소. 크루마의 기사단은 가장 뒤쪽에 쳐져 있었기에 상대적으로 피해도 가장 적었소. 그런 만큼 그대가 돌아와서 피해를 확인하기 전에 내빼는 것이 상책이라고 생각했는지도 모르지요."
다크는 로체스터 공작이 지은 그 쓸쓸한 표정이 뭘 뜻하는지 알 수 있었다. 다크 또한 쓸쓸한 미소를 지을 수밖에 없었다.
'하는 짓이 영 얍삽하기 그지없단 말씀이야…….'
"그게 그녀한테는 어울리지. 하지만 그런 얄미운 짓을 하는데도 미워할 수는 없군. 그녀도 그녀 나름대로 크루마를 위해 최선을 다한 거니까 말이야."

이때 카렐이 옆에서 끼어들었다. 카렐은 조심스럽게 다크의 표정을 살피면서 물었다. 카렐은 이 자리에 아르티엔과 아르티어스가 다크와 함께 있을 줄 알았는데, 그들이 없는 것이 약간 마음에 걸렸기 때문이다.

"자네 아버지와 할아버지는 어디에 가셨나? 자네와 함께 계시는 줄 알았는데……."

다크의 표정이 갑자기 우울하게 바뀌었다. 짧은 시간이지만, 아르티엔과는 정이 상당히 많이 들었었다. 그리고 사부의 모습을 하고 있는 아르티엔에게 깊은 정을 느끼고 있던 참이었기에 그녀의 슬픔은 아주 컸다. 하지만 그녀는 그것을 겉으로 드러내지 않도록 노력했다. 여태까지 그가 받아온 교육 탓이었다. 감정을 밖으로 드러내서는 안 된다는……. 하지만 아무리 그런 교육을 받아왔다고 하더라도 그녀의 상심이 겉으로 드러나지 않을 수 없었다. 그만큼 아르티엔의 죽음과 아르티어스의 슬픔은 그녀의 감정을 뒤흔들어 놨던 것이다.

"할아버지는 돌아가셨어……. 그래서 아버지가 그분의 시신을 대자연의 품으로 돌려보내기 위해 어디론가 가셨지."

그 말에 로체스터 공작과 카렐은 일순 할 말을 잊었다. 사실 이번 승리도 다 아르티엔의 덕분이었다. 격돌의 충격파만으로 이렇게 어마어마한 구덩이가 파였을 정도로, 대마왕의 힘은 강력한 것이었다. 그런 그를 인간의 힘으로 없앤다는 것은 사실상 불가능했다. 사실 신의 능력과 대등하다는 대마왕을 인간이 없앤다는 것 자체가 말이 안 되는 것이다.

로체스터 공작은 다크에게 뭐라고 위로의 말을 하려고 하다가 그만 뒀다. 너무 슬플 때는 오히려 위로의 말 자체도 도움이 안 된다는 것을 잘 알고 있었기 때문이다. 로체스터 공작은 하늘을 지그시 올려다봤다. 처음 라나라는 수녀가 로체스터 공작에게 신탁을 가져왔을 때, 그녀는 영웅의 등장을 예고했다. 마왕을 없앨 수 있는…….

그녀는 영웅을 찾고자 신탁을 따라서 케락스시로 왔다. 수많은 우여곡절을 통해 로체스터 공작은 그 영웅이 다크라고 확신했었다. 그만큼 다크가 지닌 힘이 독보적이라고 할 만큼 강했기 때문이다. 하지만 마족들과의 전쟁을 치루면서 정작 대마왕과 격돌하여 그를 없앤 것은 아르티엔이었다.

'맞아, 신탁이 가리켰던 영웅은 아르티엔이었어. 치레아 대공의 할아버지……. 그를 이 마도 전쟁에 끌어들이기 위한 미끼 역할을 한 것이 다크였고……. 아아~ 참으로 신의 뜻은 오묘하구나. 결국은 이렇게 될 줄 아시고, 그 모든 순서를 안배해 놓으신 것을 보면 말이야.'

수십 개의 유성이 직격한 듯 황폐해진 대지와 어마어마한 구덩이를 제외한다면 방금 전까지 벌어졌던 사투(死鬪)는 마치 거짓인 것처럼 느껴졌다. 원래 전투가 끝나고 나면 적의 시체들이 남게 마련이었다. 그런데 그것이 하나도 남아 있지 않다 보니 뭔가 한바탕 꿈이라도 꾼 것 같은 묘한 기분이 들게 되는 것이다.

로체스터 공작의 지시에 따라 후방에서 대기하고 있던 마법사들과 신관들, 그리고 예비로 데리고 왔던 기사들이 도착한 후 전투에서 살아남은 기사들의 구출과 치료는 빠른 속도로 진행되기 시작했다. 그에 따라서 각 국가가 입은 전체적인 손실도 확실하게 집계되기 시작했다.

쓸데없이 앞장서서 만용을 부린 결과로 아르곤의 성기사단의 피해는 최악의 상태였다. 교황을 비롯한 거의 대부분의 성기사가 전사했던 것이다. 일부 살아남은 자들도 있었는데, 그들은 동료들이 마물들과의 접전에서 거의 학살당하다시피하는 것을 보고 겁에 질려서 도망친 자들이었다. 그들은 동료들의 시체와 타이탄의 잔해를 바라보며 심한 자괴감에 빠져 있었다. 그것은 동료들을 내버리고 뒤로 도망친 자들의 말로일 것이다.

코린트의 코란 근위 기사단의 경우는 아르곤과 정반대였다. 그들 또한 아르곤의 기사단처럼 가장 앞쪽에서 마물들과 치열한 접전을 벌였던 것을 생각해 본다면 예상외로 피해가 크지 않았다. 하지만 그것도 아르곤 제국과 비교했을 때 피해가 적다는 말이었지, 실상은 최악의 피해를 당한 상태였다.

적기사 I 세 대가 대파(大破)당했고, 적기사 II는 22대가 대파당했다. 그리고 심지어 키에리가 사용하던 게레리아(적기사 III)마저도 대파당한 상태였다. 타이탄의 경우 웬만한 피해는 자가 복구해 버리기에 대파를 당했다는 말은 곧 그 생명을 마쳤다는 말이었다. 하지만 고철이 된 타이탄이라도 시간과 노력만 들인다면 다시 재생산해 낼 수 있기에 타이탄이 몇 대가 대파당하건 큰 문제가 아니었다. 가장 큰 문제는 기사들의 피해였다.

부하들을 보호하기 위해 몸을 던진 키에리를 비롯한 여덟 명이 중상을 당한 상태였다. 중상을 당했다고 해도 마법사나 신관을 통해서 치료를 하면 언젠가는 현역에 복귀시킬 수 있었기에 그건 문제가 될 게 없었다. 죽지만 않았다면 웬만해서는 살려 낼 수 있을 만큼 그들의 마법을 통한 치료술이 뛰어났기 때문이다. 하지만 죽은 자를 살려 낼 수는 없는 노릇이다.

이번 작전에 투입된 총 37명의 특급 기사들 중에서 여덟 명이 전사했고, 행방불명도 열한 명이나 되는 형편이었다. 최후에 덮친 충격파는 타이탄마저도 갈가리 찢어 놓을 정도로 어마어마한 위력을 지닌 것이었다. 그런 만큼 행방불명은 곧 전사를 뜻한다는 것을 모두들 알고 있었다.

로체스터 공작이 제임스 후작에게서 피해 보고를 받으며 망연한 표정으로 서 있을 때, 루빈스키 대공 역시 그에 못지않은 절망적인 표정을 짓고 서 있었다. 크라레스의 근위 기사단도 코란 근위 기사단 못지않은 치명타를 입은 상태였다.

하지만 그를 이렇듯 절망적으로 빠뜨린 것은 근위 기사의 생존자 수가 겨우 네 명, 근위 기사단 소속의 청기사 전기(全機) 대파(大破)라는 치명적 피해가 아니었다. 다크와 자신의 청기사가 아직도 살아 있었고, 또 알카사스에 남겨 둔 기사단의 전력 또한 건재한 상태였다. 처음부터 그는 대마왕을 상대하면서 이 정도 피해는 각오하고 움직인 상태였기에 기사단원이 넷씩이나 생존했다는 것만 해도 감지덕지하게 생각하고 있었다.

하지만 그는 수도가 저렇듯 완전히 흔적도 없이 가루가 되어 버릴 것은 상상도 해 본 적이 없었다. 그리고 그 수도의 지하 어딘가에 황제 폐하가 계실 가능성이 컸다. 크라레스의 전 국민들의 신망을 한 몸에 받았던 위대한 황제가…….

다크는 어마어마하게 푹 파여 버린 구덩이를 향해 절망적인 시선을 보내고 있는 루빈스키 대공의 어깨를 토닥거리며 말했다.

"기운을 내. 기사단은 다시 재건하면 될 거 아닌가?"

루빈스키는 힘 빠진 어조로 대답했다.

"기사단을 재건해서 뭘 한다는 말인가? 황제 폐하께서는 이제 시신조차 건질 수 없게 되었는데 말이야. 흑흑흑……. 폐하! 소신의 불충을 용서해 주시옵소서! 크흐흑흑흑!"

급기야 루빈스키는 쓰러지듯 주저앉아 오열을 터뜨렸다. 그리고 이제야 황제가 저곳에 있을지도 모른다고 했던 다론의 보고가 떠오른 다크 또한 망연한 표정으로 구덩이를 바라봤다.

황제가 죽었다. 크라레스의 부흥을 위해 최선을 다했고, 코린트에 억압받는 국민들을 생각해서 언제나 간소한 음식만을 먹으며 마음 아파 하던 인자했던 황제가 말이다. 그리고 이제 토지에르와 그가 모두 죽음으로써 다크와 크라레스 제국을 연결해 주던 끈도 모두 사라져 버린 것이다. 거기까지 생각이 미치자 다크의 관심사는 이제 황제의 죽음에서 딴 곳으로 돌려졌다.

'연결? 무슨 연결? 그렇지! 이리로 쳐들어온 것은 마법서를 획득하고 마왕을 죽임으로써 저주에서 벗어나려던 목적이 아니었나?'

여기까지 생각이 미친 다크는 악에 받쳐 소리 질렀다.

"이런 빌어먹을! 마법서도 가루가 되어 버렸잖앗!"

그 후, 2년 뒤
(크라레스 제국의 수도 재건)

　마왕의 주력 부대 침공을 받았던 알카사스가 군사적으로 치명적인 피해를 입었다면, 크라레스는 수도였던 크라레인시가 전쟁의 주 무대가 되면서 엄청난 피해를 입었다. 대마왕 크로네티오와 최강의 드래곤이었던 아르티엔이 격전을 벌이면서 수도는 그 흔적조차 찾기 힘들 정도로 파괴되어 버렸다. 그리고 수도 재건의 구심점이 되어야 할 황제 또한 사망한 것으로 추정되었다. 다크는 루빈스키 대공에게 다음 대를 이을 황제가 될 것을 권했지만, 그는 사양했다. 대신 그는 황제의 유일한 혈족인 아리아스 폰 그래지에트 황자를 후계자로 결정했다. 그는 자신이 존경해 마지않았던 선황제의 모습과 체취가 여기저기에 남아 있는 아리아스를 황제로 삼고 싶었던 것이다.

하지만 그것은 조금 문제가 있는 결정이었다. 제1황위 계승자였던 엘리안 황자가 크루마에 세뇌를 당해 황위 계승권을 잃어버린 후, 새로이 황위 계승권을 이어받은 둘째인 아리아스가 아니라 황제의 먼 친척이었던 타일러와 데이비드였다. 타일러는 수도에 남아 있었기에 현재 행방이 묘연한 상태였고, 데이비드는 아리아스와 함께 타이렌 제국으로 피난 가 있었기에 명백히 제1황위 계승권을 쥐고 있는 상태였다.

그런 상황에서 너무나도 심약한 탓에 황위 계승권을 박탈당했던 아리아스를 다음 황제로 선택한 루빈스키의 결정은 조금 정도가 아니라 아주 많은 문제점을 지니고 있었던 것이다.

하지만 루빈스키가 아리아스를 다음 황제로 결정했고, 또 다크가 그 결정에 찬성했다. 이제 크라레스에 단 둘만이 남아 있는 대공들이 아리아스를 밀고 있는데, 어떻게 데이비드가 자신에게 제1황위 계승권이 있다고 깝죽댈 수 있겠는가.

아리아스가 황제가 된 후, 크라레스는 두 명의 대공들을 주축으로 해서 눈부신 복구 작업을 시작했다. 그중에서도 특히나 치레아 대공의 도움이 아주 컸다. 물론 그녀가 일을 한 것이 아니라, 아르티어스 어르신이 한 것이었지만 말이다.

크라레스 제국은 파괴된 크라레인시에서 동쪽으로 30킬로미터쯤 떨어진 곳에 새로운 수도를 건설해야 했다. 그리고 그 수도를 방어할 만한 초대형 방어 마법진도 건설해야 했다. 황궁은 물론 도로, 병원, 공장 등등 별의별 것들을 모두 새롭게 만들어야 하는 것이다.

하지만 두 번에 걸쳐 코린트와 대규모 전쟁을 벌였고, 마지막에는 대마왕 크로네티오와 전쟁을 벌이면서 수도까지 통째로 날아가 버린 크라레스에 그럴 만한 여력이 남아 있으리라고 생각했던 사람은 처음부터 없었다.

하지만 크라레스는 겨우 2년 만에 수도 건설 작업을 대충 마무리 지을 수 있었다. 모든 사람들은 이것을 기적이라고 불렀다. 하지만 사실 속사정을 알고 나면 전혀 기적이 아니었다.

수도 건설에 필요한 막대한 자금은 아르티엔의 레어에 쌓여 있던 엄청난 금은보화를 가져오는 것으로 간단히 해결되었다. 그걸 꿀꺽하고 싶었던 아르티어스 어르신이 다크의 부탁 때문에 피눈물을 삼키며 포기한 덕분이었다.

그리고 황궁의 내부 장식을 담당할 우수한 장인은 아르티어스 어르신이 이리저리 돌아다니며 솜씨 좋은 드워프들을 잡아 오는 것으로 간단히(?) 해결되었다. 그리고 수도를 감싸고 있는 거대한 방어 마법진을 발동시키는 데는 수백 명의 우수한 마법사들이 있어야 하지만, 이것 또한 아르티어스 어르신 혼자서 간단히 발동시켜 버렸다. 그야말로 아르티어스 어르신이 없었다면 2년 만에 수도를 어느 정도 재건한다는 것은 아예 불가능한 일이었다.

아르티어스 어르신의 집무실은 작업 효율의 극대화라는 명목으로 수백 명은 족히 들어갈 만큼 넓었다. 그리고 그 안에는 거의 1백여 명에 가까운 관료들이 저마다 책상에 앉아서 꽁지가 빠지게 열심히 일하고 있었다. 그리고 아르티어스 어르신이 아들의 눈치를 살펴가며 열심히 일하고 있다는 것을 증명이라도 하듯, 그의 책상에는 서류 더미들이 수북이 쌓여 있었기에 앉아 있는 그의 모습을 정면에서는 아예 볼 수조차 없는 형편이었다.

하지만 그의 집무실에 앉아 있는 사람들은 아르티어스의 얼굴을 언제든지 훔쳐볼 수 있었다. 이론적으로는 불가능한 것 같은 이 일이 어떻게 가능한가 하면, 그는 언제나 자신의 책상 옆에 또 다른 책상 하나를 놔두고 거기에 앉아 있었기 때문이다.

"역시, 아무리 세월이 흘러도 진리는 변하지 않는단 말씀이야."

아르티어스 어르신은 편안하게 책상 위에 다리를 올려놓고, 거의 눕다시피 한 자세에서 포도주를 즐기며 '작업 감독'을 하고 있는 중이었다. 그리고 그의 책상에는 다론이 앉아서 열심히 서류를 검토하고 있었다.

"호비트는 쥐어짜면 짤수록 일을 열심히 한다는 진리 말이지. 그걸 치레아에서 미리 깨달았으니 망정이지, 안 그랬으면 내가 이걸 모두 혼자서 처리해야 할 거 아냐? 역시 늙으나 젊으나 인생을 편안하게 즐기려면 배워야 한다니까."

따스한 봄바람이 살랑살랑 불어오며, 황궁 앞의 거대한 정원에서부터 짙은 꽃향기를 실어 오고 있었다. 할 일도 많았지만, 스트레스를 풀 대상도 많았다. 수틀리면 한 번씩 쥐어짰기 때문인지, 처음에는 영 굼뜬 움직임을 보이던 호비트들도 이제는 눈빛까지 완전히 달라지지 않았는가? 잠시도 일을 하지 않으면 왠지 공포를 수반한 불안감을 느낄 정도로 말이다. 바로 그때, 나직한 노크 소리가 들리며 경비병이 외치는 소리가 들려왔다.

"치레아 대공 전하께서 드십니다."

"이, 이런!"

아르티어스 어르신은 후다닥 일어섰다. 그런 다음 자신의 널찍한 책상으로 달려가더니 그곳에 앉아 있는 다론의 멱살을 다짜고

짜 움켜잡았다.
"헉! 왜 그러십니까, 어르… 으아악!"
아르티어스 어르신은 다급한 김에 다론을 창밖으로 집어 던진 것과 동시에 그 자리에 앉아서 열심히 서류를 검토하는 척했다. 노크 소리와 동시에 문이 열리며 다크가 안으로 들어오는 그 순간적인 시간 동안 벌어진 일이었다. 다크는 쓱 들어오더니 아르티어스 옆에 서서 방글거리며 말했다.
"비교적 한가하신 것 같네요."
그 말에 아르티어스는 분개한 목소리로 따졌다.
"뭐야? 네 눈에는 내가 한가한 것처럼 보이냐? 이렇게 많은 서류 더미가 쌓여 있는데 말이다."
아르티어스는 열심히 자신이 얼마나 고생하고 있는지를 보여 주려고 했다. 하지만 다크에게 그런 잔꾀는 전혀 통하지 않았다.
"이거 글씨체가 조금 다른 것 같은데요? 아빠가 글씨를 이렇게 못 쓰지는 않잖아요."
아르티어스가 당황해서 다크의 눈치를 살피고 있을 때, 그녀는 천천히 창가로 걸어가고 있었다. 그것을 보고 기겁을 한 아르티어스 어르신이 서류를 내밀며 말을 걸었다.
"얘야, 그건 그렇고, 이것 좀 봐 주겠냐? 하수도를 건설하는데 말이다. 이걸 이런 식으로 하면 어떨까하는 안이 올라와 있거든. 내 생각에는 조금 돈이 많이 들더라도 배관을 곧바로 강에다가 연결할 것이 아니라, 그사이에 작은 늪지대를 만들고 그리로 연결하는 것이 좋을 듯한데 말이다. 그렇게 하면 강물이 오염되는 것을 막을 수 있지."

"아빠 좋을 대로 하세요."

아르티어스 어르신이 다급히 다크에게 질문을 던졌지만, 다크는 간단하게 대답하면서 창가로 걸어갔다. 그런 다음 창밑을 바라봤다. 아르티어스 어르신의 집무실은 2층에 있었기에 아래쪽으로 아름답게 꽃이 핀 황궁의 주 정원이 한눈에 보였다. 그리고… 창밑에는 큰 대자로 뻗어 있는 다론의 뒤통수도 보였다.

"저 녀석은 누구죠?"

"누, 누구 말이냐?"

아르티어스는 당황한 듯했지만, 곧이어 정색을 하고는 창가로 걸어갔다. 밑을 내려다보니 다론이 뻗어 있는 것이 보였다. 그것을 보자 아르티어스는 짐짓 화가 난 듯 외쳤다.

"아니, 저 녀석이! 안 보인다 싶었더니 저기 숨어서 낮잠을 퍼자고 있었군. 내 이놈을 당장……."

"아빠가 집어 던진 거잖아요. 그리고 간이 붓지 않고서야 누가 감히 저기서 낮잠을 자겠어요?"

"……."

아르티어스가 아무 말도 못하자, 다크는 생글거리면서 말했다.

"이제 아랫사람들 교육도 대충 끝나지 않았어요? 아빠가 없어도 모두들 열심히 일할 것 같은데 말이에요."

"글쎄, 하지만 내가 감독을 안 하면 모두들 꾀를 부리니까 하는 말이지."

"꾀 안 부릴 거예요. 그건 그렇고, 한 가지 부탁이 있어서 그러는데요."

안 그래도 뭔가 약점을 잡힌 것 같았기에 아르티어스 어르신은

그 후, 2년 뒤

감히 거절하지 못하고 물어봤다.
"뭔데?"
"저쪽에 앉아 있는 가스톤 있잖아요."
다크는 저 뒤쪽에서 아르티어스의 눈치를 살피며 열심히 일하고 있는 가스톤을 가리켰다.
"저놈을 빼달라고? 안 그래도 인력이 모자라는데 열심히 일할 수 있도록 잘 교육시켜 놓은 녀석을 빼 가면 나보고 어떻게 일하라는 거냐?"
"안 되면 젊고 튼튼한 놈으로 한 명 더 뽑아 드릴게요. 그건 그렇고 저 가스톤에게 마법 교육 좀 시켜 주세요."
아르티어스는 처음에는 거절하려고 하다가 곧이어 생각을 고쳐먹고 희번득이는 눈빛으로 가스톤을 쏘아보며 음흉스럽게 미소 지었다. 아르티어스의 눈길을 슬쩍 훔쳐본 가스톤은 부르르 떨더니 재빨리 서류로 눈길을 돌려 버렸다. 제자? 아르티어스는 절대로 호비트를 제자 따위로 받지 않는다. 하지만 제자가 아니라 공인된 스트레스 발산 대상이라면 충분히 받아들일 용의가 있었다. 원래가 수련이라는 것은 약간의 고통을 수반하는 것이니까.
"마법 교육이라……. 흐흐흐, 알겠다. 누구 부탁인데 내가 거절하겠느냐? 단기간에 호비트들이 말하는 대마법사라는 것으로 만들어 주지."
그가 의외로 간단하게 승낙하자, 다크는 믿어지지 않는지 되물었다.
"정말이에요? 그럴 수 있어요?"
"내가 누구냐? 불가능을 가능으로 만들 수 있는 존재가 아니냐?

걱정 마라. 확실하게 교육시켜 주지."

"그럼 부탁드려요. 저는 그동안 팔시온과 미디아의 검술 교육을 좀 시켜야겠어요. 무슨 일이 벌어질 때마다 내가 직접 돌아다니는 것도 귀찮고 말이죠. 철저하게 단련시켜서 마스터 정도로 만들면 홀가분하게 여행이라도 돌아다닐 수 있잖아요. 안 그래요?"

"물론이지."

아르티어스와 다크가 마음잡고 가스톤과 팔시온, 미디아를 교육시키기 시작한 지 5년이 흐르자, 다론은 여태까지 숨겨 놓고 있었던 마법책을 다크에게 건네줬다. 다론은 처음에는 조국의 안위를 생각하다 보니 다크에게 그 책을 건네줄 수가 없었다. 다크가 떠나버린다면, 약체화된 크라레스를 코린트나 크루마가 가만히 놔둘 리가 없다고 판단했던 것이다.

하지만 시간이 지나면서 토지에르 대신 수석 궁정마법사가 된 다론은 다크에게 마법서를 건네주는 것에 대해 심각하게 고려하기 시작했다. 아르티어스에게 허구한 날 두들겨 맞는 것도 참기 힘든 고역이었기 때문이다. 하지만 그는 선뜻 그렇게 하지 못했다. 조국의 안위도 문제였지만, 대마왕과의 격전 때 수도가 통째로 파괴되면서 마법서는 소멸되었다고 다크는 알고 있었다.

그런 그녀에게 뒤늦게 그 책을 건네줬다가 무슨 꼴을 당할지 걱정되었던 것이다.

하지만 그는 마침내 마음을 모질게 먹고, 다크에게 마법서를 건네줬다. 제국도 안정기에 들어간 상태였고, 두 명의 마스터가 새로이 추가되었기에 조국의 미래는 이 애물단지들이 없어도 밝을 것이라는 확신이 들었기 때문이다. 그리고 아르티어스에게 쥐어 터지는 것도 이제 한계점에 다다랐기 때문이기도 했다. 이래 죽으나 저래 죽으나 똑같다면, 그래도 한 번에 끝내는 것이 좋다고 생각했던 것이다. 물론 책을 건네준 그날 다크에게 밤새도록 두들겨 맞았지만…….

"드디어 떠나는구나."
"응, 그동안 즐거웠어. 그런데 가스톤은?"
"이상하네. 어제 말했는데… 어, 저기 오는군."
다크는 가스톤을 보면서 머리털이 쭈뼛 서는 것 같았다. 옛날부터 살이 별로 없었지만 5년간 못 본 사이 가스톤은 아예 미라처럼 깡말라 있었다. 하지만 그 눈빛은 독기가 서린 듯 불을 뿜고 있었다.

그것을 보며 다크는 가스톤의 교육을 아빠에게 부탁한 것이 잘한 일인지, 그렇지 못한 것인지 한동안 고심하지 않을 수 없었다. 그들과 간단하게 작별을 나눈 후, 아르티어스는 마법서를 들여다보며 뭔가 궁리를 하는 듯했다. 그리고 마음을 정한 듯 쓱쓱 마법진을 그리기 시작했다. 그는 주문을 외우기에 앞서 옆에 서 있는, 자신이 가장 사랑했던 아들에게 말을 걸었다.

"이제 이별이로구나, 아들아."
아르티어스는 눈물 어린 눈으로 한참 동안이나 다크를 바라봤다. 그 모습 하나하나까지도 머릿속에 기억해 두려는 듯. 그러다가 그는 도저히 참지 못하겠다는 듯 다크를 와락 안으며 사정했다.
"제발 나도 같이 가자, 응? 아버지도 돌아가신 지금, 나한테는 너밖에 남아 있지 않잖니."

다크는 자신을 안은 채 슬픔에 젖어 몸을 부르르 떨고 있는 아르티어스의 말을 도저히 거절할 수 없었다. 자기 때문에 아르티엔이 죽은 것은 빼놓고라도, 여태껏 이렇게 정이 든 아르티어스와 헤어진다는 것은 그녀에게도 힘든 일이었기 때문이다. 다크는 손을 내밀며 다정스럽게 말했다.

"앞으로도 계속 부탁드려요, 아빠."

아르티어스의 얼굴이 눈물에 젖은 채 환하게 밝아졌다. 그리고 잠시 뒤 눈이 멀어 버릴 것만 같은 새하얀 빛이 번쩍이며 서서히 그들의 모습을 감춰 버렸다.

숨겨진 뒷이야기

아르티어스가 다크와 함께 그의 고향으로 돌아간 지 20년하고도 몇 년이 지난 어느 날.

"이런 제기랄! 그 자식은 왜 공간 이동 좌표도 잘 모르는 이런 시골구석에 처박혀 사는 거야? 덕분에 물어물어 찾아오느라고 힘만 들었잖아."

사실은 물어물어 찾아온 것이 아니라 레어에 있는 엘프들을 족쳐서 공간 이동 좌표가 기록된 책을 강탈한 것이었다. 하지만 브로마네스로서는 아르티엔이 있을지도 모르는 대공 관저의 상공에 공간 이동할 배짱은 없었다.

그 때문에 그는 치레아 공국의 수도에서 멀찌감치 떨어진 곳에서 나타나 슬금슬금 눈치를 보며 친구인 아르티어스에게 어떻게 된 일인지 물어보려고 이곳에 온 것이다.

"그건 그렇고, 설마 어르신이 그놈과 함께 계시는 것은 아니겠지?"

한참을 수도 쪽으로 걸어가던 그는 수십 명의 말 탄 병사들의 행렬과 맞닥뜨리게 되었다. 행인들은 그들을 바라보고 열심히 손을 흔들며 환호성을 질러 대고 있었다.

"흥! 무슨 개선식이라도 하는 모양이군. 호비트라는 것들은 도대체가 자기들끼리 서로 못 잡아먹어서 안달이라니까……."

이때 옆에서 개선식을 지켜보고 있던 행인들이 두런두런 말하는 소리가 들려왔다.

"우와, 후작 각하께서는 대단하신 분이야. 엄청나게 많은 오크들을 한번에 토벌하셨다고 하더군."

"저 오우거같이 우람한 덩치를 봐. 그딴 오크들 따위 한주먹이면 끝장나지 않겠어? 하여튼 이 일대에 몬스터들이 씨가 마른 것도 다 이해가 가는 일이지."

"이 사람아, 후작 각하만 굉장한 줄 아나? 저것 봐. 후작 부인의 덩치도 만만치 않지? 예전에는 여자의 탈을 쓴 오우거라고 불렸다고 하더라구. 저 모습만 척 봐도 그 무서운 마도 전쟁에서 용맹을 떨치셨다는 게 이해가 간다구."

행인들의 대화를 듣던 브로마네스는 피식 웃으며 고개를 돌렸다.

'마도 전쟁? 웃기고 있네. 무슨 얼어 죽을 마도 전쟁이야. 발록이라도 한 마리 튀어 나왔나 보지?'

비웃음을 흘리며 발길을 돌리던 브로마네스는 병사들의 가슴에 새겨진 문장을 보고 두 눈이 휘둥그레졌다. 우스꽝스럽게 생긴 골드 드래곤 두 마리가 어깨를 나란히 하고 히벌쭉 웃고 있는 모습이 눈에 띄었던 것이다. 브로마네스는 기가 막힌다는 듯 말했다.

"허 참, 그놈 취향 한번 희한한 놈일세. 자신을 저렇게 그려 놓고 싶을까?"

어처구니없다는 듯 비웃음을 흘리던 브로마네스는 다시 고개를 갸우뚱거리며 말했다.

"아니지, 어르신이 계신데 감히 저런 그림을 그릴 수 있을까? 저 둘 중에 하나는 어르신임이 분명한데 말이야. 하긴 그럴 수도 있겠지. 아르티어스의 성격이 어디서 왔겠어?"

주변을 살피며 조심조심 수도 안으로 들어간 브로마네스는 감히 대공 관저에 들어갈 생각을 못하고 술집에서 시간을 죽이기 시작했다. 그냥 돌아갈까 말까 한참을 망설이던 브로마네스는 이윽고 결심한 듯 자리에서 벌떡 일어섰다. 이제 더 이상 레어에서 시간을 죽이고 싶지 않았던 것이다. 엘프들을 쥐어박으며 사는 것도 하루 이틀이지, 언제 올지도 모르는 아르티엔을 기다리며 불안한 마음으로 사는 것은 이제 더 이상 하고 싶은 생각이 없었다.

"아르티어스 있나?"

으리으리한 대공 관저에 도착한 브로마네스는 주위를 두리번거리며 정문에 서 있는 병사에게 나직하게 물었다. 그 말에 병사는 황당하다는 듯한 표정으로 상대를 살펴봤다. 주위를 기웃거리는 것이 꼭 범죄형인 듯했지만, 아무래도 저 우람한 몸매에 귀족적인 얼굴, 게다가 화려한 의상을 걸친 상대를 함부로 대하기는 힘들겠다고 결론지었다.

"아르티어스? 이름만 말해서는 잘 모르겠소. 하지만 내가 알고 있는 사람들 중에는 그런 이름을 쓰는 사람은 없는 것이 확실하오."

'이런…, 저런 말단 병사 놈에게 물어본 내가 잘못이지. 어쩐다?'

잠시 고개를 갸웃거리던 브로마네스는 한 가지 이름이 더 생각난 듯 말했다.

"그렇다면, 혹시 여기 다크라는 사람은 있나? 다크 폰 치레아라는 계집 말이야."

그 말에 병사의 눈이 분노로 가득 찼다. 감히 대공 전하께 계집이라는 상스러운 용어를 사용하다니…….

"이런 무엄한 놈! 네놈을 당장 체포하겠다."

브로마네스는 황당했다. 이놈의 버릇없는 병사를 한주먹에 박살 내 버린다면 속이 다 시원하겠지만, 지금은 참아야만 했다. 여기서 소란을 피우다간 어쩌면 어르신에게 들킬 우려가 있는 것이다. 혹시나 여기에 어르신이 계실 가능성을 무시하기는 힘든 것이다. 재빨리 머리를 굴린 브로마네스는 짐짓 황당한 듯한 표정을 지어 보이며 말했다.

"어릴 적부터 친구라서 무심결에 버릇처럼 말한 것뿐일세."

"예? 설마……."

잠시 머리를 갸우뚱거리며 생각하던 병사는 뭔가 생각이 난 듯 화들짝 놀라며 말했다.

"잠시만 이곳에서 기다려 주십시오. 상관에게 연락하겠습니다."

잠시 후 기사 하나가 재빨리 달려오더니 정중하게 인사를 올렸다.

"대공 전하를 뵈려고 오셨습니까? 저는 경비대장을 맡고 있는 케빈 패터슨이라고 합니다. 저를 따라 오십시오."

대공 관저의 거대한 응접실에 안내된 브로마네스는 열심히 주위를 살피며 혹시라도 아르티엔이 나타나면 어떻게 할까 두려움에 떨고 있었다. 그때, 한쪽 문이 활짝 열리며 근엄한 모습의 늙은이가 들어왔다. 그는 허연 수염을 쓰다듬으며 그에게 말을 걸었다.

"저는 치레아 공국의 궁정을 맡고 있는 카르토 백작이라고 합니다. 다크 폰 치레아 대공 전하를 뵈러 오셨다구요?"

"그렇소. 아, 그리고 혹시 아르티어스라고 알고 있소?"

"아, 르, 티어스!"

잠시 생각하던 카르토 백작은 갑자기 몸을 부르르 떨며 급히 반문했다.

"호, 혹시 골드 드래곤이신 아르티어스 어르신을 말씀하시는 겁니까?"

상대가 고개를 끄덕이자 카르토 백작은 하얗게 질린 얼굴로 다급히 말했다.

"자, 잠시만 기다려 주십시오."

얼마나 시간이 흘렀을까? 밖이 웅성거리기 시작하더니 곧이어 육중한 발걸음 소리와 함께 거구의 사내가 들어왔다. 브로마네스가 가만히 보니까 낮에 개선식에서 앞장서서 말을 타고 가던 바로 그 사내였다.

"저는 현재 치레아 공국의 임시 총독을 맡고 있는 팔시온 폰 엘마리노라고 합니다. 아르티어스 어르신과는 어떤 관계이신지?"

"친구라네."

그 말에 팔시온의 안색은 새하얗게 질려 버렸다.

"치, 친구란 말씀이십니까? 무례를 용서하십시오, 위, 위대한 분이시여."

팔시온은 곧장 뒤로 고개를 돌리며 외쳤다.

"카, 카르토 백작! 당장 최고급 포도주와 음식을 준비하라고 이르시오. 자, 이쪽으로 오시지요. 귀빈실로 모시겠습니다."

브로마네스가 무슨 말을 하기도 전에 팔시온은 그를 귀빈실로 안내했다. 그 후 음식들이 줄줄이 테이블 위에 올려지기 시작했다.

"그런데 한 가지 물어볼 게 있는데……."

브로마네스가 채 말을 끝내기도 전에 밖에서 노크 소리와 함께 시종의 음성이 들려왔다.

"후작 부인께서 영애와 함께 드십니다."

브로마네스가 보니 웬 오우거 찜 쪄 먹을 만큼 등발이 좋은 계집 둘이 어울리지도 않는 드레스를 입고 들어왔다. 워낙 우람한 그녀들이었기에 한 발씩 움직일 때마다 드레스가 터질 듯이 부풀어 올랐다. 그리고 짙게 화장을 한 그녀들의 얼굴은 너무 급하게 화장품을 처발랐는지 차마 보기조차 끔찍했다. 브로마네스는 슬그머니 시선을 돌리며 나직한 음성으로 투덜거렸다.

"빌어먹을! 차라리 오우거를 보는 게 낫겠군. 이건 고문이야."

"오, 위대하신 분이시여, 제 사랑하는 아내인 미디아입니다. 그리고 이쪽은 저희들의 귀염둥이인 다이아나라고 합니다."

팔시온의 소개에 따라 오우거 두 마리가 인사를 건넸다. 브로마네스는 차마 그녀들을 바라보지 못하고 애꿎은 술만 연신 들이켰다. 대충 인사가 끝나자 브로마네스는 그제야 기회를 잡고, 자신이 이곳에 온 목적을 밝혔다.

"혹시 아르티어스는 어디에 있나?"

"아르티어스 어르신 말씀이십니까?"

"그래, 그를 만나기 위해서 왔거든. 그런데 설마 여기에 아르티엔 어르신이 계시는 것은 아니겠지?"

브로마네스가 못내 불안감을 감추지 못하고 말하자 팔시온은 의아하다는 듯이 물었다.

"아니, 마도 전쟁 때 일을 아직 모르고 계셨습니까?"

"내가 사정이 있어서 한동안 레어에 처박혀 있었거든."

그 말에 팔시온은 충분히 이해가 간다는 듯 고개를 주억거리며 말을 이었다.

"아, 그래서 모르셨군요. 얘기를 하자면 20년 전으로 거슬러 올라갑니다. 그러니까 그때……."

콰콰쾅!

갑자기 치레아 공국 대공 관저의 한쪽 귀퉁이가 무너져 내리며 엄청난 괴성이 터져 나왔다.

"말도 안 돼~~~~!"

화가 머리끝까지 난 브로마네스는 팔시온과 미디아, 그리고 그 오우거 같은 계집을 먼지 나게 두들겨 팬 후 하늘 위로 높이 날아올랐다. 아르티엔이 세상을 떠난 지금, 더 이상 자신을 핍박할 드래곤은 존재하지 않았다. 그렇기에 그는 공간 이동을 하지 않고, 그 거대한 몸집을 드러낸 채 자유롭게 밤하늘을 향해 날아오른 것이다.

치레아의 대공 관저에서 그 거대한 몸집이 날아올랐기에 밑에 있던 수많은 호비트들이 자신을 보고 환성을 질러 대는 것이 보였다.

"응? 이곳은 다른 도시들과 달리 호비트들의 반응이 조금 특이하군. 드래곤을 보고 저렇게 좋아할 이유가 없을 텐데 말이야."

사실 평범한 사람들에게 있어서 드래곤은 평생에 한 번 볼까 말까 할 정도로 희귀한 존재였다. 밑에 있는 호비트들이 수호 드래곤이 나타났다고 아우성을 치며 구경하는 가운데, 브로마네스는 그 거대한 몸집으로 점점 더 하늘 높이 올라갔다.

얼마나 오랜만에 이렇듯 마음껏 날아 보는 것인가? 그놈의 포도주 아홉 병 때문에 무려 30년을 레어에서 벌 받고 있었던 것을 생각하면 치가 떨리는 브로마네스였다.

미네르바의 가슴은 저 밑에서부터 끓어오르는 형언할 수 없는 흥분 때문에 폭발할 것만 같았다. 발밑으로 보이는 거대한 엘프리안시의 위용. 아직까지 주민들을 입주시키지 않았기에 빈집들로 남아 있었지만, 그녀의 눈에는 과거 그 번영을 누렸던 엘프리안시의 전성기가 눈에 보이는 듯했다.

대마법사 안피로스의 도시 방어 마법진의 설계도대로 외곽에 초대형 방어 마법진을 갖추는 데 얼마나 많은 인력과 자금이 소모되었던가. 그리고 지금 그녀가 서 있는 이 새로운 황궁은 얼마나 웅장하고 멋진가. 모든 사람들이 서쪽 대륙에서 가장 찬란하고 아름다운 황궁이라고 생각할 수 있도록 전력을 다해서 30년이라는 시간 동안 공들여 건설한 것이다.

이제 일주일 후면 대 무도회를 시작으로 황제는 프루니아에서 이곳 엘프리안의 황궁으로 이주하게 된다. 황궁과 초대형 방어 마법진의 건설을 위해 그 어떤 시민들의 이주도 아직까지 허용되지 않았지만, 천도와 동시에 주민들의 이주도 시작될 것이다.

그녀의 눈에는 사람들이 분주하게 흥청거리는 엘프리안이 눈에 보이는 듯했다. 그리고 엘프리안시의 한쪽에는 드넓은 공업 지대를 건설할 계획이었다. 그곳의 가장 핵심에는 타이탄 생산 공장이 들어설 것이다.

여태껏 30년이라는 세월 동안 정예 기사들을 양성하기 위해 그녀는 혼신의 노력을 아끼지 않았었다. 주변 국가들이 정예 기사들의 상당수를 마도 전쟁에서 잃었지만, 크루마는 아니었다. 이제 10년만 더 고생하면 그녀의 노력은 결실을 맺기 시작할 것이다. 10년만……. 그것 때문에 강력한 군대와 기사단을 갖춘 서쪽 대륙 최강의 제국 크루마의 수도에 어울리게 엘프리안의 건설에 모든 노력을 기울였던 것이다.

한참 상념에 잠기던 그녀는 밤하늘에 뭔가 이상한 그림자가 날아가는 것을 보고 시선을 그쪽으로 집중했다. 새? 하지만 아무리 봐도 고도가 너무 높았다. 그리고 새라고 하기에는 너무나도 컸다.

브로마네스는 오랜만에 찾은 자유를 만끽하며, 정말 오랜만에 자신의 집으로 돌아가는 중이었다. 아르티어스 때문에 이제는 사라져 버린 엘프리안 옆에 건설되어 있는 자신의 안락한 보금자리.

이제 더 이상 호비트들이 내는 신경 거슬리는 소음은 들려오지 않겠지. 그때 브로마네스는 보고야 말았다. 저 아래쪽으로 펼쳐져 있는 거대한 방어 마법진을 말이다. 그리고 그 방어 마법진의 중앙에 호화의 극치를 이루고 있는 거대한 궁전. 아스라한 달밤에 보는 것이라서 그런지 더욱 아름다워 보였다.

'후후, 내가 처박혀 있는 동안에 건설한 것인 모양이군. 그렇다면, 또다시 슬금슬금 들볶아서 금은보화라든지, 최고급 포도주 따위를 마음껏 빼앗을 수 있겠는데?'

흐뭇한 마음으로 황궁을 바라보던 브로마네스의 눈에, 발코니에 나와서 포도주를 마시고 있는 호비트 계집이 보였다. 그 계집을 보자마자 순간 브로마네스의 눈에 불똥이 튀었다.

'저, 저년은! 이런 망할 계집. 저년이 준 불량품 때문에 내가 30년씩이나 그 고생을 했는데. 딴 놈은 다 용서해도 저년만은 도저히, 아니 절·대·로 용서 못 해!'

브로마네스는 자신이 할 수 있는 한 최대한 깊게 숨을 들이마셨다. 그런 대로 날씬해 보이던 브로마네스의 몸집이 한순간 돼지처럼 뚱뚱해지는가 싶더니, 곧이어 그의 입에서 폭발적인 붉은 광채가 사정없이 뿜어져 나왔다. 30년 동안 쌓이고, 쌓이고 또 쌓였던 수많은 울분과 함께.

『〈묵향16 – 묵향의 귀환〉에서 계속』

거대한 역사의 파도를 뛰어 넘어
세상을 바꾸다

대군으로 산다는 것 ①

김현빈 장편

**시간을 거꾸로 흘러
역사를 바로 흐르게 하다!**

반드시 내 손으로 조선의 역사를 바꿀 것이다.
그 앞을 가로막는 자는 결코 용서치 않으리라.

스카이북

김현빈 지음 / 1~2권 발간

조선을 바꿀 실용대왕이 나타났다!

과연, 내가 과거로 간다면 이 땅에 정의를 실현하기 위해서 내 자신을 희생하면서 그러한 일들을 할 수 있을 것인가라는 의문에서부터 이 글은 시작된다!

이후 지음 / 1~2권 발간

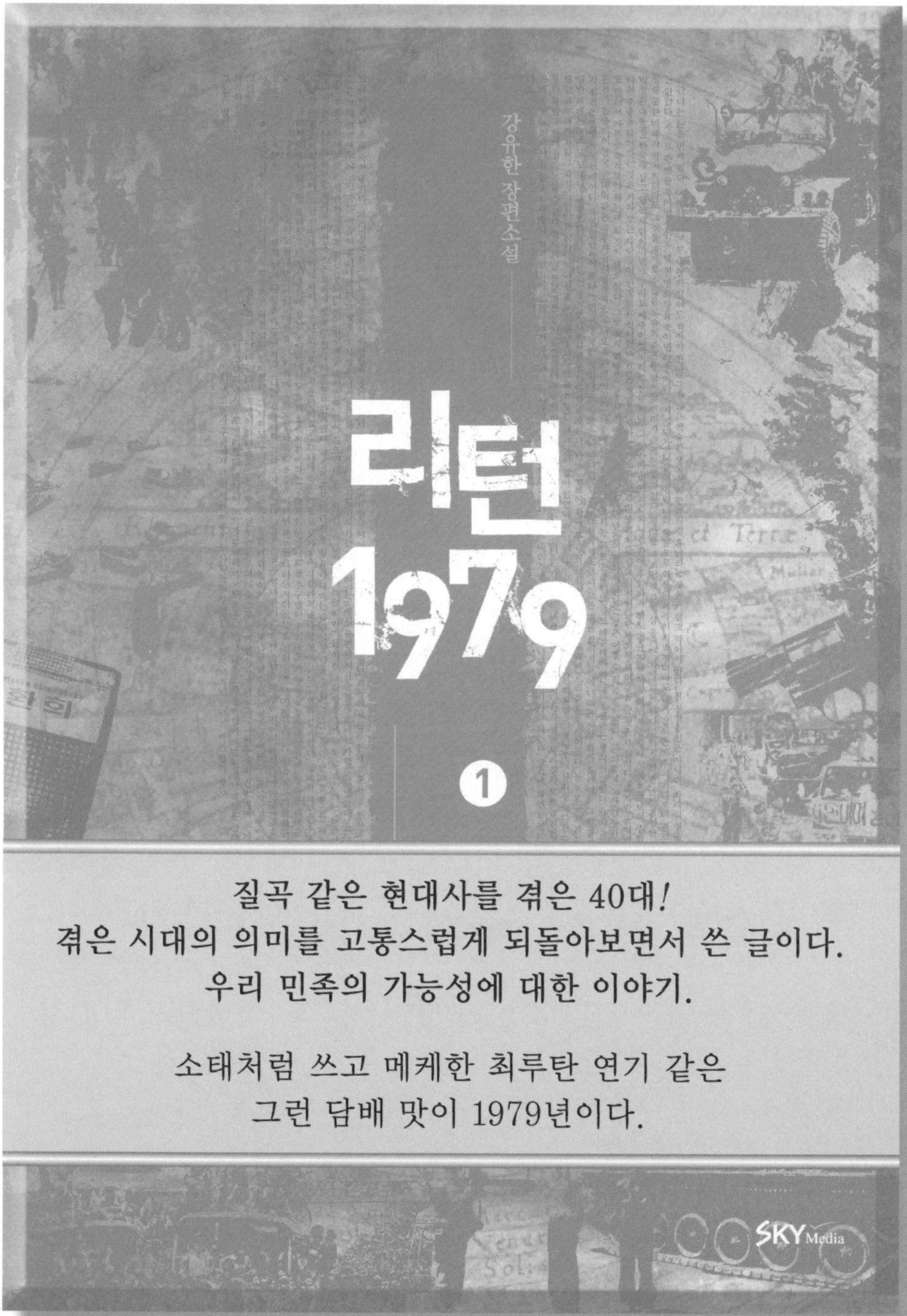

강유한 장편소설

리턴 1979

①

질곡 같은 현대사를 겪은 40대!
겪은 시대의 의미를 고통스럽게 되돌아보면서 쓴 글이다.
우리 민족의 가능성에 대한 이야기.

소태처럼 쓰고 메케한 최루탄 연기 같은
그런 담배 맛이 1979년이다.

강유한 지음 / 1~10권 발간

한무풍 역사 장편소설

또다른 제국 ①

과연 조선은 힘없는 작은 나라인가!

거대 문명들이 부딪치며 하나로 통합되던
격동적인 근대 시대에 어디에도 구속되지 않은
그저 푸르른 바람이고 싶은 한 사내의 꿈이 펼쳐진다.

JKT Media

한무풍 지음 / 전 5권 발간